DREAM CHASER – TRAUMJÄGER

BAILEY SPADE SERIE: BUCH 3

DIMA ZALES

Übersetzt von
GRIT SCHELLENBERG

♠ MOZAIKA PUBLICATIONS ♠

Copyright © 2021 Dima Zales
https://www.dimazales.com/book-series/deutsch/

Veröffentlicht von Mozaika Publications, einer Druckmarke von Mozaika LLC.
www.mozaikallc.com

Lektorat: Fehler-Haft.de

Cover von Orina Kafe
www.orinakafe-art.com

e-ISBN: 978-1-63142-657-5

Print ISBN: 978-1-63142-658-2

KAPITEL EINS

ICH STOLPERE aus dem Badezimmer in Mamas Krankenzimmer und stoße fast mit Dr. Xipil zusammen.

»Geht es Ihnen gut?«, fragt der Zwergenarzt.

Ich bin weit davon entfernt, mich gut zu fühlen, aber wenn ich ihm sage, warum, will er vielleicht, dass ich mit einem Psychiater spreche. Die Verletzungen, die ich während des Kampfes mit den Icelus erlitten habe, sind geheilt, aber mental und emotional bin ich ein Wrack.

Fallbeispiel: Ich denke ernsthaft über die Existenz von Phobetor nach, dem Gott der Alpträume, den die Icelus anbeten. Schlimmer noch, ich frage mich, ob besagte Gottheit meine Mutter dazu gebracht hat, meine Schwester zu töten.

Das wenige Blut, das in mein Gesicht zurückgekehrt war, fließt wieder heraus.

Ich hatte eine Schwester. Eine Zwillingsschwester.

Es ist genauso schwer, diese Tatsache zu verarbeiten, wie die, dass meine Mutter sie getötet hat.

Ihr Name war Asha, und ich sah sie sterben, bevor ich überhaupt die Tatsache verarbeitet hatte, dass sie existierte.

Was gäbe ich nicht für eine Chance, sie zu treffen, oder mich wenigstens an sie zu erinnern.

»Möchten Sie sich hinlegen?« fragt Dr. Xipil und klingt noch besorgter. »Sie sehen aus, als würden Sie gleich ohnmächtig werden.«

Ich schenke ihm ein gezwungenes Lächeln. »Es geht mir gut. Ich bin nur enttäuscht, dass ich es nicht geschafft habe, Mama zu wecken.«

Dr. Xipil blickt auf das Bett, auf dem sie liegt, und seufzt. »Sie werden es wieder versuchen. Irgendwann werden Sie bestimmt Erfolg haben.«

Da ich nicht bereit bin, über eine böse Gottheit zu sprechen, die vielleicht in Mamas Träumen auf mich wartet, nicke ich einfach.

Mama sieht in ihrem komatösen Zustand gelassen aus. Sogar ruhig. Aber das muss eine Lüge sein. Sie träumt davon, eine Tochter zu töten – denn das ist es, was sie in der wachen Welt getan hat.

Auf eine sehr reale Art und Weise kenne ich meine eigene Mutter nicht. Ich frage mich, ob man überhaupt jemanden kennen oder ihm vertrauen kann.

Der Arzt räuspert sich. »Sie haben treue Freunde.«

Verdammter Mist. Ich muss mich davon erholen – oder der gute Arzt wird darauf bestehen, dass ich wieder in mein Krankenhausbett gehe.

Ich gehe zur Tür und frage so beiläufig wie möglich: »Warum sagen Sie das?«

»Sie haben sich alle viel schneller erholt als Sie, aber sie wollten nicht von Ihrer Seite weichen, bis Ihr Mann sie weggejagt hat.« Er öffnet die Tür für mich.

»Mein Mann?« Ich bin zu schockiert, um hindurchzugehen.

Dr. Xipil deutet auf mein Zimmer auf der anderen Seite des Flurs. »Verlobter?«

»Oh, Sie meinen Valerian.« Ich trete in den Flur hinaus. »Er ist weder mein Mann noch mein Verlobter.«

Noch nicht – aber Daumen drücken.

Die Augenwinkel von Dr. Xipil legen sich in Falten. »Sind Sie sicher, dass er das weiß? Weil er sich definitiv wie Ihre bessere Hälfte benommen hat, während Sie bewusstlos waren. Das Pflegepersonal und ich mussten wie auf Eierschalen laufen.«

Wirklich? Wow. »Klingt, als sollte ich nach ihm sehen.«

»Gute Idee. Wenn er aufwacht und Sie nicht da sind, wird er ausflippen.«

»Ach, kommen Sie schon, das klingt nicht nach ihm.«

»Sie haben nicht gesehen, was ich gesehen habe«, sagt der Arzt. »Wenn Sie noch etwas brauchen, lassen Sie es mich morgen Nachmittag wissen. Meine Schicht ist jetzt offiziell vorbei.«

Ich danke ihm, und er eilt davon, als ich in mein Zimmer gehe.

Ich stecke meinen Kopf hinein und sehe Valerian auf einem Stuhl zusammengesackt sitzen. Sein dunkles, dichtes Haar um sein schönes symmetrisches Gesicht ist zerzaust. Seine intensiv ozeanblauen Augen sind geschlossen, und seine leckeren Lippen leicht geöffnet.

Leise schleiche ich mich auf Zehenspitzen hinein. Er befindet sich im REM-Schlaf, erkenne ich dank meiner neu entdeckten REM-Fähigkeit und der Tatsache, dass sich seine Augen hinter seinen Augenlidern bewegen.

Hmm. Vielleicht brauche ich ihn nicht zu wecken. Die Tatsache, dass er träumt, ist eine Gelegenheit. Ich könnte zum Beispiel im Schlaf mit ihm reden ... oder in den schwarzen Fenstern, die er hat, herumschnüffeln.

Ja. Das werde ich versuchen.

Ich widerstehe der Versuchung, zu ihm zu gehen und sein gemeißeltes Gesicht zu berühren, und initiiere das Traumwandeln aus der Ferne. Ich kann meine neue Kraft genauso gut üben.

Genau wie bei Itzels Großvater stelle ich mir vor, neben Valerian zu stehen, nahe genug, um seinen sauberen Kiefernduft einzuatmen. Ich stelle mir vor, seinen geschnitzten Kiefer zu berühren, und auch, wie sich dieser Hauch von Stoppeln unter meinen Fingern anfühlen würde. Ich stelle mir vor, wie mein Herz schneller schlagen würde und die Hitze sich ausbreiten würde ...

Zu meiner Enttäuschung brauche ich mir das nicht

weiter vorzustellen, denn mit dem vertrauten Ozongeruch und dem Gefühl des Fallens trete ich in seinen Traum.

———

SOBALD ICH IN der surreal gefärbten, nach Manna duftenden Lobby meines Traumpalastes auftauche, erscheint Pom – und von dem pelzigen Gesichtsausdruck des Loofts und seiner tiefschwarzen Färbung weiß ich, dass er viel von dem weiß, was ich in Mamas schwarzem Fenster erfahren habe.

Auf dem malerischen Weg zum Turm der Schlafenden fülle ich alle Wissenslücken, die Pom vom Geschehen noch hat, und versichere ihm, dass ich nicht auf magische Weise die Antworten auf seine Millionen Fragen habe – und dass ich das Warum und Wie von Phobetor und meinem Zwilling genauso gerne erfahren möchte wie er.

»Ah«, sagt Pom weise, als er Valerian auf seinem Bett schlafend sieht. »Du bist hier und suchst nach einer Ablenkung.«

Ich streiche mit den Fingern über Valerians Grübchenkinn, ohne in ihn hineingehen zu wollen. »Das könnte man so sagen.«

Poms dreieckige Ohren nehmen einen hellen Orangeton an. »Und wie läuft es zwischen euch beiden?«

»Was?«

Die Pupillen in seinen lavendelfarbenen Augen verwandeln sich in rote Herzen. »Bist du verliebt?«

Ich ziehe meine Hand von Valerians Gesicht weg. »Bist du verrückt? Ich weiß nicht einmal, wie sich das anfühlen würde. Wir kennen uns kaum. Außerdem …«

»Du denkst vielleicht zu viel darüber nach.« Pom sitzt auf meiner Schulter. »Liegt es daran, dass du noch nie einen Freund hattest?«

Ich scheuche ihn weg. »Ich denke genau an die richtige Menge. Das solltest du mal ausprobieren.«

Er landet auf der Kante von Valerians Bett. »Suche nur nicht nach Gründen, ihn nicht zu lieben. Wir wissen beide, dass du es willst.«

Es ist offiziell. Ich bekomme Ratschläge für mein Liebesleben von einem Looft, einer Kreatur, die sich durch asexuelle Knospung fortpflanzt.

Kopfschüttelnd tauche ich in Valerians Traum ein.

KAPITEL ZWEI

VALERIAN SITZT in einem schäbigen Zimmer, in dem die Farbe von den Wänden abblättert, auf dem Boden. Es gibt Klappstühle und ein starkes Aroma von abgestandenem Kaffee. Eines der Fenster ist schwarz, aber ich gehe noch nicht zu ihm. Dieser Traum ist eine Erinnerung, und ich bin neugierig, etwas über Valerians Vergangenheit zu erfahren.

Ich mache mich unsichtbar und lasse den Traum fortschreiten.

Alle Stühle außer einem sind von Jugendlichen besetzt, und niemand nimmt Valerian wahr, was bedeutet, dass er sich mit seinen illusionistischen Kräften unsichtbar macht. Der einzige Erwachsene im Raum ist eine Person, die ich getroffen habe – Prinzessin Peach, Felix und Ariels Mitbewohnerin.

Apropos Felix ... Seine Freundin Maya ist auch hier und sitzt neben Prinzessin Peach.

Dann taucht eine andere vertraute Person auf, jemand, den ich nie wieder sehen wollte.

Hekima, der illusionistische Mörder, der mich fast mein Leben gekostet hätte, kommt herein.

Er bemerkt Valerian ebenfalls nicht, also kann ein Illusionist einen anderen Illusionisten täuschen. Gut zu wissen.

»Heute setzen wir das Thema Otherlands fort«, sagt Hekima zur Einführung. »Beginnen wir mit einem kurzen Rückblick auf die letzte Woche.«

Dann geht er darauf ein, was jeder bereits wissen sollte – dass es so etwas wie Otherlands gibt, und dass sie das sind, was die Erdenmenschen *Universen* nennen würden. Er erklärt, dass diese Welten verschiedene Sterne und Galaxien haben und dass sogar der Fluss der Zeit zwischen ihnen variieren kann. Es gibt eine unendliche Anzahl von ihnen, soweit man weiß, aber die Tore, die Cogniti benutzen, führen nur zu einer unbedeutenden Teilmenge.

Das muss die Einführung sein, eine Art Schule, in der Cogniti-Teenager auf der Erde Cogniti-Geheimnisse lernen. Auf Gomorrha nennen wir diese Schule einfach nur Schule, aber ich kann verstehen, warum sie mit dem Mandat und allem eine spezielle Klasse auf der Erde brauchen würden.

»Als wir uns das letzte Mal trafen, habe ich die Gefahren der Otherlands angesprochen«, sagt Hekima, als er mit den Grundlagen fertig ist. »Heute möchte ich diesen Punkt wirklich deutlich machen.«

Er hebt die Arme, und pulsierende rote Energie

strömt aus seinen Fingern in jedermanns Kopf – auch in den von Valerian.

Der Raum verschwindet und wird ersetzt durch etwas, was aussieht wie eine radioaktive Einöde.

Alle außer mir fangen an, nach nicht vorhandener Luft zu schnappen. Hekima schnippt noch einmal mit den Fingern, wodurch sich die Welt in die eines üppigen Waldes verwandelt.

»Es gibt Otherlands, wo allein die Umwelt euch töten wird«, sagt er. »Aber selbst scheinbar freundliche Welten wie diese können Kreaturen haben, die so gefährlich sind, dass kein Cogniti es wagt, hier zu leben oder auch nur durch sie zu reisen.«

Eine niedliche, hirschähnliche Kreatur rennt aus dem Wald, gefolgt von einem der schlimmsten Monster, die es gibt.

»Das ist ein Drekavac«, flüstert Hekima, aber was er als Nächstes sagt, bekommt niemand mit, da der Drekavac den Hirsch einholt und ihn mit einem seiner eitrigen Glieder berührt.

Der Hirsch gibt ein panikerfülltes Geräusch von sich und stürzt zu Boden.

Der Drekavac schwebt über seinem Opfer, aber Hekima schnippt wieder mit den Fingern, und das Klassenzimmer kehrt zurück.

Warum zeigt er diesen Kindern so etwas Entsetzliches? Und warum ist Valerian hier?

»Von einem Drekavac getötet zu werden ist das schlimmste Schicksal, das jemand erleiden kann«, sagt Hekima. »Seine bloße Berührung verursacht so lähmende Schmerzen, dass schwächere Opfer daran sterben.« Er schaut über die entsetzten Gesichter. »Die Umwelt, die Flora und die Fauna sind nur einige der vielen Möglichkeiten, wie man in den Otherlands umkommen kann. Einige Tore sind nur Einbahnstraßen – also weiß niemand, was dort passiert –, und andere Tore führen in Welten, die wir, die Cogniti, in Todesfallen verwandelt haben.«

Er schnippt wieder mit den Fingern. Das Klassenzimmer verwandelt sich in eine verlassene Landschaft, in der zwei gruselig aussehende Männer jemanden jagen.

»Das ist der Rest der Welt, in der Tartaros zuletzt regiert hat«, sagt Hekima, gerade als die beiden Männer ihre Beute fangen.

Tartarus? Das ist wirklich jemand, den man anspricht, wenn man den Leuten Alpträume bereiten will.

»Die Menschen auf dieser Welt wissen über die Cogniti Bescheid und geben uns zu Recht die Schuld für die Verwüstung«, fährt Hekima fort und zeigt auf die endlosen Dünen. »Sie warten an den Toren, um einen von unserer Art zu erwischen, und wenn sie es schaffen, tun sie ihm schreckliche Dinge an.«

Wie auf Kommando fangen die beiden Männer an, ihren Fang zu zerfleischen.

Das ist einfach großartig. Die Alpträume sind jetzt garantiert. In der Schule haben wir auch gelernt, vorsichtig zu sein, wenn wir in die Otherlands reisen, aber das erforderte nicht solche Theatralik.

Hekima redet weiter über das Verhängnis und die Finsternis der Otherlands, während ich zu Valerian hinübergehe.

»Das, was ich damit sagen will, ist wirklich einfach«, sagt Hekima, als ich ihm wieder Aufmerksamkeit schenke. »Seid sehr vorsichtig auf Reisen in die Otherlands und betretet keine Tore, es sei denn, ihr seid euch absolut sicher, wohin sie führen.« Die schrecklichen Szenen wiederholen sich in schneller Folge. »Selbst wenn ihr denkt, dass das Tor sicher ist, rate ich euch eindringlich, es euch zweimal zu überlegen, bevor ihr es betretet, und definitiv zu warten, bis …«

Den Rest ignoriere ich.

Neben Valerian gibt es einen Ordner, der mir vorher nicht aufgefallen war.

Icelus-Verdächtige, steht auf dem Etikett.

Als Valerian die Mappe öffnet, ist ein Bild von Hekima oben auf den Papieren zu sehen. Zwischen dem Bild und dem echten Mann hin- und herschauend, schreibt Valerian auf das Papier unten: »Achtzig Prozent sicher.«

Wow. Hekima war ein Icelus? Es würde erklären, warum er diese Lektion so beängstigend gemacht hat – und es passt zu seiner mordenden Persönlichkeit.

»Wir haben fast keine Zeit mehr.« Hekima schaut auf seine Uhr. »Hat irgendjemand Fragen?«

Valerian springt auf.

Prinzessin Peach hebt ihre Hand und springt vor Aufregung fast von ihrem Stuhl. Hekima ruft sie auf.

Jemand flüstert etwas wie »Streber«, aber sie ignoriert es, während sie herausrasselt: »Wer hat die Tore gemacht? Wer hat die Otherlands entdeckt? Wann? Wie? Könnte …«

Als Antwort geht Hekima auf dieselbe Theorie ein, die wir auf Gomorrha gelernt haben – dass die Tore von legendären, mächtigen Teleportern gemacht wurden, die *die Torbauer* genannt werden. Dann schlägt er das Offensichtliche vor – dass es wahrscheinlich Welten ohne die Cogniti gibt, die als Heiligtümer übrig geblieben sind, oder Welten, in denen die Cogniti zwar existieren, die aber keine Tore haben, um sie zu verlassen.

Schließlich steht er auf und geht zur Tür, ohne auf weitere Fragen zu warten. Prinzessin Peach hebt ihre Hand, zieht sie aber wieder zurück, als Hekima mit Valerian auf den Fersen die Klasse verlässt.

Außerhalb des Klassenzimmers verfolgt Valerian Hekima zu seinem Ziel, einer kleinen Wohnung.

Hekima schaut noch einmal auf seine Uhr und lässt sich dann in sein Bett fallen.

Moment, was? Warum hatte er es so eilig, ein Nickerchen zu machen?

Valerian schüttelt den Kopf, nimmt seinen Ordner heraus und ändert die Wahrscheinlichkeit auf neunzig Prozent.

Ich enthülle beinahe meine Gegenwart, damit ich Valerian fragen kann, warum das Schlafen in einem engen Zeitplan es wahrscheinlicher macht, dass jemand ein Teil der Icelus ist, aber ich widerstehe dem Drang.

Und das ist auch gut so.

Der Traum von der Einführung hört auf, aber ein anderer beginnt, und es ist wieder eine Erinnerung.

———

EIN FAST NACKTER Valerian sitzt auf einer Holzplatte in einem großen fensterlosen Raum, mit Schweißperlen auf seinem muskulösen Körper.

Lecker. Ich mag, wohin das führt. Nicht, dass ich viele Möglichkeiten hätte, außer weiter zu beobachten, was als Nächstes passiert – das schwarze Fenster fehlt. Dann wiederum könnte es in der Nähe sein, aber ich kann es nicht sehen. Es ist so heiß im Raum – im wahrsten Sinne des Wortes – dass man wegen des Dampfes kaum dreißig Zentimeter weit sehen kann. Dies ist ganz klar eine Sauna, eine alptraumhafte Erfindung für diejenigen von uns, die wirklich auf Hygiene achten.

»Illusionist«, sagt der Dampf durch den Raum mit einer melodiösen männlichen Stimme mit russischem Akzent.

»Seher«, antwortet Valerian und sieht sich um. »Vielleicht möchtest du dich zeigen.«

Mit einem Zischen sammelt sich der Dampf an einer einzigen Stelle ein paar Meter von Valerian entfernt.

Valerian wischt sich einen Schweißstrom von den

Augen, und als er die Geste vollendet hat, ist der Dampf verschwunden und wurde ersetzt durch einen Mann, der nur von einem kleinen Handtuch bedeckt ist.

Mit seinen zerzausten blonden Haaren und dem wilden Bart ist dieser Mann fast so beeindruckend wie Valerian selbst. Wenn ich nicht gehört hätte, dass er als Seher bezeichnet wurde, würde ich ihn für einen Uber halten.

Moment einmal. Ein *Seher.* Es gibt ein paar verschiedene Arten von ihnen, aber alle gehören zu den seltensten Cogniti-Typen – ganz oben mit Drachen und Heilern.

Der Seher zieht an seinem Bart. »Du bist weise, meiner Aufforderung zu folgen. Ich muss den Gefallen, den ich dir schulde, heute zurückzahlen.«

Valerian wischt sich ein Rinnsal von Schweiß von der Stirn. »Tust du das?«

»Nach diesem Gespräch werden wir beide uns nie wiedersehen«, sagt der Seher feierlich.

»Richtig.« Valerian schüttelt den Kopf. »Und ich nehme an, du weißt schon, was ich fragen werde?«

»Ich weiß all die Dinge, die du zu fragen in Betracht gezogen hast.« Der Seher schnappt sich eine Kelle in der Nähe, taucht sie in einen Wassereimer und schüttet Wasser in einen herdähnlichen Apparat in der Nähe. Mit einem Zischen füllt mehr Dampf den Raum. »Du willst wissen, wie du Hekima, den neuesten Agenten von Icelus, den du gefunden hast, loswerden kannst«, fährt der Seher fort. »Und du willst es so machen, dass es niemals mit dir in Verbindung gebracht werden kann – was schwierig ist aufgrund deines offensichtlichen Ehrgeizes, Hekimas Platz im New Yorker Rat einzunehmen.«

»Ich kann verstehen, warum deine Art den Ruf hat, den sie hat.« Valerian streicht sich sein schweißnasses Haar zurück. »Du kennst meine Fragen. Hast du eine Antwort?«

»Schicke eine anonyme E-Mail an Kain, den neuen Leiter der New Yorker Vollstrecker«, sagt der Seher. »Sag ihm, dass du von der Morduntersuchung weißt, die Kain leitet, und dass du einen perfekten Kandidaten für ihn hast.«

Trotz der Hitze im Raum wird mir kalt.

Das kann nicht sein.

Das würde er nicht tun.

Das hat er nicht getan.

Valerian runzelt die Stirn. »Wen?«

»Die Traumwandlerin, die ein paar Aufträge für dich erledigt hat«, sagt der Seher. »Schlage sie vor, und du bekommst, was du willst.«

»Ihr wollt mich wohl verarschen«, murmele ich.

Valerian schaut mich direkt an.

Verdammter Mist. Ich wollte das nicht laut aussprechen.

Valerians Stirnrunzeln vertieft sich, und er muss die Wirklichkeit seines Traums so verändern wie einst Hekima, denn ich werde gegen meinen Willen sichtbar.

Er blinzelt mich an. »Bailey? Warum bist du hier?«

Mein Unglaube verwandelt sich in Wut. »Du hast

mich vor den Bus geworfen, nicht wahr?« Ich gehe auf ihn zu. »Kain und seine Vampire haben mich entführt und gezwungen, für den Rat zu arbeiten, weil *du* es vorgeschlagen hast. Wie konntest du mir das antun?«

Er erbleicht. »Es tut mir leid.« Er steht auf, und der Schweiß tropft in alle Richtungen. »Ich kannte dich nicht, als ich mit Jaroslav sprach. Wir hatten uns nur gegenseitig gemailt.«

»Und du glaubst, du kennst mich jetzt? Denn ich kenne dich ganz sicher nicht.«

Und bevor ich etwas tue, was ich später bereuen werde, reiße ich mich aus seinem Traum heraus.

KAPITEL DREI

ICH TAUCHE in äußerster Wut aus der schlafwandelnden Trance auf. Es ist gut, dass ich mein Traumwandeln aus der Ferne gemacht habe. Ich will ihn im Moment nicht anfassen.

Valerians Augen öffnen sich.

Ich verenge meine.

Er springt auf.

Ich drehe mich um und laufe zur Tür.

Hinter mir ertönt das Geräusch von Schritten, also knalle ich ihm die Tür vor der Nase zu und renne den Korridor hinunter.

»Ich habe genauso viel Recht, wütend auf dich zu sein, wie du auf mich«, schreit er hinter mir her.

Als ich den Aufzug erreiche, drücke ich auf den Knopf und schaue zurück.

Er ist sechs Meter von mir entfernt, aber er holt mich schnell ein.

»Warum warst du in meinen Träumen?«, schreit er.

»Hattest du gehofft, etwas über Soma zu finden? Du weißt, wie ich mich dabei fühle!«

Die Fahrstuhltüren öffnen sich, und ich springe hinein und drücke den Knopf für das Erdgeschoss. »Deine ganze ›Ich kannte dich nicht‹-Ausrede ist erbärmlich«, rufe ich zurück, als die Türen sich schließen. »Das erste Mal trafen wir uns von Angesicht zu Angesicht in dieser Burg.«

Er stürzt sich auf die Türen, die Hand ausgestreckt, aber er schafft es nicht.

Wow.

Das Letzte, was ich will, ist, diese Unterhaltung fortzusetzen – oder in sein wunderschönes verräterisches Gesicht zu schauen.

Ist er sauer auf mich? Unsere Verbrechen lassen sich nicht einmal annähernd miteinander vergleichen. Es stimmt, er war verschlossen, als ich ihn nach Soma fragte – der Ort, wo seine und meine Art zu leben scheinen –, aber ich wusste nicht einmal, dass seine schwarzen Fenster und Soma etwas miteinander zu tun hatten. Er dagegen war direkt verantwortlich für das ganze Durcheinander mit dem New Yorker Rat.

Die Fahrstuhltüren öffnen sich, und ich stürze hinaus und schnappe mir ein Auto, das mich nach Hause bringen soll. Ich mache es mir bequem und berühre Poms pelzigen Körper an meinem Handgelenk.

Die Traumwelt ist der Ort, an dem ich die beste Chance habe, mich zu beruhigen.

———

POM GRÜSST mich mit schwarzem Fell und besorgtem Gesichtsausdruck. »Was ist los?«

Ich schlendere zwischen den unmöglichen Formen, die die Lobby meines Palastes bevölkern, umher, während ich ihm von Valerians Verrat berichte.

Je länger ich spreche, desto mehr hellt sich Poms Fell zu einer Mischung aus Blau und hellem Orange auf. »Nun«, sagt er, als ich fertig bin, »es *ist* wahr. Er kannte dich noch nicht.«

Mein Haar wird feurig, ohne dass ich das will. »Wenn du ihn so sehr magst, warum hängst du dich nicht an *sein* Handgelenk. Oder Arsch. Oder …«

Pom verschwindet in seinem typischen Grinsekatzen-Stil. Als nur noch sein Mund übrig ist, sagt er: »Du solltest vielleicht deine Erinnerungsgalerie besuchen, um dich zu beruhigen.«

»Feigling«, murmele ich, als er weg ist.

Ich erwäge, eine Version von Valerian zu erstellen, die ich anschreien könnte, aber ich entscheide mich dagegen. In die Erinnerungsgalerie zu gehen könnte tatsächlich eine gute Idee sein, da es ein bisschen wie das Öffnen eines Fotoalbums ist, aber auf Steroiden. Es lenkt mich zwangsläufig von meinen verrückten Gedanken ab. Aber ich weiß, dass Pom immer noch zuschaut, also möchte ich das Gegenteil tun, und deshalb teleportiere ich mich in den Turm der Schlafenden.

Aha. Ich habe Glück.

Ariel, Kit, Itzel und Felix träumen alle zur gleichen Zeit.

Ich ziehe sie alle in den Traum hinein, bringe uns in mein Wolkenbüro und informiere sie über alles, von meiner Entdeckung über meine Zwillingsschwester und die Begegnung mit Phobetor bis hin zu Valerian, der mich beim New Yorker Rat vor den Bus geworfen hat.

»Wow«, sagt Felix mit zusammengezogener Monobraue. »Du warst beschäftigt.«

Ich seufze. »Untertreibung.«

Kit schüttelt den Kopf. »Ich kann nicht glauben, dass Valerian hinter Hekimas Ratssitz her war. Als wir ihn ihm anboten, wirkte er so aufrichtig, als er vorgab, ihn nicht zu wollen.«

»Der Rat hat ihm einen Sitz angeboten?«, rufe ich aus. »Schon?«

Kit beißt sich auf die Lippe. »Er war die natürliche Wahl. Hekima zeigte uns, wie nützlich ein Illusionist sein kann und …« Sie bleibt stehen. »Das ist egal. Ich kann nicht glauben, dass du eine Zwillingsschwester hattest. Es muss hart sein, zu erfahren, dass du sie verloren hast, gerade auf diese Art und Weise.« Während sie spricht, verwandelt sie sich in eine Kopie von mir.

Ariel wirft mir einen besorgten Blick zu. »Wie wäre es, wenn wir über etwas anderes reden?«

»Es ist in Ordnung. Ich kannte sie nicht wirklich.« Als ich mir mein Gesicht auf Kit anschaue, fühle ich nur eine seltsame Art von Taubheit. »Es ist schwer, um jemanden zu trauern, von dem man nicht wusste, dass es ihn gibt.«

Um was ich *wirklich* trauere, ist mein Bild von meiner Mutter als jemand, der nicht in der Lage wäre, seine Tochter zu töten, selbst unter dem potenziellen Einfluss einer bösen Gottheit.

Ariel scheint es zu verstehen und drückt meine Schulter.

Itzel scheint sich bei alldem unwohl zu fühlen. Sie rückt ihre Atemmaske zurecht und fragt: »Wie hat diese Welt ausgesehen? Die, die du in den Erinnerungen deiner Mutter gesehen hast?«

Froh, etwas zu tun zu haben, stelle ich die Lichtung nach, auf der ich sah, wie meine Schwester getötet wurde. Ich platziere den hohen Wald um uns herum, so wie er in Mamas Erinnerung war, mit den blaugrünen Bäumen, die abwechselnd wie Affenbrotbäume und Korallenriffe geformt sind, und ich füge sogar den seltsamen Himmel hinzu, der impliziert, dass der Planet eine seltsame Brezelform anstelle einer Kugel hat.

Alle schauen sich mit offenem Mund um.

»Dieser Himmel …« Felix atmet ehrfürchtig aus. »So cool.«

Ariel dreht sich zu Itzel um. »Ist dies eine Ringwelt? Vielleicht von euresgleichen gebaut?«

Itzel schüttelt den Kopf. »Sie könnte von Zwergen gebaut worden sein, aber die Struktur ist kein Ring. Es müssen zwei gegenläufig rotierende Zylinder sein.

Erinnert mich an ein Raumschiffdesign, über das ich auf der Erde gelesen habe – einen O'Neill-Zylinder.«

Sie macht das Gras zu unseren Füßen weg und zeichnet eine grobe Skizze des Designs in den Dreck.

Alle starren es verständnislos an.

Itzel hüstelt frustriert und wirft Felix einen besiegten Blick zu. »Ihr braucht einen Bezug zur Popkultur der Erde, nicht wahr?«

»Nein«, sagt Felix.

»Ja«, sagt Ariel im selben Moment.

»*Interstellar*«, sagt Itzel. »Cooper Station, ganz am Ende.«

»Oh, ja«, sagt Felix und schaut mit noch größerer Verwunderung auf. »Du glaubst also, das ist ein Raumschiff?«

»Das ist eine philosophische Frage«, sagt Itzel. »Von jedem Planeten kann man sagen, dass er ein Raumschiff ist, besonders wenn der Planet so künstlich erschaffen wurde, wie dieser es sein muss.«

Kit gähnt laut. »Ich träume, und doch lässt du mich gleich einschlafen.«

»Leute.« Ich schnippe mit den Fingern, um ihre Aufmerksamkeit zu bekommen. »Es gibt eine Sache, die wir noch nicht angesprochen haben – den beunruhigendsten Aspekt dessen, was ich erfahren habe.« Ich schaue jeden von ihnen der Reihe nach an. »Weiß einer von euch, wie ein Gott der Alpträume eine reale Sache sein kann?«

»Vielleicht ist er an sich kein Gott«, sagt Felix. »Nicht in der Art, wie die Menschen über sie denken.

Vielleicht ist er nur ein mächtiger Traumwandler oder etwas Ähnliches, der angebetet wurde. Mit genügend Kräften aus dem menschlichen Glauben können viele von uns wie Götter werden.«

»Er könnte recht haben«, sagt Ariel. »Es gab einen Phobetor in der griechischen Mythologie, und er hatte die gleiche Aufgabe. Wenn mehr Welten den gleichen Mythos über einen bestimmten Cogniti haben, wären seine Kräfte über alles hinausgewachsen, was wir uns vorstellen können.«

Ich schaue mich verstohlen um. »Wie wäre es, wenn wir ihn in Zukunft Collywobbles nennen? Besonders in der Traumwelt?«

Valerian bestand darauf, dass wir Phobetors richtigen Namen nicht sagen sollten, und jetzt, da ich ihm begegnet bin, kann ich seine Besorgnis nicht länger als Paranoia abtun.

Kit nickt. »Kein Problem. Kannst du ihn uns zeigen? Collywobbles?«

»Ich glaube, das will ich hier auch nicht machen«, sage ich. »Ich habe kein gutes Gefühl dabei. Als ob er tatsächlich zum Leben erwacht, wenn ich ihn hier erschaffe.«

»Hmm.« Felix hebt ein gefallenes Blatt von einem der Bäume auf. Seltsamerweise hat es die Form eines Hexagons. »Könnte das der Grund sein, warum er dir überhaupt erschienen ist?«, fragt er. »Wenn deine Mutter von ihm übernommen wurde, wie in deiner Theorie, bedeutet das, sie muss …«

»Wir waren uns einig, nicht darüber zu reden«,

schnappt Ariel ihn an und wirft einen vorsichtigen Blick in meine Richtung.

»Mir geht es gut.« Ich richte meine Schultern auf und ignoriere die schmerzhafte Verspannung in meinem Nacken, die irgendwie sogar im Traum bestehen bleibt. »Wenn er recht hat, wie wäre es dann, wenn wir überhaupt nicht über Collywobbles sprechen? Zumindest nicht hier.«

Alle verstummen.

»Vielleicht sollten wir alle darüber schlafen«, sage ich. »Wenn jemand morgen früh gute Ideen hat, meldet euch.«

Sie sind einverstanden, also lasse ich sie weiterschlafen und kehre in mein Taxi zurück.

Als ich ein paar Minuten später in meiner Wohnung ankomme, falle ich in mein eigenes Bett. Aber ich kann nicht schlafen, denn mein Verstand spielt alles in einer ekelerregenden Schleife ab.

Endlich, nach gefühlten Stunden, drifte ich ab.

———

ICH LAUFE über den Times Square und gebe mein Bestes, um die Tausenden von Touristen und Einheimischen nicht zu berühren, was schwieriger ist, als es sein sollte. Über uns ragen Wolkenkratzer empor, die mit Bildschirmen geschmückt sind, auf denen schrille Videos abgespielt werden, die meisten davon sind Werbung. Alles scheint normal zu sein – bis eine vage vertraute Musik zu spielen beginnt.

Es ist *Tanz der Zuckerfee*, die Melodie aus einem berühmten Ballett hier auf der Erde. In New York spielen sie es oft um Weihnachten herum.

Der Bildschirm in meiner Nähe hört auf, die Sodawerbung zu zeigen, und ein gruselig aussehender Holzsoldat starrt mich mit einem klaffenden Mund voller schwarzer Zähne an.

Nein, kein Soldat. Der Nussknacker – das ist der Name des Balletts, aus dem diese Musik stammt.

Im Gegensatz zu den üblichen Darstellungen dieser Figur hat diese hier echte braune Augen in einem Holzkopf. Zu seiner Gruseligkeit trägt auch die Art und Weise bei, wie das Gesicht gemalt ist, mit einem blutfarbenen Grinsen, umrahmt von einem tentakelartigen Schnurrbart.

Ich starre sie an, unfähig, wegzusehen.

Der Bildschirm flimmert, und der Nussknacker ist nicht mehr darauf.

Er ist jetzt dreidimensional.

Echt.

Mein Selbsterhaltungstrieb setzt ein, und ich ziehe mich zurück.

Er springt herunter und landet auf einem gebeugten Holzknie, wie ein Superheld.

Ich starre den Krater an, den er an der Stelle geschaffen hat, an der ich soeben stand.

Plötzlich taucht Pom zwischen mir und dem Nussknacker auf. Sein Fell ist schwarz, seine Augen wild. »Wolltest du immer noch, dass ich es dir sage, wenn du einen Alptraum hast?«

Einen Alptraum? Also einen Traum?

Ich schaue auf mein leeres Handgelenk.

Natürlich. Pom läuft und spricht – er kann nicht an meinem Handgelenk sein.

»Danke«, sage ich zu Pom und lasse die Musik und den Nussknacker verschwinden.

Die Musik verschwindet, aber der Nussknacker bleibt, wo er ist, und das böse Grinsen breitet sich aus. »Es wäre einfacher gewesen, dich zu töten, wenn du nicht gewusst hättest, dass du träumst«, sagt er mit einer unheimlich melodischen Stimme, die mich an die Musik erinnert, die ich gerade gestoppt habe. »Na ja, dann muss es eben so gehen.«

Was zum Teufel …? Wie kommt es, dass meine eigene Alptraumkreatur sich weigert, wegzugehen? Es sei denn …

Der Nussknacker streckt seine hölzerne, fingerlose Hand aus und greift mich an.

KAPITEL VIER

INSTINKTIV DUCKE ICH MICH.

Der hölzerne Ball seiner Hand prallt auf einen Touristen, zerreißt ihn und schlägt ihm das Herz aus der Brust.

»Es tut mir leid. Das ist zu beängstigend«, sagt Pom und verschwindet.

Hey, das ist eine gute Idee.

Ich versuche, mich wachzurütteln – aber spüre ein Ziehen der Kraft in die entgegengesetzte Richtung. Es ist ein bisschen wie damals, als ich versucht habe, Mama aufzuwecken, nur dass ich jetzt diejenige bin, die ich nicht aufwecken kann.

Dies untermauert eine Theorie, die ich bereits aufgestellt habe. »Du bist ein Traumwandler.«

Der Nussknacker zielt mit einem weiteren Schlag auf mich.

Ich weiche diesem und zwei nachfolgenden

Schlägen aus, dann schleudere ich ihm eine Faust ins rechte Auge.

Er schreit auf, heilt aber den Schaden, den ich angerichtet habe, sofort. Mit erneuter Wut schlägt er um sich, und seine Faust trifft auf meine Schulter und renkt sie aus.

Heiße Übelkeit durchzuckt mich, aber bevor sie mich außer Gefecht setzen kann, springe ich aus meinem Körper heraus und heile mich selbst. Ich überlege auch, mich selbst zu verdoppeln, entscheide mich aber vorerst dagegen – es ist immer gut, noch ein Ass im Ärmel zu haben.

Ich kehre in meinen Körper zurück und schlage in den Bauch des Nussknackers. Es tut mir mehr weh als ihm – sein Körper sieht nicht nur aus wie Holz, er fühlt sich auch so an. Notiz an mich selbst: Finde heraus, wie ich mir einen Traumkörper aus etwas machen kann, das fester als Fleisch ist. Es wäre so ähnlich wie das Projekt mit den feurigen Haaren, nur größer. Fürs Erste lasse ich eine Lötlampe in meinen Händen erscheinen und richte sie auf die hölzerne Brust meines Gegners.

Eine drei Meter große Kakerlake materialisiert sich auf dem Weg der Flamme und gibt ihr Traumleben auf, um meinen Feind zu retten.

Ein gelbes Taxi fährt auf mich zu.

Ich fliege – während die nächstgelegenen Wolkenkratzer höher werden, sich dann zur Seite legen, so dass ein quadratischer Kasten am Himmel entsteht.

Denkt er, das wird mich aufhalten?

Ich krache durch das Glas, den Stahl und den Beton und schaue nach unten.

Der Nussknacker fliegt hinter mir her.

Ich stehle seine eigene Strategie, lasse das One-Times-Square-Gebäude verlängern und steche mit der Spitze in seine Richtung, von der der kultige Silvesterball fällt.

Ein Elefant fängt den Stoß ab.

Ich will nicht übertroffen werden und lasse einen großen weißen Hai erscheinen, dessen Kiefer sich um den Kopf des Nussknackers schließt.

Er bekommt keine Gelegenheit, zuzubeißen. Augenblicklich explodiert er zu einer Wolke von davonfliegenden Schmetterlingen.

Ich ändere unsere Umgebung in eine andere Touristenattraktion in NYC – den South Street Seaport.

Großartig. Er hat mich noch nicht aufgehalten – obwohl ich immer noch nicht weiß, ob er mit dem Tapetenwechsel einverstanden ist, oder ob er nichts dagegen tun kann.

Trotzdem nutzt er ihn sofort zu seinem Vorteil. Ein Schiff erhebt sich aus dem Wasser und fliegt mit seinem Bug auf mein Gesicht zu.

Ich versuche, das Schiff verschwinden zu lassen. Seine Macht unterbindet meinen Versuch. Ich will das Schiff in ein Zuckerwatteknäuel verwandeln. Es klappt nicht.

Nicht gut. Ich teleportiere mich hinter den

Nussknacker und lasse einen Baseballschläger in meinen Händen erscheinen. Als das Schiff in den Bürgersteig kracht, wo ich stand, zerbricht mein Schläger auf dem Kopf des Nussknackers.

»Du Schlampe!«, schreit er.

Ich lasse die Kopfsteinpflastersteine aus dem Gehweg schweben und nacheinander gegen seinen Kopf fliegen. Während er ausweicht, versuche ich noch einmal, mich wachzurütteln.

Dieses Mal funktioniert es.

———

ICH SETZE mich in meinem Bett auf, mache das Licht an und schaue mich hektisch im Zimmer um.

Niemand ist hier.

Ich springe auf und durchsuche die ganze Wohnung, nur für alle Fälle.

Leer.

Ich kann nicht glauben, dass ich jetzt noch eine weitere Sache habe, über die ich mir Sorgen machen muss. Ich laufe ein paar Minuten durch das Wohnzimmer, bevor ich beschließe, dass ich mit jemandem darüber reden muss. Vielleicht träumt einer meiner Freunde immer noch? Wenn sie auf Gomorrha sind, ist es noch Nacht – und wird es noch eine Weile sein.

Die Frage ist, ob ich es wage, zurück in die Traumwelt zu gehen. Was ist, wenn der Nussknacker dort auf mich wartet?

Es fühlt sich unwahrscheinlich an. Es scheint, dass ein Teil seiner Strategie darin bestand, mich zu erwischen, während ich mir meiner Träume noch nicht bewusst war, und damit das passiert, müsste ich natürlich träumen. Außerdem werde ich machtlos sein, wenn ich das Traumwandeln ganz aufgeben muss.

Und es gibt eine zusätzliche Vorsichtsmaßnahme, die ich ergreifen kann – wenn Pom dazu bereit ist.

Ich berühre das Fell meines Loofts und tauche wieder ein in die Traumwelt.

———

POM ERSCHEINT in der Farbe von Roter Bete zu meinen Füßen, sobald ich in meinen Traumpalast komme.

»Es tut mir leid, dass ich so ein Feigling bin«, sagt er mit hängenden Ohren.

»Sag das nicht.« Ich bringe das Fell auf seinem Kopf durcheinander. »Dieses Ding hätte dich töten können. Was täte ich dann?«

Poms Fell verdunkelt sich. »Töten?«

»Nun ja. Und ich habe keine Ahnung, was das für dich bedeutet. Wenn er *mich* getötet hätte, wäre ich mörderisch verrückt geworden.« Ich runzele die Stirn. »Kannst *du* verrückt werden?«

Er wird völlig schwarz. »Keine Ahnung.«

»Dann lass es uns nicht herausfinden. Wenn noch einmal so ein Angriff passiert, lauf weg, genau wie du es diesmal getan hast.«

»Okay.« Sein Fell wird etwas heller. »Aber ich werde dich immer wieder vor Alpträumen warnen – sonst könnte das Ding dich überfallen.«

»Perfekt. Und da ist noch etwas anderes, das du für mich tun musst. Wenn der Nussknacker auftaucht, während ich in *deinen Träumen* träume, hast du die Macht, mich aufzuwecken, also musst du das tun, nachdem du verschwunden bist.«

»Verstanden.« Pom wird blaugrün und gibt mir einen knackigen Armeesalut.

»Lass es uns jetzt testen.«

Mit einem Nicken verschwindet er, und ich finde mich in meiner Wohnung wieder.

Ich berühre Pom erneut, und sobald ich ihn im Palast begrüße, teleportiere ich uns zum Turm der Schlafenden und überprüfe die umliegenden Räume.

Von allen ist nur Felix hier, also verbinde ich mich mit ihm.

Er träumt davon, mit Itzel an einem neuen Roboteranzug zu arbeiten. Es ist eigentlich eine Erinnerung.

Ich lasse Traum-Itzel verschwinden, erkläre Felix, dass er schläft, und bringe ihn in mein Wolkenbüro, wo er auf der Wolke herumläuft, während ich ihm von dem Kampf erzähle. Ich schließe mit: »Als ich aufwachte, war niemand da, das heißt, dieser Traumwandler – wenn er das war – hat mich nicht berührt, um reinzukommen. Er oder sie hatte entweder bereits eine Verbindung zu mir oder er oder sie hat eine Verbindung von außerhalb meiner Wohnung aus aufgebaut.«

Pom, der auf meiner Schulter sitzt, wird pechschwarz.

Felix hört auf, auf der Wolke hin und her zu gehen. Er weiß vielleicht schon, was ich fragen werde, aber ich frage es trotzdem. »Wenn es Letzteres ist, gibt es bestimmt Sicherheitsaufnahmen von ihm – oder ihr –, wie er oder sie an meiner Tür vorbeischleicht.«

Seine Monobraue führt einen kleinen Tanz auf. »Ich werde das prüfen, sobald ich aufwache. Aber bist du sicher, dass das ein Traumwandler war und nicht Pho… ich meine, Collywobbles?«

»Nun, Letzterer ist extrem mächtig und hätte mich schnell erledigt … Es sei denn, die Idee war, einfach nur mit mir zu spielen.«

»Und du kennst keine anderen Traumwandler, richtig?«, fragt Felix.

»Wenn ich es täte, würde ich ihn bitten, mir beizubringen, wie man in der Traumwelt einen Kampf führt. Dieses Mal hatte ich Glück.«

Felix schaut sich mit großen Augen um. »Kann er hier auftauchen?«

»Sollte das passieren, habe ich einen Plan.« Ich tätschele Poms pelzige Füße, und er bläht sich stolz auf. »Außerdem glaube ich, dass der Nussknacker darauf angewiesen ist, dass ich natürlich träume, um mich bewusstlos zu erwischen.«

»Wie wäre es, wenn du etwas Proaktives tun

würdest, falls er wieder auftaucht?«, fragt Felix. »Ich kann helfen.«

Gute Idee. Ich könnte, für den Anfang, meinen Körper fester machen.

Ich sammele meine Kraft und versuche, mein Fleisch in Metall zu verwandeln.

Nur mein kleiner Finger verfestigt sich – und ich kann ihn überhaupt nicht spüren.

Mit einer weiteren Anstrengung zwinge ich den metallischen kleinen Finger dazu, sich zu biegen. Das tut er, und ein Teil des Gefühls kommt zurück. Es ist ein Anfang. Ich biege den kleinen Finger noch etwas mehr, bis er sich schließlich wie ein normaler anfühlt, nur mit Novocain beschmiert.

Als Nächstes kommt mein Zeigefinger, dann der ganze Arm, und schließlich mein Oberkörper dran.

»Was denkst du?«, versuche ich zu fragen. Die Frage kommt nicht aus meinem Mund. Ich vermute, dass das metallene Äußere die Funktion meines Halses stört.

Ich brauche ein paar Minuten, um das Problem zu beheben. Als ich endlich meinen neuen metallischen Körper beherrsche, frage ich: »Kannst du mich angreifen?«

Felix kommt zu mir und stochert behutsam in meiner Mitte herum.

»Du musst das schon etwas anders angehen.« Ich lasse Boxhandschuhe an seinen Händen erscheinen. »Schlag mich.«

Er tut es.

Ich spüre den Schlag, aber der Aufprall ist definitiv gedämpft.

»Das Problem ist, dass dies eine Menge Konzentration erfordert.« Ich entwerfe einen Baseballschläger als Ersatz für Felix' Boxhandschuhe. »Schlag mich damit.«

Er knallt mir den Schläger in den Bauch.

Ich spüre ihn kaum.

Felix schlägt mich wieder. »Das ist cool«, sagt er, als ich nicht zurückschrecke. »Was kommt als Nächstes?«

»Was du willst. Was brauchst du?«

Er grinst. »Waffen. Jede Menge Waffen.«

Ich bringe uns in einen leeren Raum mit unendlich viel Reihen von Waffen, inspiriert von seiner Filmreferenz.

Sein Grinsen wird breiter, und er nimmt eine Beretta, lädt sie und richtet sie auf meine Brust. »Bist du sicher?«

Ich atme tief ein. »Schieß.«

Peng.

Meine Brust tut weh, als ob ich geschlagen würde, aber die Kugel prallt ab und landet zu meinen Füßen.

Dies ist eine praktikable Strategie.

Ich rüste Felix mit anderen Waffen aus und experimentiere mit verschiedenen Arten des Kampfes gegen einen Traumwandler – ich schmelze ein Katana, anstatt mich von ihm aufschlitzen zu lassen, erhöhe die Schwerkraft, um zu verhindern, dass eine Kanonenkugel in meine Metalltruhe knallt, bringe die

Chemie des Schießpulvers durcheinander, um zu verhindern, dass eine Uzi schießt, und so weiter.

»Diese Videospieldesign-Kurse haben dir eindeutig einen Vorteil verschafft«, sagt Felix, nachdem wir beide vom Üben müde geworden sind. »Übe so etwas noch ein bisschen, und ich bin sicher, dass du diesen Nussknacker besiegst – vorausgesetzt, er oder sie wagt es noch einmal, dich anzugreifen.«

Wenn ich nur so optimistisch wäre.

»Danke für die Hilfe. Ich lasse dich jetzt normal schlafen«, sage ich und verlasse Felix' Traum.

Da ich zu aufgedreht bin, um wieder schlafen zu gehen, brühe ich mir einen beruhigenden Kräutertee und nippe eine Weile gemächlich daran.

Als ich mich beim Gähnen ertappe, gehe ich zurück ins Bett. Es dauert eine Weile, aber schließlich schlafe ich ein, und dieses Mal ist mein Schlaf traumlos.

MORGENS WARTET eine Nachricht von Felix in der VR auf mich:

Nichts auf den Sicherheitsaufnahmen. Der Nussknacker muss vorher eine Verbindung zu dir hergestellt haben.

Hmm. Das schränkt den Pool der Verdächtigen etwas ein und ist beunruhigend. Irgendein Widerling hat mich berührt, während ich schlief. Wenn ich auch nur daran denke, möchte ich mich mit Hygieia desinfizieren.

Mit einem leichten Anflug von Enttäuschung finde

ich keine überschwängliche Entschuldigung von Valerian in meinem Posteingang – und auch keine andere Nachricht. Nicht einmal ein »Du bist scheiße.« Nun gut. Klingt, als war es das zwischen uns. Ich hoffe nur, dass er die Entwicklung des Spiels *Lucid Dreamer* nicht deswegen stoppt – ich brauche den Energieschub davon, um Mama zu wecken.

Zumindest glaube ich das. Mit Phobetor als Variable ist mehr Macht vielleicht nicht das Einzige, was ich brauche, aber wenigstens sollte sie bei der Nussknacker-Situation helfen.

Da ich nicht weiß, was ich als Nächstes tun soll, schaue ich bei meinem Reha-Job vorbei und finde einen großen Rückstand an Klienten vor, die auf meine einzigartige Form der Therapie warten, also beschäftige ich mich für den Rest des Tages damit.

———

IN DEN NÄCHSTEN drei Wochen hole ich weiterhin mein Arbeitspensum in der Reha-Klinik nach. Der Nussknacker taucht nicht in meinen Träumen auf, und Valerian ist nicht zu sprechen.

Die Dinge werden so routinemäßig mit meinen Klienten, dass ich mich, nicht zum ersten Mal, frage, ob ich eine VR-Firma gründen sollte, um sorgfältig VR-Erfahrungen für gewöhnliche Phobien herzustellen, die meine Traumtherapie widerspiegeln würden. Das ist eigentlich einer der Gründe, warum ich in der Vergangenheit die Spieldesign-Kurse besucht habe.

Vielleicht ist das ein Projekt, das ich mir vornehmen sollte, nachdem ich Mama gerettet habe. Besonders wenn ich die Dinge mit Valerian, einem VR-Guru, wieder in Ordnung bringe.

Nein, Letzteres wird gestrichen. Valerian wird nicht mehr Teil meines Lebens sein, weder als Liebhaber noch als Geschäftspartner – und es ist mir egal, wie sehr ich von seinem dummen, hübschen Gesicht träume.

In der vierten Woche beginne ich, mir Gedanken über das Projekt *Lucid Dreamer* zu machen. Wenn Valerian mich vor den Bus werfen konnte, wie er es beim Rat getan hat, warum sollte er dann die ganze teure Videospielentwicklung für mich fortsetzen?

Zu diesem Zweck stalke ich den Turm der Schlafenden, bis ich Bernard dort erwische. Schnell springe ich in seinen Traum.

BERNARD TRÄUMT von einem Ausflug mit seiner Tochter in den Zoo.

Es ist eine Erinnerung, was bedeutet, dass sie sich bis zu Tagesausflügen versöhnt haben. Gut für ihn.

Ich lasse ihn den Traum genießen, und wenn der nächste Traum beginnt, lenke ich ihn auf eine Erinnerung, die mit meiner Frage zu tun hat.

BERNARD – oder Bernie in diesem Zusammenhang – sitzt am Tisch mit Ratridevi Bhairava alias Rattie.

Heute sieht Bernie eher aus wie Wario als sein Erzfeind Mario, während Rattie so attraktiv ist wie beim letzten Mal – und seine symmetrischen männlichen Züge und starken dunklen Augenbrauen trotz des Spitznamens überhaupt nicht rattenhaft sind.

»Lass uns über Wiederspielbarkeit für *Lucid Dreamer* sprechen.« Rattie aktiviert die Bildschirme um sie herum, und sein Team aus Bangalore schließt sich der Konferenz an. »Wir wollen, dass unsere Userbasis das Spiel immer und immer wieder spielt.«

Bernie runzelt die Stirn. »Unsere Handlung ist zu linear, und das ist schwer zu ändern. Wir haben auch nicht so viele wechselnde Wege oder Enden.«

»Richtig. Deshalb denke ich, dass wir am einfachsten mit mehreren Charakteren einen Wiederspielwert schaffen können«, sagt Rattie, und alle auf den Bildschirmen nicken.

Bernie wirbelt seinen Schnurrbart im Bösewicht-Stil. »Vielleicht benutzen wir einen Charakter, der bereits im Spiel ist?«

»Das wäre eine Möglichkeit«, sagt Rattie. »Unser großer Böser wäre eine billige Option. Er hat die gleichen Kräfte wie …«

Ich blende den Rest aus. Der Bösewicht im Spiel ist der Rattenkönig. Ich habe sogar in der VR versucht, gegen ihn zu kämpfen, obwohl er in diesem Fall die Gestalt einer Spinne mit dem Kopf eines Clowns mit einer Chirurgenmaske annahm. Die spielbare Version würde wahrscheinlich eher wie Rattie selbst aussehen – denn so lässt sein schelmisches Bangalore-Team oft die Gesichter seiner Monster aussehen.

»Und wir brauchen kein weiteres Modell einzubeziehen«, sagt Bernie und spiegelt meinen Gedankengang wider. »Wenn nötig, kannst du einfach ins Motion-Capture-Labor gehen und …«

Bei der Erwähnung des Motion-Capture-Labors erinnere ich mich lebhaft daran, wie ich mit Valerian dort war und wie er diese Punkte auf meinem Gesicht angebracht hat. Auch die Art, wie er …

Einen Moment, warum fantasiere ich über diesen Verräter?

»… und das Beste daran ist, dass sich das Veröffentlichungsdatum nicht ändern würde«, schließt Bernie.

Alle nicken zustimmend.

Das ist in der Tat der beste Teil. Je nachdem, wie weit dieses Treffen in der Vergangenheit zurückliegt, könnte das Spiel sehr bald herauskommen.

»Nun, wenn das geklärt ist, sollten wir über das Feedback der Tester reden.« Bernie öffnet einen Ordner. »Die am häufigsten wiederkehrende Anmerkung ist: Zu viele Clowns und Spinnen.«

Das Bangalore-Team fängt an zu lachen, und als Bernie ihnen einen fragenden Blick zuwirft, erklärt einer von ihnen, dass die Clowns und Spinnen Ratties Schuld seien. Anscheinend lässt er sie diese Elemente in allen Projekten, die sie erstellt haben, überbeanspruchen.

Nicht daran interessiert, mehr zu hören, verlasse ich den Traum und finde mich in meinem Büro in der Reha-Einrichtung wieder.

Sieht nicht so aus, als hätte Valerian das Spieldesign gestoppt. Vielleicht ist er nicht so ein Idiot, wie ich dachte.

Als ob ich auf diesen Moment warte, taucht eine Nachricht in meinem VR-Posteingang auf.

Sie ist von Valerian.

Wenn du dich erinnerst, bot ich dir an, dich aus der Burg zu bringen, als wir uns trafen.

Was? Er verschwindet für Wochen, und seine Vorstellung von Kriecherei ist das? Pom wird rot an meinem Handgelenk, und ich verfasse meine Antwort:

Du hast aus Eigennutz angeboten, mich zu retten. Wenn du dich erinnerst, haben mich die Vampire entführt, bevor ich den Job mit Bernard beendet hatte. Ich schätze, dein Seher hat sich verrechnet – oder es war alles Teil des großen Plans. Dein Angebot, mich zu retten, war so armselig wie deine jetzige Entschuldigung, und du weißt es. Die Vampire hatten meine DNA. Mich aus der Burg zu holen hätte das Unvermeidliche nur verzögert.

Ich warte darauf, dass er sich aus dieser Situation herauswindet, aber er antwortet nicht.

Es gibt auch keine Antwort am nächsten Tag und am darauf folgenden Tag.

Gerade als ich mir vorstelle, dass er zum letzten Mal mit mir geredet hat, finde ich in meinem Büro einen Blumenstrauß mit einer kleinen Notiz:

Es tut mir leid.

Bei seiner Gallenblase. Er denkt, er kann ein paar Pflanzen töten und damit alles in Ordnung bringen?

Trotzdem stelle ich die Blumen in eine Vase und erwische mich für den Rest des Tages mit einem dummen Grinsen im Gesicht, wenn ich an ihnen rieche.

Am nächsten Tag bekomme ich eine Schachtel Pralinen mit der gleichen Nachricht.

Im Gegensatz zu ihren Cousins auf der Erde sind die gomorrhischen Süßigkeiten eigentlich gut für die Zähne und um ein Vielfaches leckerer, was ganz besonders für die extrem teure Marke gilt, die Valerian mir besorgt hat.

Trotzdem. Nur weil ich die Süßigkeiten verschlinge, heißt das nicht, dass ich bereit bin, zu vergeben und zu vergessen.

Am nächsten Tag wartet eine Kiste auf meinem Schreibtisch. Darin ist ein Armband.

Ich lege es an. Es ist hübsch, auch wenn es nichts von Poms pelzigem Körper an meinem anderen Handgelenk hat. Und nein, nur weil ich das Armband trage, heißt das noch lange nicht, dass wir uns versöhnt haben.

Bei Geschenk Nummer sieben bröckelt meine Entschlossenheit ein wenig. Das heißt, bis ich am nächsten Tag eine neue Nachricht von Valerian bekomme:

Felix hat mir alles erzählt. Kannst du deine dummen Missverständnisse lange genug beiseitelegen, um mit mir zu reden?

Dumme Missverständnisse?

Ich nehme sein Armband ab und werfe es in den Müllschlucker.

Dieser Mann hat Nerven.

Und was dachte sich Felix dabei, als er mit dem Feind sprach? Er hat Glück, dass ich nicht böse genug bin, um mich in seine Träume zu schleichen und ihn in einem See voller Blut schwimmen zu lassen. Er und Valerian sollen sich ficken – und einander.

Das letzte bisschen inspiriert mich stark zu meiner Antwort, die, nicht überraschend, lautet:

Fickt euch, du und Felix.

Valerian schreibt nicht zurück, und am nächsten Tag liegt kein Geschenk auf meinem Schreibtisch.

Okay, vielleicht hätte ich damenhafter antworten können.

Der Rest des Morgens vergeht in einem Gewirr von Therapieterminen. Als ich schließlich das Gefühl bekomme, dass ich mir etwas gönnen sollte, gehe ich zum Mittagessen ins White Fang, ein Restaurant, das von einem Werwolf geführt wird und das verschiedene Fleischtatars serviert und ein nettes Ambiente hat. Heute ist es ziemlich leer, was meiner Stimmung sehr gut entspricht.

Ich bin schon halb durch mein Ri Sashimi, als sich jemand an meinen Tisch setzt.

Es ist Valerian, der so reuelos aussieht, wie es überhaupt geht.

KAPITEL FÜNF

ER IST GROSS und breitschultrig und trägt eine von Zwergen designte Tunika, die auf seinen muskulösen Körper tätowiert zu sein scheint. Sein Gesichtsausdruck ist unleserlich, die ozeanblauen Augen sind gelassen, und kein Aufzucken von Emotionen ist auf diesen gemeißelten Zügen zu sehen.

Poms Fell wird korallenrosa.

Verdammte Hormone. Ich hatte vergessen, wie attraktiv Valerian ist. Er sieht lecker genug aus, um auf der Speisekarte zu landen, und das lenkt mich von meiner Wut ab.

Ein Kellner-Roboter rollt mit einen Teller Sashimi auf dem Kopf auf den Tisch zu. Valerian muss es bestellt haben, während ich ihn anstarrte.

Ich funkele ihn wütend an. »Du machst Witze, oder? Einer von uns wird nicht bleiben.«

Er nimmt mit bloßen Fingern ein Stück Sashimi –

richtige Werwolf-Tischmanieren. Er legt es sich in den Mund und kaut übertrieben langsam.

Ich stehe auf. »Gut. *Ich* werde gehen.«

Plötzlich verschwinden die anderen Tische um uns herum, zusammen mit den Fenstern und dem Eingang des Restaurants.

Valerian lehnt sich in seinem Stuhl zurück und schluckt seinen Bissen. »Wir müssen reden. Was kann ich tun, um deine Feindseligkeit zu verringern, damit du zuhörst?«

Poms Fell ist jetzt das wütendste Rot. »Du kannst eine Zeitmaschine bauen und mich nicht verarschen.«

Er stößt einen Seufzer aus. »Sonst noch etwas?«

»Sag mir alles, was du über Soma weißt. Lass mich die kostbaren schwarzen Fenster in deinen Träumen sehen, und vielleicht höre ich dich dann an.«

Seine Hände krümmen sich für einen Moment, aber es liegt kein Hauch von Gefühl auf seinem Gesicht – oder er trickst mich mit seinen Illusionskräften aus, damit ich so denke. Er setzt sich aufrechter hin und sagt: »Das ist wichtig. Ich arbeite mit dem gomorrhischen Senat und den Ratsmitgliedern auf der Erde zusammen.«

Ich falle in meinen Stuhl zurück. Wenn ich jetzt versuche zu fliehen, werde ich einen Tisch umstoßen oder gegen eine Wand laufen. Außerdem, wenn er die Wahrheit sagt, möchte ich weder den Senat noch irgendeines der Ratsmitglieder der Erde verärgern. Stattdessen schenke ich ihm meinen tödlichsten Blick.

»Wie oft muss ich noch fast getötet werden, bevor du mich in Ruhe lässt?«

Er verengt die Augen, seine heitere Maske verschwindet. »Ich bin hier, um deine störrische Haut zu retten. Du weißt, dass du in schrecklicher Gefahr bist, so sehr du auch vorgibst, es nicht zu sein. Und ich habe für deinen Schutz gesorgt.« Er lässt die Illusion verschwinden, indem er die Tische, Fenster und den Eingang wieder sichtbar macht.

»Gefahr?«, frage ich, und das Sashimi fühlt sich wie ein Stein in meinem Magen an. »Welche Gefahr?«

»Ernsthaft?« Er schüttelt den Kopf. »Der, den du Collywobbles nennst. Du bist auf seinem Radar aufgetaucht – und siehe da, jemand jagt dich in deinen Träumen. Was glaubst du, wie lange es dauern wird, bis du in der wachen Welt Ärger bekommst?«

Das ist ein interessanter Punkt. Selbst ich frage mich, ob diese Ereignisse miteinander zusammenhingen. Aber …

Ein seltsames Duo betritt das Restaurant. Einer von ihnen ist ein Mann mit einer dunklen Brille und einem dieser speziellen Spazierstöcke, mit denen die Blinden auf den Straßen der Erde navigieren. Neben ihm steht ein riesiger Hund, der eine Blindenhundausrüstung trägt – eine Arbeit, die hier auf Gomorrha ein Roboter verrichten würde.

Nur ist es kein Hund.

Es ist ein Werwolf, in seiner oder ihrer Tierform.

Der womöglich blinde Mann bahnt sich seinen Weg

zu unserem Tisch, ohne seinen Stock zu benutzen, und berührt kein einziges Hindernis auf seinem Weg, während sein Leitwerwolf hinter ihm herläuft.

Kurzerhand sinkt er auf den Stuhl zu meiner Linken und holt einen Slip aus seiner Tasche.

Blitzschnell verwandelt sich der Werwolf in einen nackten Mann mit traurigen Augen und ungepflegter Gesichtsbehaarung, was es schwierig macht, sein Alter zu bestimmen. Er schnappt sich die Unterwäsche, zieht sie wie ein Roboter an, setzt sich dann auf den verbleibenden Stuhl und schaut ausdruckslos in die Ferne.

Der scheinbar blinde Kerl dreht sich in meine Richtung. »Hallo, Bailey.« Sein Blick richtet sich auf meinem Gefährten. »Hallo, Valerian.«

»Nostradamus«, murmelt Valerian, der so verwirrt aussieht, wie ich mich fühle.

Das ist Nostradamus?

Er ist eine legendäre Gestalt. Man sagt, er sei einer der mächtigsten Seher, die es gibt, und er war mindestens einmal maßgeblich an der Rettung aller Cogniti beteiligt.

»Zu euren Diensten«, antwortet Nostradamus. »Und mein Begleiter ist Marius. Schön, euch endlich beide zu treffen – außerhalb der Visionen.«

Valerian blickt Marius an. »Freut mich.« Dann richtet sich seine Aufmerksamkeit auf Nostradamus. »Alle dachten, du wärst mit dem Rest der Seher verschwunden.«

Der Rest der Seher ist verschwunden?

Was geht hier vor?

»Ich werde auch weg sein, nachdem wir miteinander geredet haben«, sagt der Seher weise. »Aber zuerst bin ich hier, um dir zu sagen, wie du Baileys Leben retten kannst.«

KAPITEL SECHS

MICH RETTEN?

Nein. Nicht schon wieder.

Valerian sieht den Werwolf an, als ob er eine Erklärung sucht, und als er keine erhält, sagt er: »Ich bin hier, um sie zu beschützen.«

»Traurigerweise ist der Schutz, den du planst, für sie und alle anderen zum Scheitern verurteilt.« Nostradamus schnappt sich ein Stück Sashimi von meinem Teller und wirft es seinem Werwolf-Freund in den Mund.

Der Werwolf fängt es und schluckt es herunter, ohne zu kauen, während seine traurigen Augen weiterhin in die Ferne starren.

Ohne darüber nachzudenken, schiebe ich meinen Teller in Richtung Nostradamus und öffne meine VR, um dasselbe noch einmal zu bestellen.

Valerian reibt sich den Nasenrücken. »Der Unterschlupf, den der Senat vorbereitet hat …«

»In ihn wird eingebrochen werden – und die Vollstrecker überwältigt«, sagt Nostradamus. »Und obwohl meine Kräfte nicht so gut sind, wenn es um Ereignisse geht, die in Träumen passieren, kann ich dir sagen, dass die meisten Versionen der Zukunft, die du für sie geplant hast, damit enden, dass Bailey mörderisch verrückt wird.«

Ich blinzele. »In der Art, dass der Nussknacker mich in einem zukünftigen Kampf tötet?«

»Nicht, wenn du den Schlaf vermeidest«, sagt Valerian. »Es gibt …«

»Sie wird sich weigern, von Vampirblut zu leben«, sagt Nostradamus, und ich nicke nachdrücklich. »Aber selbst in den seltenen Zukünften, in denen die Wahl nicht bei ihr liegt, enden die Dinge genauso tragisch.«

Moment einmal. Er sah Zukünfte, in denen mich jemand mit Vampirblut zwangsernährt hat? Wer würde …

»Ich hasse Seher«, knurrt Valerian. »Ich nehme an, du wirst uns sagen, was wir tun sollen?«

»Ich kann dir einen Weg zeigen.« Nostradamus schnappt sich ein weiteres Sashimi-Stück und isst es mit einem beeindruckten Blick. »Nimm sie und ihre Freunde mit nach Nekronia.«

»Und?«, bohrt Valerian nach.

»Was ist Nekronia?«, frage ich.

Nostradamus erhebt sich. »Valerian wird es dir gleich erklären.«

Valerian springt auch auf, und seine Muskeln sind angespannt. »Warte, das war's?«

Überall fliegen Slipfetzen herum, als der Werwolf sich wieder in eine zottelige Bestie verwandelt und sich zwischen Valerian und Nostradamus stellt.

Nostradamus legt eine Hand auf den Kopf des knurrenden Wolfes und kratzt ihn hinter dem Ohr. »Er ist verärgert. Das ist verständlich.«

Valerian setzt sich wieder hin und vibriert fast vor Spannung. »Warum willst du uns nicht genau sagen, was wir tun müssen? Warum diese Scharade?«

»Nun, zum einen kann man die Zukunft ändern, wenn man sie kennt«, sagt Nostradamus.

Ich blinzele. »Können wir?«

»Sicher. Zum Beispiel, was wäre, wenn ich dir sagen würde: ›Ihr werdet keinen Nachtisch essen, wenn ich weg bin‹?«

»Wenn du sagen würdest, dass wir es nicht tun sollen, würden wir es nicht«, sagt Valerian.

»So einfach ist das aber nicht«, sagt Nostradamus. »Du wirst schon sehen.« Er wendet sich ab, um zu gehen.

»Warte!«, rufe ich. »Kannst du uns wenigstens ein paar Tipps geben?«

»Sicher«, sagt der Seher über die Schulter. »Nehmt Chester mit – oder einen anderen mächtigen Wahrscheinlichkeitsmanipulator. Wenn die andere Seite einen von seiner oder meiner Art rekrutiert, wäre er ein gutes Gegengewicht.«

Die andere Seite? Meint er den Nussknacker?

»Würde Chester es dir nicht unmöglich machen, unsere Zukunft zu kennen?«, fragt Valerian.

»Ich kenne eure Zukunft sowieso nicht genau«, sagt Nostradamus. »Ich bin hier, um euch einen Weg zu zeigen, der nicht zum sicheren Untergang für dich und alle anderen führt, aber das bedeutet nicht, dass ich ein positives Ergebnis garantieren kann.«

Pfui Teufel. Kein Wunder, dass niemand Seher mag.

Ein Roboter rollt mit meiner neuen Portion Sashimi zum Tisch. Ich nehme sie wie ferngesteuert und stelle sie auf den Tisch.

»Lebt wohl«, sagt Nostradamus. »Oh, zu guter Letzt, wenn du das Leitmotiv hörst, spiel den Detektiv.« Damit schlendert er mit seinem Werwolf auf den Fersen aus dem Restaurant.

Ich schaue Valerian an. »Was ist gerade passiert?«

Er wischt sich mit einer Hand über das Gesicht. »Ich glaube, wir stecken offiziell bis zum Hals in dieser Sache drin. Die Ratsmitglieder der Erde haben erfolglos versucht, Nostradamus ausfindig zu machen – und er tanzt hier einfach herein und gibt Prophezeiungen von sich, als ob es nichts wäre.«

»Aha. Warum suchen die Ratsmitglieder nach ihm? Warum hat er immer wieder eine Art Apokalypse angedeutet? Was zum Teufel ist ein Leitmotiv? Und was ist Nekronia?«

»Das Wichtigste zuerst«, sagt Valerian. »Was machen wir mit dem verdammten Nachtisch?«

Ich runzele die Stirn. »Hat Nostradamus nicht gesagt, keinen zu nehmen?«

Mein Appetit ist Geschichte, und ich wette, das Gleiche gilt für Valerian. Trotzdem rufe ich die VR auf und überfliege die Speisekarte. Als Dessert gibt es heute nur noch Kibble mit gefriergetrockneten Innereien nach Wahl des Kochs oder ein glasiertes *Cheburashk*-Ohr. Nein, danke. Die erste Option wird ohne Zweifel nach Gourmet-Hundefutter schmecken, und die zweite klingt so appetitlich wie ein Baby-Koala-Ohr auf der Erde.

Valerian gestikuliert in seiner eigenen VR und runzelt die Nase. »Nostradamus' genaue Worte waren ›Ihr werdet keinen Nachtisch essen, wenn ich weg bin‹.«

Ich weise das VR-Interface ab. »Aber er hat dem ›Was wäre, wenn ich euch sagen würde‹ vorangestellt.«

»Richtig. Das impliziert, dass allein schon die Formulierung ›Ihr werdet keinen Nachtisch essen, wenn ich weg bin‹ unsere Zukunft irgendwie verändern könnte. Aber das macht keinen Sinn. Der einzige Weg, der stimmen könnte, ist, wenn wir das Dessert aus Trotz bestellen.«

»Was du nicht tun wirst, richtig?«

Er verengt die Augen. »Ich bin nicht der Widerspenstige von uns beiden.«

»Was soll das bedeuten?«

»Wo soll ich anfangen? Du hast das Armband weggeworfen, das ich dir geschenkt habe. Du ignorierst …«

»Du hast mich ausspioniert?«

Valerian antwortet nicht. Er starrt auf den Eingang des Restaurants.

Ich folge seinem Blick und starre das Dutzend

Neuankömmlinge an – verschiedene Arten von Cogniti. Manche sind nackt, manche tragen nur Unterwäsche, und die anderen haben einen Mix aus Nachthemden und Pyjama an.

Alle sind mit Gegenständen bewaffnet, die in einer typischen Küche gefunden werden können: ein paar Leute mit Messern, eine große weibliche Elfe mit einem Sieb, ein männlicher Zwerg, der einen Pfannenwender hält, ein Gargoyle mit Spießen, eine Dryade mit einer Schere und so weiter.

Aber es sind nicht ihre Kleidung oder Waffen, die mein Inneres gefriertrocknen lassen, wie das Dessert, das wir wahrscheinlich nie bestellen werden können. Es ist auch nicht das Fehlen von Emotionen auf ihren Gesichtern.

Es sind ihre Augen.

In allen von ihnen ist ein magmaähnliches Feuer – genau dasselbe, das meine Mama in ihren Augen hatte, als sie meine Zwillingsschwester tötete.

»Mach eine Illusion!«, flüstere ich heftig, als alle feurigen Augen auf uns gerichtet sind.

Valerian schüttelt den Kopf. »Ihr Zustand macht es schwer, mehr als einen zu täuschen, und um sie aufzuhalten, müsste ich sie alle täuschen – oder genauer gesagt denjenigen, der sie kontrolliert. Denjenigen, der durch ihre Augen schaut. Wenn ich ein Team von Illusionisten hätte, die mir helfen würden, wäre das eine andere Sache.«

Seine Erklärung wirft viele Fragen auf, aber ich

komme nicht dazu, sie zu stellen, denn in diesem Moment stürzt sich die bunt zusammengewürfelte Crew auf uns.

KAPITEL SIEBEN

EIN MESSER RAUSCHT an meinem Ohr vorbei, wodurch ich mich ducken muss. Ein Sieb fliegt auf meinen Bauch zu, also weiche ich zur Seite aus. Ein Fleischklopfer knallt gegen Valerians Schulter. Er grunzt, dann springt er zwischen mich und ein Nudelholz und steckt den Schlag auf seiner Brust ein.

»Hör auf, getroffen zu werden!«, rufe ich.

»Danke«, hechelt er. »Ich werde mich sofort darum kümmern.«

Ich nehme den Klopfer und werfe ihn gegen den Kopf des Zwerges mit dem Pfannenwender. Er trifft ihn heftig ins Gesicht, aber er kommt trotzdem weiterhin auf uns zu. Gar nicht gut.

Valerian fängt ein Messer mitten in der Luft und schickt es in das Auge der Elfenfrau. Sie lässt ihr Sieb fallen und bricht auf dem Boden zusammen, vermutlich tot.

Das ist schon etwas. Scheint, als könnten sie besiegt werden.

Wenn wir ein Geschwader von Kämpfern bei uns hätten, hätten wir eine Chance. So, wie es im Moment aussieht, nicht wirklich. Nicht mit ihrer scheinbaren Unempfindlichkeit gegen Schmerzen, ihrer schieren Anzahl und dem Fehlen jeglicher Waffen oder nützlicher Kräfte.

Ein paar Spieße rauschen an Valerians Kopf vorbei, dann eine Schere. Ich verfluche mich dafür, dass ich keine Schlafgranate zur Arbeit mitgenommen habe, während ich einer verdreckten Bratpfanne ausweiche. Wie unhygienisch. Könnte es noch alptraumhafter sein?

Valerian kippt unseren Tisch um und benutzt ihn als Schild. Gute Idee. Das sollte uns eine Minute Zeit verschaffen, vielleicht zwei. Die Küchenwerkzeuge hämmern auf den Tisch wie Hagelkörner.

Vorsichtig schaue ich darüber.

Eine neue Gruppe von Leuten betritt das Restaurant. Angesichts ihrer komplett schwarzen Outfits, superschnellen Bewegungen und den Reißzähnen muss ich annehmen, dass sie Vollstrecker sind, oder zumindest Vampire, die sich als solche ausgeben.

Wenn dieser Haufen zu der Gruppe der Verrückten gehört, werden wir noch toter sein.

Aber das ist offenbar nicht der Fall. Zumindest nicht bei dem, den ich erkenne. Sein Name ist Virgil, und er war zuvor Valerians Verbündeter.

Ja. Virgil weidet eine Dryade aus, während ein anderer Vampir das Herz einer Elfe herausreißt.

Ein Massaker folgt. Bald sind Valerian und ich die einzigen Menschen im Restaurant, die noch am Leben sind, die Vampire nicht mitgezählt – ihre Lebendigkeit ist ohnehin umstritten.

»Warum hast du so lange dafür gebraucht?«, fährt Valerian Virgil an.

Virgil leckt ein Rinnsal von Blut von seiner Hand. »Du hast gesagt, du willst Privatsphäre haben. Hast uns gebeten, außerhalb des Hörbereichs zu bleiben. Das sind anderthalb Kilometer für mich.«

Er kann uns aus anderthalb Kilometern Entfernung hören? Bestimmt nur mit einem Soundverstärker.

Dann macht etwas bei mir klick.

Ich drehe mich zu Valerian um. »Du hast sie mich ausspionieren lassen. Wusstest du daher von dem Armband, das ich weggeworfen habe?«

»Sie haben dich nur beschützt«, sagt er. »Ich wusste von dem Armband, weil die Reha-Einrichtung uns Zugang zu der Sicherheitskamera in deinem Büro verschafft hat.«

Das ist irgendein Big-Brother-Mooftmist. Die Leute in der Reha-Einrichtung und ich werden uns miteinander unterhalten müssen.

Virgil versteckt seine Reißzähne. »Du bringst sie besser in den Unterschlupf.«

»An dieser Front hat es eine Planänderung gegeben«, sagt Valerian. »Anstatt unter deiner Aufsicht zu bleiben, wird sie mit mir kommen.«

Virgil hebt eine Augenbraue.

Da es sich so anhört, als würde ich endlich ein paar Antworten bekommen, ersetze ich meine anfängliche wütende Erwiderung durch: »Wohin gehen wir?«

Valerian schaut auf die Körper unserer Angreifer. »Nicht hier.«

»Nimm den Wagen.« Virgil deutet auf ein Fahrzeug in der Nähe. »Es wurde überprüft.«

Valerian nickt, geht zum Auto, und ich folge ihm.

Dies ist eine dieser luxuriösen Limousinen, die die Leute zu Hochzeiten und Ähnlichem bringen. Hier gibt es eine Bar und einen Kühlschrank, eine Couch und genug Platz zum Stehen und Bewegen.

Als wir losfahren, schenkt Valerian zwei Drinks an der Bar ein und reicht mir eines der Gläser.

Ich nehme einen kleinen Schluck. Köstlich. »Hat das für dich irgendeinen Sinn ergeben?«

Er setzt sich mir gegenüber hin. »Ich bin mir sicher, du verstehst, was Nostradamus mit dem Nachtisch gemeint hat. Er erwähnte es, und wir fingen an, uns darüber zu streiten, als er ging. Wenn er nichts gesagt hätte, wären wir wahrscheinlich schon aus dem Restaurant raus gewesen, bevor die Verlorenen ankamen.« Mit einem ausdruckslosen Blick erklärt er mir: »Ich nenne die Leute mit den seltsamen Augen *die Verlorenen*.«

»Das Dessert ist nicht das, wonach ich gefragt habe. Es ist alles andere. Wer sind die Verlorenen?«

»Es ist nur eine Theorie.« Er stellt sein Getränk auf einem kleinen Tisch in der Nähe ab. »Ich glaube, sie sind besessen und kontrolliert von Collywobbles.« Er macht um Phobetors Spitznamen Anführungszeichen in der Luft. »Wie ich schon sagte, du bist jetzt auf seinem Radar.«

Oh-oh. »Also diese Augen …«

»Sie offenbaren, dass sie kontrolliert werden«, bestätigt er.

»Was bedeutet, dass meine Mutter …«

»Es tut mir leid.« Er drückt sanft mein Knie.

Ich atme zittrig aus. Obwohl ich selbst so etwas vermutet hatte, finde ich es schwierig, wenn nicht gar unmöglich, zu akzeptieren, dass Mama von einem Gott der Alpträume kontrolliert wurde. Und meine Zwillingsschwester tötete – vergessen wir diese unmöglich zu verarbeitende Tatsache nicht.

»… Verlorenen sind in letzter Zeit in größerer Zahl aufgetaucht«, sagt Valerian gerade, als ich wieder auf ihn achte. »Das ist es, was mir geholfen hat, den Senat und die Ratsmitglieder der Erde zum Handeln zu bewegen.«

Ich schiebe alle Gedanken an meine Mutter und meine tote Schwester beiseite, springe auf und gehe in dem kleinen Raum des Autos auf und ab. »Fang ganz am Anfang an. Warum haben die Ratsmitglieder nach Nostradamus gesucht? Als er Untergangsstimmung andeutete, hatte das etwas mit den Verlorenen zu tun? Und was ist Nekronia?«

Valerian greift nach seinem Drink und nimmt einen großen Schluck. »Richtig. Von Anfang an. Du erinnerst dich an Wrakar?«

Ich halte inne. »Der Nekromant, der uns fast getötet hätte?«

Ich wünschte, ich könnte ihn vergessen. Das letzte Mal, als ich den Kerl sah, hatte Kit ihn in ein Spinnennetz gehüllt.

»Der Senat hat ihn befragen lassen«, sagt Valerian. »Wir haben viel erfahren.«

Autsch. *Befragt* ist eine höfliche Art, *gefoltert* zu sagen.

»Laut Wrakar ist Icelus eine Multi-Welt-Organisation«, fährt er fort, »alle vereint in einem Ziel: *du weißt schon wen* stärker zu machen. Obwohl wir den Angriff hier auf Gomorrha verhindert haben, hatten die Cogniti in zahllosen Otherlands nicht so viel Glück.«

Ich setze mich wieder hin, da sich meine Knie plötzlich weich anfühlen. »Sie haben Leute in die Luft gejagt?«

»Auf einigen Welten. Bei anderen zettelten sie einen Krieg an. Und bei einigen arbeiteten sie auf eine subtilere Art und Weise. Erinnerst du dich an Koshmar, die Droge, die Alpträume verursacht?«

Ich nicke.

»Auf einer Welt, die der Erde sehr ähnlich ist, gelang es ihnen, eine pharmazeutische Firma zu gründen und eine tödlichere Version dieses Medikaments als Schlafmittel zu vertreiben. Dies hat zu Millionen von Toten und Milliarden von schrecklichen Alpträumen geführt.«

Ich massiere mir den Nasenrücken. »Ich wusste

nicht, dass Icelus so weit verbreitet ist. Wie viele Mitglieder gibt es? Wie koordinieren sie diese Gräueltaten in den Otherlands?«

»Viele der Kataklysmen wurden von derselben Zelle verursacht. Was die Kommunikation von Welt zu Welt betrifft, behauptete Wrakar, dass sie dafür einen Traumwandler unter sich haben. Zuerst schien es weit hergeholt, aber nach diesem Angriff in deinem Traum glaube ich ihm auch in diesem Punkt.«

Ein weiterer Traumwandler.

Ein Icelus-Traumwandler.

Das muss der Nussknacker sein.

»Woher weißt du, dass es eine Person ist?«, frage ich. »Könnte ihnen nicht die Alptraumgottheit persönlich bei der Koordination helfen?«

Er zuckt mit den Schultern. »Das wäre zu viel des Guten. Außerdem denke ich, dass diejenigen, die sich zu sehr mit demjenigen anfreunden, den du erwähnst, unter seine Kontrolle geraten. Die meisten Icelus sind unabhängige Agenten, keine Marionetten mit feurigen Augen.«

»Richtig. Also hast du den Nekro befragt und den Ratsmitgliedern auf der Erde von deinen Ergebnissen erzählt?«

»Und den Ratsmitgliedern in anderen leicht erreichbaren Otherlands«, sagt er. »Die Idee ist, eine Verteidigung zu koordinieren. Deshalb suchten wir nach Sehern. Abgesehen von der offensichtlichen Nützlichkeit ihrer Visionen können sie zwischen den Welten kommunizieren, wenn auch nur miteinander.«

Ich erinnere mich, dass Nostradamus sagte, dass Valerian ihn nie wieder treffen wird. »Lass mich raten. Die Seher sahen dein Interesse an ihnen voraus und rannten weg, bevor sie in diesen Schlamassel hineingezogen werden konnten?«

Valerian fährt sich mit den Fingern durchs Haar. »Genau. Das war der Zeitpunkt, an dem alle anfingen, sich *wirklich* Sorgen zu machen.«

»Was ist mit dem kryptischen Leitmotiv, das er zuletzt erwähnt hat? Und, damit verbunden, wie spiele ich Detektiv?«

Seine Oberlippe kräuselt sich. »Seher. Ich habe von dem *Leitmotiv* im Zusammenhang mit Musik gehört. Genauer gesagt Beethovens *Sinfonie Nr. 5*, die manchmal auch die *Schicksalssinfonie* genannt wird.«

Ich kenne das Musikstück, von dem er spricht. Es ist eine der bekanntesten Kompositionen der klassischen Musik auf der Erde. Eine, bei der die Anfangstöne – und das Motiv – *da-da-da-daa* sind.

»Aber was hat die mit all dem zu tun?«, frage ich. »Und wie spiele ich den Detektiv?«

Valerian zuckt mit den Schultern. »Lass uns hoffen, dass du das herausfindest, wenn die Zeit gekommen ist. Den Detektiv zu spielen könnte bedeuten, dass du deine logischen Fähigkeiten einsetzt oder so etwas in der Art.«

»Und Nekronia?«

»Das ist Wrakars Heimatwelt – oder genauer gesagt die Welt, aus der er verbannt wurde. Er und der Traumwandler – dessen Identität er nicht kennt –

diskutierten ausführlich über diese Welt, und Wrakar ist überzeugt, dass sie von einer besonders bösen Icelus-Zelle, den Blassen, angegriffen werden wird. Ich habe beschlossen, ein Team anzuführen, das dorthin geht, um den Angriff zu verhindern und die Blassen gefangen zu nehmen.«

Ich reibe mir die Schläfen. »Und ich sollte kein Teil dieses Teams sein, oder?«

Er schüttelt den Kopf. »Ich wollte dich auf Gomorrha in Sicherheit bringen, aber das ist jetzt Geschichte. Nostradamus ist kein Seher, den man ignorieren kann.«

Großartig, einfach großartig. Wenn mich diese Dessertsache etwas gelehrt hat – außer der Angst vor Sehern – dann, dass ich besser auf diese dumme Mission gehen sollte. »Hat der Nekromant gesagt, welche Art von Angriff zu erwarten ist?«

Valerian zieht eine Grimasse. »Es wird dir nicht gefallen. Er glaubt, dass es durch einen bösartigen Virus geschehen wird, einen, der Menschen und Cogniti gleichermaßen befällt. Die Blassen sind anscheinend auf Biowaffen spezialisiert und haben bereits auf anderen Welten Viren eingesetzt.«

Ein Virus.

Ich kann all das Blut fühlen, das aus meinem Gesicht fließt.

Warum konnte es nicht etwas anderes sein?

»Du musst nicht gehen«, sagt er sanft.

»Er sagte, ich würde sterben, wenn ich es nicht tue.«

»Eigentlich sagte er, dass meine derzeitigen Pläne zu deinem Tod führen würden, aber was ist mit neuen Plänen? Was ist, wenn du auf der Erde bleibst?«

Ich stehe auf und schenke mir einen stärkeren Drink ein.

Ich habe keine Ahnung, was ich tun soll. Vertraue ich einem Seher? Und wenn ja, kann ich mich real in eine Welt begeben, in der ein beängstigendes Virus Amok läuft?

Was wirklich merkwürdig ist, ist, dass mich der Gedanke, mit Valerian zu reisen, fast so sehr erschreckt wie die Ansteckung mit diesem Virus. Ich weiß nicht, ob ich wütend auf ihn bleiben kann, während wir so viel Zeit miteinander verbringen.

Ein Teil von mir wird bereits schwächer. Er wollte mich schließlich in Sicherheit bringen, bevor der Seher es vermasselt hat.

Nun, wenn ich ihn begleite, werde ich besonders wachsam bleiben, wenn es um Valerian geht. Sicherlich kann ich mich mit reinem eisernen Willen vom Sabbern – oder noch Schlimmerem – abhalten.

Ja. Stimmt. Und vielleicht kann ich das Virus mit meiner Willenskraft bekämpfen, wenn ich schon dabei bin. Sogar jetzt – obwohl es der Alkohol sein könnte – möchte ich, dass er mich umarmt und küsst und mir sagt, dass alles gut wird.

Als ob er das spüren würde, stellt er sich neben mich an die Bar. »Du hast die letzte Begegnung mit Icelus kaum überlebt«, sagt er leise. »Denk gut nach, bevor du eine Entscheidung triffst.«

Ich kippe meinen Drink herunter. »Ich habe nicht wirklich eine Wahl, oder? Nostradamus hat gesprochen. Außerdem, wenn Collywobbles hinter dem Tod meiner Schwester steckt, will ich ihn und seine Schergen stellen.«

Valerian nickt ernst. »Dies wird eine lange Reise sein. Wie wäre es, wenn wir neu anfangen?«

Und so fängt es an. »Netter Versuch. Du kennst meinen Preis, um die Vergangenheit ruhen zu lassen.« Ich schaue ihm ins Gesicht. »Erzähl mir alles über Soma und lass mich in die schwarzen Fenster in deinen Träumen. Ich will keine Geheimnisse mehr.«

Er wendet sich ab. »Das ist zu viel.«

Ein hysterisches Kichern entweicht meinen Lippen. »Zuerst hast du mich dem Rat von New York auf einem goldenen Tablett serviert. Jetzt willst du, dass ich in eine virenverseuchte Welt gehe, und du hast die Nerven, zu sagen, dass *ich* zu viel verlange?«

»Ich bin nicht derjenige, der sagt, dass du gehen sollst. Ich frage mich sogar immer noch, ob es eine Möglichkeit gibt, dass du *nicht* gehen musst.«

»Es gibt keine.« Nicht laut eines legendären Sehers, so unzuverlässig er auch sein mag.

Valerian atmet hörbar aus. »Gut. Du hast gewonnen. Wenn wir mit dieser Mission fertig sind, wirst du bekommen, was du willst.«

Das Auto hält an.

Ich schaue auf das Gebäude der Drehkreuze. »Wir gehen jetzt schon nach Nekronia?«

»Zuerst auf die Erde.« Er geht hinaus und hält mir die Tür auf. »Dort wirst du sicherer sein.«

Als wir durch die Lobby des Gebäudes gehen, sehe ich Vollstrecker – zweifellos unsere Leibwächter für den Fall, dass die Verlorenen wieder zuschlagen.

»Wie genau übernimmt Collywobbles diese Leute?«, frage ich.

Valerian bedeutet mir, in den Aufzug zu treten, und drückt den Knopf für die oberste Etage. »Das weiß niemand mit Sicherheit. Bis jetzt hatten alle Opfer eines gemeinsam: wiederkehrende Alpträume und andere Schlafprobleme.«

»Behalten sie ihre Kräfte?«, frage ich, als wir aus dem Aufzug kommen und auf das blau schimmernde Plasmator zusteuern, das zur Erde führt.

»Scheint so«, sagt er. »Und, wie ich bereits erwähnt habe, kann ich nur einen Einzelnen mit Illusionen täuschen, was meine Macht nutzlos macht, wenn ich es mit einer Gruppe von ihnen zu tun habe.«

Wir treten durch das Tor und kommen auf der Erde heraus. Das JFK-Drehkreuz ist unterirdisch, also hallt meine Stimme wider, als ich sage: »Ich frage mich, ob meine Kräfte auf sie wirken würden.«

»Ich würde nicht in die Träume der Verlorenen gehen«, sagt Valerian. »*Du weißt, wer* dort auf dich warten könnte.«

Stimmt. Ich frage mich, ob Mama zu den Verlorenen gehört. Das hat sie eindeutig an einem Punkt getan. Und ich sah Collywobbles in ihren Träumen.

Wir betreten die Korridore, aber anstatt mich zu der geheimen Tür zu führen, die sich zum Flughafen JFK öffnet, nimmt Valerian eine andere Abzweigung.

»Was ist dort?«, frage ich.

»Ein Labor.« Er geht in einen Raum am Ende des Korridors.

Ich folge ihm.

Ein Labor? Eher das Versteck eines verrückten Wissenschaftlers.

Wenn ein Sanitätslieferant gegen einen Eisenwarenladen in einer Raumstation kämpfen würde, könnte dies das Ergebnis sein. Eine Mischung aus gomorrhischer und irdischer Technik ist überall verstreut, aber besonders auf einem Tisch, an dem Itzel etwas baut, wobei ihre Aufmerksamkeit auf ihre Aufgabe gerichtet ist.

Ariel und Felix sind auch hier und führen eine angeregte Diskussion.

»... auf keinen Fall würde Batman Iron Man in einem Kampf besiegen«, sagt Felix. »Nur wenn sie keine Ausrüstung hätten.«

Ariel runzelt die Stirn und schafft es, dabei immer noch Uber-attraktiv auszusehen. »Wenn Batman genug Zeit hätte, sich vorzubereiten ...«

»Hallo Leute«, rufe ich. »Was macht ihr hier?«

Alle drei sehen mich an, als wäre ich aus dem Nichts aufgetaucht.

Valerian schmunzelt. Er muss uns mit seinen Kräften bis jetzt versteckt haben.

»Ich habe gerade an etwas Wichtigem gearbeitet«, sagt Itzel und hebt den Kopf, um mir einem mürrischen Blick zuzuwerfen. »Diese beiden sollten eigentlich meine Arbeit testen, aber in Wirklichkeit stören sie mich nur.«

Ich gehe hinüber, um Itzels *Arbeit* zu betrachten. Sie hat eine Reihe von Masken gemacht, die an die erinnern, die sie immer trägt, weil sie ein Zwerg mit Atembeschwerden ist und so weiter.

»Ich habe Itzel beauftragt, Ausrüstung für unsere Reise nach Nekronia herzustellen.« Valerian nimmt ein Telefon heraus und tippt, während er spricht. »Die Vollstrecker werden die Prototypen in menschliche Labors bringen und sie ausprobieren.«

Ich schaue mich verwirrt um. »Und sie arbeitet auf einer rückständigen Welt wie der Erde, weil …?«

»Es gab noch nie eine größere Pandemie auf Gomorrha. Wenn es um Virenschutz und dergleichen geht, hat dieser Ort tatsächlich die Nase vorn.« Itzel zeigt auf einen nahegelegenen Schutzanzug.

»Oh, bitte«, sage ich. »Wir bekommen keine Pandemien, dank Hygieia und besserer sanitärer Einrichtungen. Die Erde ist uns *nicht* voraus.«

»Wir nehmen Hygieia-Stäbe mit«, sagt Valerian. »Aber da das fragliche Virus höchstwahrscheinlich über die Luft übertragen wird, brauchen wir auch Masken.« Er wendet sich an Itzel. »Bailey braucht jetzt auch eine Maske. Genau wie der Rest von euch.«

»Was?«, fragt Felix, gerade als Ariel ruft: »Warum? Wer?«

Valerian und ich informieren sie über unsere Begegnung mit dem Seher.

»Ich kann nicht glauben, dass es so schlimm ist, dass Nostradamus sich darauf eingelassen hat«, sagt Felix. »Die sprichwörtliche Scheiße ist wirklich kurz vor dem Dampfen. In einem epischen Ausmaß.«

Ariel nickt grimmig. »Eine Art Apokalypse steht bevor.«

Itzel sieht aus, als hätte jemand ihr Lieblingsraumschiff zum Absturz gebracht. »Ich hätte wissen müssen, dass es sich eines Tages rächen würde, deine Freundin zu sein«, sagt sie mürrisch.

Natürlich. Nostradamus sagte, dass meine Freunde mit uns auf diese Mission kommen müssen. Ich war zu egozentrisch, um zu erkennen, was das für die Leute in diesem Raum bedeutet.

»Ich bezweifle, dass er dich gemeint hat«, sagt Felix zu Itzel. »Seher können die Zukunft eines Zwerges nicht vorhersagen.«

»Nicht direkt«, sagt Ariel. »Aber sollen wir alles riskieren, indem wir sie *nicht* mitnehmen?«

Wow. Sie nehmen die Worte von Nostradamus noch ernster als ich.

»Das tut mir leid«, sage ich. »Er ist nicht wirklich ins Detail gegangen, wenn ihr also nicht wollt …«

»Ich gehe«, sagt Ariel entschlossen.

»Das ist eine Chance für mich, meinen neuen Anzug zu testen«, sagt Felix, viel weniger entschlossen.

»*Wenn* du gehst, wirst du großzügig belohnt

werden«, sagt Valerian zu Itzel, bevor er sich an Ariel und Felix wendet. »Das gilt auch für euch beide.«

Itzel wird munter. »Belohnt von dir oder dem Senat?«

»Beides«, sagt Valerian. »Und auch von den Ratsmitgliedern der Erde.«

Felix und Ariel tauschen beeindruckte Blicke aus.

»Ich habe das Gefühl, dass wir etwas ausarbeiten können.« Mit neuer Begeisterung beugt sich Itzel über die Maske vor ihr.

Valerian schaut auf sein Telefon. »Ich muss ein paar Vorbereitungen treffen. Die Ratsmitglieder haben euch Beschützer zugewiesen. Sie warten draußen in einer Limousine.« Er dreht sich um und geht auf den Ausgang zu.

»Wann beginnen wir die Reise nach Nekronia?«, rufe ich ihm nach.

»In ein paar Tagen«, antwortet er über seine Schulter.

»Was?« Ich schaue Ariel und Felix an. Sie zucken beide mit den Schultern. »Wo bleibe ich in der Zwischenzeit?«

Valerian bleibt stehen und wirft mir einen verzweifelten Blick zu. »Deine Leibwächter sollten dich überall in Sicherheit bringen.«

»Wie wäre es, wenn du bei uns pennst?«, schlägt Ariel aufgeregt vor. »Wir haben im Moment ein unbenutztes Zimmer.«

»Und bei uns gibt es einen Domovoi, der alles töten kann, was hineinkommen könnte«, fügt Felix hinzu.

»Außerdem sind unsere Türen und Fenster kugelsicher.«

Hm. Ich frage mich, ob Letzteres etwas ist, was Bowser für Prinzessin Peach, die ursprüngliche Bewohnerin des fraglichen Raumes, einbauen lassen hat.

»Perfekt«, sagt Valerian. »Wir treffen uns wieder hier. Ich schicke dir die Details per SMS.«

Damit geht er weg.

»Wem schickt er sie?«, frage ich die restliche Crew.

»Mir«, gibt Felix zu. »Wir haben die letzten Wochen zusammengearbeitet.«

Ich schaue ihn mit vorgespielter Verärgerung an. »Das hat dir also die Gelegenheit gegeben, ihm all meine Geheimnisse zu verraten.«

Ariel grinst. »Du kennst Felix schon lange genug, um zu wissen, was für ein Klatschmaul er ist. Wenn es etwas gibt, von dem du nicht willst, dass die ganze Welt es erfährt, sag es ihm nicht.«

»Ich kann *auf jeden Fall* ein Geheimnis bewahren.« Felix' Monobraue wippt auf seiner Stirn. »Ich habe nie jemandem davon erzählt …« Als er Ariels tödlichen Blick bemerkt, schluckt er hörbar und murmelt: »Vergiss es.«

»Könnt ihr jetzt ruhig sein?«, knurrt Itzel. »Ich arbeite.«

Ariel rollt mit den Augen. »Lasst uns nachsehen, wen die Ratsmitglieder mit unserem Schutz beauftragt haben.«

Sie führt uns aus dem Raum heraus und durch die

labyrinthischen Gänge ins JFK, wo eine magersüchtige, dünne Frau auf uns wartet.

»Thalia!«, ruft Ariel. »Schön, dich wiederzusehen.«

»Thalia ist eine Nonne aus dem Jinto-Gebirge auf Voikomlya«, flüstert Felix mir ins Ohr. »Sie sind unglaubliche Kämpfer.«

»Schön, dich kennenzulernen, Thalia«, sage ich ehrfürchtig. »Ich bin in eurer Welt gewesen und habe einige deiner Schwestern getroffen.« Genauer gesagt habe ich Traumverbindungen zu ein paar der Kriegernonnen hergestellt, damit ich ein wenig von ihrem Kampfstil lernen konnte, aber da ich nie um Erlaubnis gefragt habe, erwähne ich diesen Teil nicht.

Bei der Erwähnung ihres Ordens wird Thalias dünnes Gesicht traurig.

»Sie ist im Exil und lebt hier auf der Erde.« Felix senkt seine Stimme weiter. »Der Grund, warum sie nichts sagt, ist, dass sie unter einem Schweigegelübde steht.«

»Siehst du? Klatsch«, sagt Ariel.

Thalia nimmt ein Telefon heraus und tippt schnell etwas.

Ariels Telefon piept. Sie schaut darauf, lächelt und sagt: »Thalia hat etwas nicht so Schmeichelhaftes über Felix gesagt und dann vorgeschlagen, dass wir ihr zur Limousine folgen sollen.«

Der Weg durch den Flughafen ist ereignislos, und als wir ihn verlassen, wartet draußen die blasseste Frau, die ich je gesehen habe, auf uns. Wenn sie ein Mensch wäre, würde sie aussehen, als wäre sie Ende sechzig, aber ich bezweifele, dass sie ein Mensch ist, da diese selten einen so unergründlichen Blick in ihren Augen haben.

Thalia nickt der Frau zu, holt ihr Telefon heraus und tippt wie wild.

Ariel liest die Nachricht und hält mir dann ihr Handy hin.

Das ist Edith. Sie ist die älteste Vampirin der Erde. Sie ist für euren Schutz zuständig. Ich bin nur die Fahrerin.

Eine Vampirin, und dazu noch die älteste auf der Erde? Beeindruckend. Angesichts der Falten im Gesicht und auf der Stirn der Frau hätte ich ihr Wesen nie erraten – obwohl es diese Augen und die Blässe erklärt.

Diejenigen, die nach ihrem Tod zu Vampiren werden können, werden als Pre-Vampire bezeichnet. Aber nicht alle werden verwandelt. Ich habe gehört, dass das Trinken von Blut eines mächtigeren Vampirs ihre Chancen erhöht – mit dem Nebeneffekt, dass sie sich an den Spendervampir binden und für eine Weile seinen Befehlen folgen müssen. Auf Gomorrha zu leben verringert die Wahrscheinlichkeit, sich zu verwandeln, deshalb trifft man dort nie Pre-Vampire, sondern nur Vollvampire. Bevor sie sich verwandeln, sind Pre-Vampire extrem langlebig, also muss Edith vor ihrem *Tod* uralt gewesen sein.

»Ihr müsst Felix, Ariel und Bailey sein«, sagt sie mit einem leichten deutschen Akzent.

Felix und ich antworten, dass es sehr schön ist, sie zu treffen, und Ariel murmelt einfach etwas

Unverständliches. Obwohl sie ihre Vampirblutsucht überwunden hat, fühlt sie sich nicht wohl dabei, sich in der Nähe der Quellen ihrer Lieblingsdroge aufzuhalten.

Wir steigen in die Limousine, fahren vom Flughafen und bleiben prompt im Verkehr stecken – New York vom Feinsten. Nach ein paar Minuten, in denen das Auto abwechselnd rollt und stillsteht, versteift sich Edith und setzt sich aufrechter hin.

Was zum Teufel ...?

Eine Frau in einem Nachthemd tritt auf die Straße. Dann ein Mann in seidenen Boxershorts. Dann immer mehr Leute in Schlafklamotten.

Mein Herzschlag beschleunigt sich.

Ihre Augen sind feurig, genau wie die der Verlorenen auf Gomorrha.

Diese Gruppe ist allerdings besser bewaffnet.

Wie auf Kommando heben sie ihre Pistolen und feuern auf uns.

KAPITEL ACHT

ICH ZUCKE ZUSAMMEN, und meine Augen schließen sich, als die Kugeln in die Limousine schlagen. Das ohrenbetäubende Geräusch von Schüssen vermischt sich mit Felix' schrillen Schreien.

Stille tritt ein, gefolgt von einer weiteren Runde Schüsse.

Eigentlich sollte ich durchlöchert sein, aber ich fühle mich okay.

Ich öffne die Augen.

Es gibt nicht einmal einen Riss in der Windschutzscheibe.

»Kugelsicher«, erklärt Felix heiser, während er sich den Schweiß von der Stirn wischt.

Neben mir hält Ariel eine Waffe in der Hand. Ich habe keine Ahnung, woher sie sie hat.

Thalia stellt das Auto auf *Parken* und greift nach dem Türgriff.

»Nein«, sagt Edith und fährt ihre Reißzähne aus. Mit einem Lispeln befiehlt sie: »Bleibt hier!«

Bevor wir widersprechen können, bewegt sich die Vampirin schneller, als dass man es sehen könnte. Ich nehme an, dass sie die Tür der Limousine öffnet, aussteigt und die Tür hinter sich schließt, aber das geht so schnell, dass ich es kaum erkennen kann – und keine einzige Kugel die Chance hat, hereinzufliegen.

Ohne auf die Kugeln zu achten, stürzt sie sich auf den ersten Angreifer.

Der Verlorenen feuern erneut.

Edith scheint das nicht zu stören.

Einen Wimpernschlag später ist der erste Verlorene nur noch ein blutiger Fetzen.

Eine Millisekunde danach wird ein weiterer auseinandergerissen. Dann der Nächste.

Zwei Herzschläge später sind nur noch ein paar Körperteile übrig.

Edith wendet sich von ihren Opfern ab und nimmt einen angespannten, verkniffenen Gesichtsausdruck an. Bevor ich mich über die Vampirverdauung wundern kann, taucht eine Kugel aus einer blutenden Wunde in ihrem Nacken auf und fällt klirrend auf dem Bürgersteig.

Edith entspannt sich, und das Loch heilt sofort.

»Wow«, murmelt Felix.

Das kann er laut sagen. Ich wusste, dass ältere Vampire mächtig sind, aber das ist beängstigend.

Ediths Augen nehmen den spiegelnden Glanz an, und sie zwinkert zum nächsten Schaulustigen. Sie führt ihren Vampir-Gedankentrick an jedem in dem Auto aus, dann verzaubert sie den Rest der Umstehenden bis zur nächsten Ausfahrt.

Die bezirzten Fahrer starten ihre Motoren und fahren direkt in den Graben am Straßenrand, um die Straße für uns freizuräumen.

Edith huscht zurück in die Limousine und befiehlt Thalia, loszufahren.

Die Nonne gibt Gas, und wir verlassen den Highway, bevor jemand *Wählen Sie 911* sagen kann. Edith nimmt ein Telefon heraus und befiehlt jemandem, in der Nähe des Ausgangs, den wir gerade verlassen haben, *aufzuräumen*.

Mit dreifacher Höchstgeschwindigkeit fliegen wir durch die Straßen der Stadt, bis ein Polizist uns anhält – und Edith ihn bezirzt, unsere Eskorte zu sein. Der Polizist steigt wieder in sein Auto, schaltet die Sirene ein und macht uns den Weg frei, bis wir auf die Brooklyn Bridge abbiegen.

Von dort aus ist die Fahrt zu Felix und Ariels Gebäude in der Innenstadt ereignislos. Wir lassen Thalia im Auto zurück und betreten die Lobby. Ich erwarte halbwegs, dass weitere Verlorene erneut angreifen, aber das tut niemand.

Eine Fahrt mit dem Aufzug später erreichen wir die kugelsichere Wohnungstür, und Edith sagt: »Ich werde draußen warten.«

Felix und ich zucken mit den Schultern, während Ariel erleichtert aussieht.

Als wir hineingehen, tauchen zwei vertraute pelzige

Kreaturen auf, um uns zu begrüßen: ein Chinchilla und eine Katze.

Hallo, sagt das Chinchilla – Fluffster, der eigentlich eine Art Cogniti namens Domovoi ist – in meinem Kopf. *Schön, dich wiederzusehen.*

Die Katze schaut mich und alle anderen an und tut dann so, als hätte sie zufällig an der Haustür nachgesehen. Ihre Haltung scheint zu sagen: »Einem reinrassigen Perser mit einem so flachen Gesicht wie dem meinen ist es *wirklich* egal, ob Plebejer wie ihr existieren.«

Ariel schnappt sich Fluffster und drückt ihn an ihre Brust. »Bailey wird für eine Weile bei uns bleiben. Ist das nicht fantastisch?«

Das Chinchilla schaut mich ohne zu blinzeln an, und seine Augen sind zu intelligent für ein Nagetier. *Wirst du dich an der Miete beteiligen?*, fragt er in Gedanken.

»Kumpel.« Felix rollt mit den Augen. »Wenn du es wissen willst, dank Bailey werden Ariel und ich bald ›großzügig belohnt‹ werden.«

Fluffster will wissen, warum, also bringe ich ihn auf den neuesten Stand.

Wie ich Felix kenne, wird er nicht nach Geld fragen, sagt Fluffster in Gedanken, als die Geschichte vorbei ist. *Dieser Haushalt könnte völlig bankrott gehen, und er würde nicht mit der Wimper zucken.*

»Ich werde Geld bekommen, keine Sorge.« Ariel reibt die flauschige, sparsame Kreatur an ihre Wange.

»Und ich habe vor, um etwas zu bitten, mit dem

man hervorragend Geld verdienen kann«, sagt Felix. »Ich möchte eine VR-Spielefirma auf Gomorrha gründen.«

»Stopp, sag es uns nicht.« Ariel lässt Fluffster auf den Boden sinken. »Du wirst die Matrix aufbauen.«

»Die Matrix war ein Gefängnis«, sagt Felix verteidigend. »Ich möchte eine vollständig immersive VR-Spielumgebung aufbauen, die die Leute freiwillig besuchen und in der sie monatelang bleiben wollen.«

»Das kommt auf dasselbe hinaus.« Ariel geht zu einem Wäscheschrank und nimmt ein Set Laken und Handtücher heraus. »Beides sind simulierte Welten mit viel Action und Abenteuer.« Sie blickt mich an. »Komm, wir bereiten alles für dich vor.«

Sie führt mich in ein Zimmer mit einem Bett, einem Tisch und Bücherregalen, die mit Papierbüchern gefüllt sind. Sie zieht die Bettwäsche ab, ersetzt sie durch die neue und hängt die Handtücher über die Stuhllehne.

Ich betrachte die Bücher. Bei ihnen geht es nur um Magie – die Aufführungskunst, nicht die Macht. Ergibt Sinn. Dies ist – oder war – das Zimmer von Prinzessin Peach, und sie steht wirklich auf dieses Zeug.

»Ist es in Ordnung, dass ich ihr Bett benutzen werde?«, frage ich Ariel und nicke in Richtung des Bildes von Prinzessin Peach in der Nähe.

»Oh ja«, sagt Ariel. »Sie ist auf Atlantis, einer Welt, in der die Zeit viel schneller fließt als hier. Ich bin nicht so gut in Mathe, aber ich glaube, in der Zeit, in der wir dieses Gespräch führen, erlebt sie einen ganzen Tag Flitterwochenglück.«

»Also, wenn du weißt, wo sie ist, könnten wir …«

»Nein. Wenn Valerian mit der Absicht dorthin gehen würde, sie um einen Gefallen zu bitten, würde sie ihn kommen sehen und nicht mehr da sein, wenn er ankommt. Und das ist der Idealfall. Wenn er kein Glück hat, würde Valerian sie erwischen – und dann würde ihr Mann ihn auf spektakulärste Weise töten. Er möchte wirklich, dass sie diese Zeit für sich alleine haben, und warnte ausdrücklich vor Unterbrechungen.«

Okay. Keine Hilfe von Prinzessin Peach oder ihrem *Ehemann*. Nicht, dass einer von beiden bei dem größten Problem von allen helfen könnte – Collywobbles gibt es in der wachen Welt gar nicht einmal.

Es sei denn, es gibt ihn. Was weiß man wirklich über einen Gott der Alpträume?

»Bist du hungrig?«, fragt Ariel.

Ich bejahe, und sie schleift mich in die Küche, bevor ich meine Nahrungsbedenken äußern kann.

Ich hätte mir keine Sorgen machen müssen. Grinsend wie ein Verrückter legt Felix ein großes Bündel Bananen in eine Salatschüssel und stellt sie feierlich vor mich hin.

Er und Ariel bekommen das, was er *sein Special* nennt, und der Domovoi eine Schüssel Haferflocken mit Nüssen. Die Katze erhält eine Dose Futter, auf der *Fancy Feast* steht und das Bild einer Katze zu sehen ist, die ihr sehr ähnelt – aber ich denke, das ist nur seltsames Marketing und kein Beweis dafür, dass Katzen kannibalistisch sind.

Stimmt es, dass du nur Bananen isst, wie ein Affe?, fragt Fluffster mich in Gedanken, als ich die erste schäle.

»Wenn ich auf der Erde bin, ja«, sage ich mit vollem Mund. »Es ist das Essen, dem ich am meisten vertraue.« Und selbst das nicht besonders, aber das füge ich nicht hinzu – Felix hat schon genug Spaß auf meine Kosten.

Ich kann von Hafer und Heu leben, sagt Fluffster. *Was, wie Bananen, preiswert ist.* Er schaut Felix, Ariel und die Katze bedeutungsvoll an.

Felix erstickt fast vor Belustigung. »Mach dir keine Sorgen«, sagt er, als er zu Atem kommt. »Wenn die Finanzen schwierig werden, versprechen Ariel und ich, auch von Bananen zu leben.«

»Und vergiss den Hafer nicht«, sagt Ariel.

Die Katze wirft jedem einen Blick zu, der zu sagen scheint: »Wenn ihr mir nicht mein Spezialfutter besorgt, werde ich mich stattdessen an euren nicht allzu schicken Augäpfeln laben.«

Mit jeder Banane, die ich schäle, ärgern sie mich mehr, und als ich alle aufgegessen habe, steht Felix auf, geht hinüber zu einem Schrank und holt ein paar vertraute Päckchen heraus.

Ich verenge die Augen. »Du hast Manna?«

»Ich bin auf den Geschmack gekommen, als wir auf Gomorrha geblieben sind, also habe ich einen Haufen reingeschmuggelt«, sagt Felix. »Es gehört alles dir. Ich wollte nur, dass Ariel wenigstens einmal das Bananenessen sieht.«

»Böse«, murmele ich und greife nach einem Paket.

»Genial«, sagt Ariel grinsend.

Ich werfe ihr einen bösen Blick zu und stürze mich auf das himmlische Essen, während sie ihr langweiliges, unhygienisches irdisches Gericht verspeisen.

Für den Rest des Tages mache ich es mir in meiner neuen Umgebung bequem. Wir sehen uns einen Film an, spielen gewalttätige Videospiele, und schließlich schlafe ich in dem geliehenen Bett.

Der Nussknacker taucht in meinen Träumen nicht auf, was eine Erleichterung ist.

Die nächsten paar Tage vergehen wie im Flug – Mitbewohner zu haben, die nicht die eigene Mutter sind, kann ziemlich lustig sein. Am dritten Tag bekommt Felix eine Nachricht von Valerian:

Seid um 5 Uhr im Labor.

Als wir Edith über diese Entwicklung informieren, ist sie nicht im Geringsten überrascht.

Unsere Fahrt in der Limousine zum John-F.-Kennedy-Flughafen ist glücklicherweise ereignislos. Keine Verlorenen greifen uns an, und als wir in der Absetzzone für Passagiere anhalten, fragt Ariel Thalia: »Du kommst nicht mit uns, richtig?«

Die Nonne schüttelt den Kopf.

»Sie hat ein Gelübde abgelegt, auf der Erde zu bleiben oder so etwas«, flüstert Felix.

Natürlich. Ich kann sehen, dass der Aufenthalt auf

der Erde eine Form der Buße ist, gleichbedeutend mit einem Schweige- oder Fastengelübde. Als ich diese Meinung mit den anderen teile, fängt Ariel an, ihre Heimatwelt energisch zu verteidigen, und wir streiten darüber bis ins Labor.

Valerian wartet bereits auf uns, als wir hineingehen, und er ist nicht allein.

Eine Reihe von unbekannten Leuten sind hier, zusammen mit einigen, die ich schon einmal getroffen habe – abgesehen von Kit und Itzel.

Eine der Personen ist Chester, ein Wahrscheinlichkeitsmanipulator, der wie ein Satyr aussieht. Eine andere ist Nina, eine Frau mit Gesichts-Piercings und extrem starken Telekinesefähigkeiten. Auch Colton ist hier, ein Riese, der klein genug ist, um auf der Erde leben zu können. Alle drei sind Mitglieder des New Yorker Rates.

»Willkommen«, sagt Valerian. »Lasst mich die Vorstellungen übernehmen.« Er fährt fort, mich und alle, die ich kenne, zu nennen, zusammen mit unseren Kräften. Als er bei dem ersten Fremden ankommt, passe ich genauer auf.

»Das ist Fabian«, sagt Valerian und nickt einem Mann zu, der nur ein wenig kleiner ist als Colton. »Er ist der Alpha des Berliner Rudels.«

Beeindruckend. Ein Werwolf-Alpha ist so mächtig, wie ein Verbündeter nur sein kann.

»Er ist berühmt für seine Kampfkünste«, flüstert Ariel ehrfürchtig.

»Du bist zu freundlich«, knurrt Fabian mit einem

starken deutschen Akzent. »Ich habe Wolfu erfunden, die erste Kampfkunst, die in Wolfsform ausgeführt wird.«

Nina spielt mit ihrem Nasenring. »Ein Wolf, der kämpft? Wie sieht das überhaupt aus?«

»Hoffen wir, dass wir nicht in so große Gefahr geraten, um das herauszufinden«, murrt Itzel.

»Das ist Stanislav«, fährt Valerian fort und nickt einem grauhaarigen Mann zu, der ganz in Schwarz gekleidet ist. »Hauptvollstrecker des Rates von Sankt Petersburg.«

Felix schaut den Mann argwöhnisch an. »Ein Chort?«

»*Da*«, sagt Stanislav mit einem Stirnrunzeln. Mit einem starken russischen Akzent fragt er: »Hast du ein Problem damit?«

»*Njet, njet*«, sagt Felix schnell. »Es ist schön, dich kennenzulernen.«

Das ist es in der Tat. Chorts können die Organe ihrer Opfer manipulieren und Teile ihrer eigenen Anatomie unerheblich machen, wenn sie angegriffen werden. Stanislav könnte sogar noch nützlicher als ein Alpha-Werwolf sein, und auf jeden Fall erschreckender zu berühren.

Edith betrachtet Stanislav sehr genau, und er blickt sie im Gegenzug böse an. Ich frage mich, was das soll. Ich habe etwas über Vampire und Chorts gehört, die sich gegenseitig an die Kehle gehen, aber ich kann mich nicht an die Details erinnern.

»Und zu guter Letzt Dylan.« Valerian zeigt auf eine

attraktive junge Frau in einer Lederjacke. »Obwohl sie eine Cogniti ist, hat sie keine Macht im traditionellen Sinne. Sie wird unsere wissenschaftliche Beraterin sein.«

Dylan hebt ihr Kinn an. »Wenn Wissen Macht ist – und das ist es – bin ich die beeindruckendste Cogniti hier.«

»Und die Bescheidenste, nicht zu vergessen«, sagt Itzel und rollt mit den Augen.

Valerian wirft Itzel einen strengen Blick zu. »Dylan hat einen IQ auf Genie-Niveau und Doktortitel in mehreren Bereichen – einschließlich Virologie.«

»Und vergiss mein Talent für Sprachen nicht«, sagt Dylan. »Ich bin auch dein Übersetzer.«

»Zwerge sind gut bei Sprachen«, widerspricht Itzel. »Ich spreche mehrere.«

»Ja, aber im Gegensatz zu dir«, sagt Valerian, »war Dylan bereit, sich die Zeit zu nehmen, die Sprache von Nekronia von unserem Nekromanten-Gefangenen zu lernen.«

Itzel versteift sich. »Ich musste die Masken entwickeln.«

»Wobei ich geholfen habe«, sagt Dylan. »Wenn du ...«

»Wo wir gerade von Masken sprechen«, sagt Valerian. »Diejenigen von euch, die das noch nicht getan haben ... probiert bitte eure an.«

Wir eilen alle zu dem Tisch, auf dem die Masken liegen.

»Ich habe deine bereits mit Hygieia desinfiziert«, sagt Valerian und zeigt auf die mittlere. »Zieh sie an.«

Ich betrachte die Maske. Sie sieht überdimensioniert aus, so als könnte es gegen einen Giftgasangriff helfen, nicht nur gegen ein Virus. Ein Riemen geht über meinen Kopf und zwei andere schlingen sich um meine Ohren und sorgen für einen guten Sitz. Als ich sie aufsetze, kann ich etwas Chemisches und Metallisches riechen, aber meine Atmung verlangsamt sich nicht.

»Das ist ein erstaunliches Design«, sage ich, und meine Stimme ist gedämpft.

Ariel reißt ihre Maske vom Tisch. »Die ist *wirklich* cool. Bailey sieht aus und klingt wie Bane.«

»Das ist Batmans Nemesis«, erklärt Felix. »Typisch Ariel, alles und jedes mit ihrem Lieblingskreuzritter mit Umhang zu verbinden.«

Ariel schlägt ihm leicht auf die Schulter und setzt ihre Maske auf. Sofort sieht sie wie ein Zwerg aus. Das tut Felix auch, als er die seine anprobiert.

Nina lässt ihre Maske auf ihr Gesicht schweben, während alle anderen ihre Masken eher traditionell aufsetzen.

Als wäre es die natürlichste Sache der Welt, fängt Fabian an, sich auszuziehen, und legt reihenweise Muskeln frei, die nur die stärksten Steroide bei Nicht-Werwölfen heraufbeschwören könnten. Als er nur noch in seinen Boxershorts dasteht, dreht er uns den Rücken zu und vollendet das Strippen.

Bei der schamlosen Zurschaustellung seiner

Arschbacken aus Stahl schaut Itzel weg, Kit pfeift wie ein Cartoon-Wolf, Ariel wackelt mit den Augenbrauen und Dylan errötet wie eine mittelalterliche Maid. Da ich merke, dass Valerian mich mit verengten Augen anstarrt, tue ich auch so, als würde ich gleich in Ohnmacht fallen.

»Meine Maske ist ein besonderes Design«, sagt Fabian, ohne sich umzudrehen, und sein deutscher Akzent tritt noch stärker hervor. »Ich wollte sie nur noch ein letztes Mal testen.«

Mit einem Blitz verwandelt er sich in seine Wolfsform. So groß wie ein Bison und noch muskulöser als in der humanoiden Form, ist er ein zotteliges Ding von erschreckender Schönheit. Und in der Tat hat sich seine Maske verlängert, um sein Hundegesicht aufzunehmen, wodurch er wie ein Höllenhund mit Maulkorb aussieht.

Als er wieder in seine männliche Form zurückkehrt, zieht sich die Maske zusammen, aber darauf achtet niemand, denn diesmal steht er uns gegenüber, und seine Kronjuwelen und andere Teile sind voll zu sehen.

Kit pfeift wieder, Ariel fächert sich selbst Luft zu und Dylan sieht aus, als würde sie gleich in Ohnmacht fallen.

»Gute Arbeit, Itzel«, sagt der Werwolf und ignoriert das alles.

Itzel schaut ihn an, schluckt deutlich hörbar und wendet ihren Blick ab. Ich dagegen starre, so sehr ich kann, hin, um Valerian zu ärgern.

Es muss funktionieren, denn sein gemeißelter Kiefer spannt sich an, und er nutzt seine Kräfte, um Fabians bestes Stück mit einem Feigenblatt abzuschirmen, bis der Werwolf seine Boxershorts wieder angezogen hat.

Enttäuscht drehe ich mich um und schaue mir die übrig gebliebenen Masken an. Es gibt mindestens ein Dutzend von ihnen.

»Was ist mit denen?«, frage ich und nicke dem Stapel zu.

»Sie sind für den zweiten Teil unseres Teams«, sagt Valerian und klingt immer noch irritiert – sehr zu meiner Freude. »Wir treffen sie auf dem Weg.«

Heiliger Bimbam. Wir haben bereits einen Urvampir, einen Riesen, einen Telekinetiker, einen Uber, einen Chort, einen Gestaltwandler, einen Alpha-Werwolf, einen Illusionisten und einen Roboteranzug. Jetzt klingt es, als gäbe es noch mehr Verstärkung. Wenn wir an unserem Ziel ankommen, werden wir eine verdammte Armee sein.

Grunzend sammelt Colton die restlichen Masken ein und verstaute sie in seinem riesigen Rucksack.

Itzel zeigt uns einige Merkmale der Maske, wie zum Beispiel, dass man essen und trinken kann, ohne die Maske abnehmen zu müssen – und Dylan weist uns darauf hin, welche Merkmale ihre Beiträge waren.

»Ihr müsst immer noch sicherstellen, dass das Essen und Trinken nicht verunreinigt ist«, entschuldigt sich Itzel, als sie mit der Demo fertig ist. »Wenn ich eine Dekontaminationskammer hätte bauen müssen, hätte das Projekt ...«

»Keine Sorge«, dröhnt Colton und dreht sich um, um uns eine Tasche von der Größe eines industriellen Kühlschranks zu zeigen. »Ich trage die Vorräte.«

»Vorsichtig«, sagt Valerian. »Da sind Granaten drin.«

Kit schiebt sich ihre Maske auf die Stirn und verwandelt sich in eine gruselige, pflanzenähnliche Kreatur ohne Mund und Nase und mit grünen Kaktusstacheln statt Haaren. Als sie zu ihrem Anime-Charakter zurückkehrt, sagt sie: »Im Notfall brauche ich weder die Vorräte noch die Maske und könnte von der Photosynthese leben.«

»*Nyechist'*«, murmelt Stanislav leise.

»Das bedeutet so etwas wie *böse Kräfte*«, flüstert Felix mir ins Ohr. »Gewöhnlich wird das über Chorts gesagt.«

Stanislavs Gehör muss gut sein, denn er wirft Felix einen vernichtenden Blick zu.

Chester nimmt auch seine Maske ab und enthüllt ein teuflisches Grinsen. »Gehen wir?«

»Nur noch eine Sache.« Valerian entfaltet eine große handgezeichnete Karte auf dem Tisch. »Prägt euch den Weg nach Nekronia ein, für den Fall, dass wir getrennt werden.«

»Erledigt«, sagt Dylan sofort. »Ich habe ein fotografisches Gedächtnis.«

»Ich hoffe, du hast die Geduld, auf die geistig Behinderten unter uns zu warten«, knurrt Fabian durch seine Maske, und Dylan tritt einen Schritt zurück und beweist, dass sie genug normalsterbliche Intelligenz hat, um sich vor einem genervten Werwolf zu hüten.

Ich präge mir unseren Weg mit Leichtigkeit ein; solche Karten zu lesen wird auf Gomorrha in der Mittelschule gelehrt. Felix und Ariel brauchen am längsten. Kein Wunder, ihr Lehrer war Hekima, dessen vorrangiges Ziel in seinem Unterricht sich als das Verursachen von Alpträumen herausstellte.

»Jetzt schnappt euch eine Waffe und lasst uns gehen«, sagt Valerian, als jeder die Karte aus dem Gedächtnis zu seiner Zufriedenheit rezitiert.

Ariel läuft so aufgeregt wie ein Kind zu Weihnachten in die hinterste Ecke des Raumes. Dort gibt es zwei Stapel – einen Stapel mit Klingenwaffen wie Messer, Schwerter und dergleichen, und einen anderen mit Schusswaffen.

»Denk dran, Schusswaffen funktionieren nicht auf jeder Welt«, sagt Dylan, während sie Ariel zusieht, wie sie Pistolen in jede Ritze ihres Outfits rammt.

Mit einem Achselzucken nimmt Ariel ein Messer und eine Scheide mit einem Schwert darin in die Hand.

»Ich habe mein eigenes«, sagt Chester und zieht etwas, was wie ein Schwertgriff aussieht, aus der Rückseite seiner Hose. Er drückt auf einen Knopf, und der Griff verwandelt sich in eine Waffe, die ich noch nie zuvor gesehen habe – ein Schwert aus einer Substanz, die genauso aussieht wie das schimmernde Plasma der Tore.

»Moment mal«, sagt Felix. »Ist das nicht …«

»Ein Familienerbstück.« Chester zwinkert und zieht die Klinge ein.

Als Colton an der Reihe ist, hebt der Riese ein Claymore auf, das in seiner großen Hand wie ein Dolch aussieht.

Itzel bildet eine Blitzkugel auf ihren Handflächen. »Ich brauche nichts.«

Nina lässt eine Scheide und einen Krummsäbel in ihre Hände fliegen und befestigt sie an ihrer Taille. »Ich werde ihn wahrscheinlich nicht brauchen, aber es schadet nicht, ihn zu haben.«

Edith schnappt sich eine Axt und schnallt sie sich auf den Rücken, während Stanislav dasselbe mit einem Säbel tut.

Als ich ein paar gomorrhische Pistolen entdecke, schnappe ich mir eine, und Valerian und Dylan tun dasselbe.

»Soll ich die Granaten verteilen?«, dröhnt Colton.

»Noch nicht«, sagt Valerian und nimmt ein Paar Sai – spitze, dolchartige Waffen.

»Über welche Art von Granaten reden wir?«, frage ich, während ich mir einen Dolch an die Taille und ein Katana auf den Rücken schnalle. Ich bin kein Experte auf dem Gebiet der Dolche, aber ich habe in den Träumen zweier Kendo-Meister, die mich angeheuert hatten, ihnen zu helfen, *bis zum Tod* zu kämpfen, gelernt, wie man ein Katana schwingt.

»Schlaf- und Giftgranaten«, antwortet Valerian. Er scheint mir endlich nicht mehr böse zu sein. »Die erste für den Fall, dass wir wollen, dass du in einer Gruppe von Feinden träumst, die andere für den Fall, dass wir eine Massenvernichtungswaffe brauchen.«

»Würde das Gift uns nicht zusammen mit den Bösen töten?«, fragt Felix.

»Nicht, wenn du die Maske aufbehältst«, sagt Itzel.

»Verstanden.« Felix geht hinüber zu einem großen Apparat, den ich vorher nicht bemerkt hatte. Es muss eine neue Version seines Roboteranzuges sein, und er hat vier Arme, im Stil einer Hindugöttin.

»Lass die Maske auf«, sagt Itzel, als Felix beginnt, sie abzunehmen.

»Sie hat recht.« Dylan schnallt sich einen Degen an ihre Taille. »Ein Virus kann die Roboterfrontplatte durchdringen. Wenn ich den Anzug für dich entworfen hätte, hätte ich …«

»Wir haben den Anzug gemacht, bevor wir von dieser Mission wussten«, sagt Itzel. »Außerdem … wen interessiert das schon? Sein Kopf wird passen, auch mit der Maske.«

»Na ja, mich interessiert das«, grummelt Felix und klettert in den Metallhaufen. Durch einen Lautsprecher in seiner Brust sagt er: »Ich kann kaum atmen.«

»Du wirst es überleben«, sagt Valerian, packt dann die Karte weg und führt unsere Lumpenprozession zu dem Raum mit dem Drehkreuz.

»Wie wäre es, wenn ich zuerst gehe?«, sagt Chester, als wir uns alle dem violetten Tor nähern, das der erste Schritt unserer Reise ist.

Niemand hat Einwände. Seine Chancen, zufällig angegriffen zu werden, sind verschwindend gering im Vergleich zu unseren ohne seine Wahrscheinlichkeitsmanipulationskräfte.

Sobald Chester durch das schimmernde Plasma tritt, folgen die anderen. Als ich an der Reihe bin, trete ich mit etwas Aufregung hinein. Das Einzige, was ich nicht wirklich gemacht habe, ist die Erforschung der Otherlands, denn das ist gefährlicher als der Besuch von Traumwelten, aber nicht wirklich unterhaltsamer.

Das dachte ich jedenfalls.

Als ich auf der anderen Seite herauskomme, atme ich verwundert aus.

KAPITEL NEUN

DER HIMMEL über uns ist ein fluoreszierendes Violett, mit rosa Zuckerwattewolken – eine Kombination, die ich in meinen Traumweltkreationen nie verwendet habe, weil ich ironischerweise dachte, dass sie zu unrealistisch sei, um in der Natur zu existieren. Es gibt auch einen Saturn-ähnlichen Ring um diesen Planeten und zwei Monde – einen etwas kleineren als der der Erde und einen doppelt so großen.

Als wir zum nächsten Tor eilen, bemerke ich, dass meine Schritte leichter sind, was auf eine andere Schwerkraft hindeutet als die auf der Erde und Gomorrha.

Der beunruhigendste Teil ist die Luft. Sogar durch die Maske hindurch fühlt sie sich ungewöhnlich dick und süß an – aber ich denke, wenn sie giftig wäre, hätte Valerian das eingeplant.

»Ich war schon einmal in diesem Otherland«,

flüstert Ariel. »Es gibt ein Gate zum Flughafen von Las Vegas in der Nähe.«

Felix starrt sie an. »Du gehst in Otherlands, um auf derselben Welt zu landen? Das Risiko ...«

»Besser als ein achtstündiger Flug«, murmelt sie zurück.

Chester seufzt. »Schade, dass Vegas nicht unser Ziel ist. Ich liebe diesen Ort.«

Ich bin mir sicher, dass er das tut. Er kann bei jedem Glücksspiel gewinnen, egal wie hoch die Gewinnchancen zugunsten des Hauses liegen.

Felix starrt auf den gelben Schimmer, der unser Ziel ist. »Du weißt, dass das Tor, das wir gleich nehmen werden, auf Hekimas Liste der gefährlichen, die man vermeiden sollte, stand, oder?«

»Ich bin mir sicher, dass dieses Arschloch übertrieben hat«, sagt Valerian kühl.

»Hoffen wir es«, murmelt Itzel leise.

Unbekümmert, was mögliche Gefahren betrifft, betritt Chester das neue Tor wie ich mein Lieblingsrestaurant. Der Rest von uns folgt vorsichtiger. Und das ist auch gut so.

Als wir auf der anderen Seite auftauchen, scheint Hekimas Beschreibung nicht allzu übertrieben. Zunächst einmal lassen die Temperatur und die Hitze das Badehaus aus Valerians Traum im Vergleich dazu kühl erscheinen. Dann gibt es die pterodaktylusähnlichen Vögel, die wie Geier am Himmel über einer Wüste kreisen.

Bevor ich Valerian bitten kann, uns für die Fauna

unsichtbar zu machen, stürzt sich ein Pterodaktylus auf uns.

Fast beiläufig streckt Nina ihre Hand aus. Mit einem schmerzhaften Schrei stoppt die fliegende Kreatur mitten im Flug und knallt gegen eine nahegelegene Klippe.

Stanislav murmelt in einem beeindruckten Ton etwas auf Russisch, und Felix antwortet: »Da, da.«

Der Rest der fliegenden Kreaturen scheinen keine wählerischen Esser zu sein. Sie schwärmen mit lautem Freudenschrei um den Körper ihres gefallenen Kameraden herum.

Meine Begeisterung für Otherland-Erforschung verblasst ein wenig, während wir weitermachen. Die nächste Welt ist eine nicht enden wollende Wüste mit einem seltsam sternenlosen Nachthimmel. Die danach ist eine graue Tundra.

»Was erwartet uns auf Nekronia?«, frage ich, und die Anspannung in meinen Schultern lässt nach, als uns zwei weitere Welten lang nichts angreift.

»Sie wird von Nekromanten beherrscht«, sagt Dylan und nimmt einen professoralen Ton an. »Sie haben eine Religion, die sich um die Seelen dreht, und sie benutzen wiederbelebte Leichen, um ihre Wirtschaft zu betreiben. Das hält die Menschen dankbar, weil es sie im Luxus leben lässt. Laut …«

»Das erinnert mich an etwas.« Valerian schaut Kit an. »Sie haben einige sexuelle Tabus, vor denen ich alle warnen wollte.«

Alle, die Kit gut kennen, folgen Valerians Blick mit

Neugierde, während die Frau selbst sich vorwärtsbewegt, als ob mit *alle* nicht *sie* gemeint wäre.

»Sie sind zutiefst homophob«, sagt Valerian, und Kit verlangsamt ihr Tempo. »Außerdem gibt es ein strenges Gesetz gegen Ehebruch.«

»Deshalb wurde Wrakar ins Exil geschickt«, mischt sich Dylan ein. »Er hatte eine außereheliche Affäre.«

Kit bleibt stehen und verwandelt sich in eine androgyne Person von unaussprechlicher Schönheit. »Was ist, wenn sie Single sind?«, fragt sie mit einer Stimme, die ebenso männlich wie weiblich ist.

Chesters Augenwinkel ziehen sich zusammen. »Wie wäre es, wenn du einfach deine Hose anlässt?«

Schmollend schaut Kit Dylan an. »Gut. Aber vielleicht kann mir unterwegs jemand helfen, zu kratzen, wenn es juckt?«

Dylans Ohren färben sich tiefrot, und sie rennt ganz unanmutig in ein blaues Tor vor uns.

Fabian knurrt etwas auf Deutsch, und Itzel antwortet ähnlich.

»Na ja, ich habe mir einfach gedacht, dass Sex noch etwas ist, in dem sie vielleicht einen Doktortitel hat«, sagt Kit entschuldigend und tritt nach Dylan in das Tor. Der Rest von uns folgt, und ich kann nicht umhin zu bemerken, wie Ariel ihr Bestes tut, um nie in Ediths Nähe zu kommen.

Wo wir gerade von Edith sprechen … Wird sie in einer Welt voller Nekromanten nicht ein Problem sein? In unserer Leichenschauhaus-Begegnung mit

Wrakar war eine Gruppe von Vollstreckern ein großes Hindernis.

Ich überdenke das noch ein paar Welten lang, bevor ich meine Bedenken mit dem Team teile, Edith eingeschlossen.

Sie schnauft. »Ich bin zu mächtig, als dass ein Nekromant mich kontrollieren könnte.«

»Ich bin mir sicher«, sage ich. »Aber werden sie nicht wissen, was du bist, und sich aufregen? Hat deine Art sie nicht von den meisten Welten vertrieben?«

»Sie werden nicht einmal spüren, dass ich ein Vampir bin«, sagt Edith. »Der Plan ist, zu sagen, dass ich ein Uber bin. Mein Mangel an jugendlichem Aussehen sollte bei der Täuschung helfen.«

Chester schmunzelt. »Wahrhaftig. Vampire sind nicht dafür bekannt, dass sie Botox-Injektionen brauchen.«

»Trotzdem«, sage ich. »Es ist ein bisschen beunruhigend.«

Valerian tritt neben mich, legt eine Hand auf meine Schulter und drückt leicht. Mein verräterischer Magen fühlt sich plötzlich kribbelig an. »Ediths Fähigkeit, Totenbeschwörer zu bezirzen, setzt das Risiko einer Entdeckung außer Kraft«, murmelt er mir ins Ohr. »Du brauchst dir keine Sorgen zu machen.«

Ich ignoriere die Wärme, die sich in mir ausbreitet, nehme seine Hand von meiner Schulter und drehe mich zu Edith. »Stimmt das?«

»Auf diese Weise haben wir so viele Informationen

aus unserem Nekro-Gefangenen herausbekommen«, sagt sie stolz.

Als sie das hört, zieht sich Ariel von dem Vampir zurück und wechselt das Thema, indem sie nach dem Team fragt, von dem Valerian erzählt hatte, dass es auf uns warten würde.

Oh, ja. Das hätte ich fast vergessen.

»Da Icelus auf mehreren Welten operiert, versuchen wir, eine übergreifende Verteidigung zu organisieren«, antwortet Valerian. »Die Leute, nach denen du fragst, kommen aus den Welten, die sich bisher entschieden haben, teilzunehmen.«

»Wow«, sagt Ariel.

»Das ist cool«, sagt Felix.

Itzel nickt mit dem Kopf. »Eine historische Errungenschaft, in der Tat.«

Wenn ich nicht wütend auf Valerian wäre, würde ich mich ihrem Lob anschließen. Cogniti-Welten halten sich normalerweise aus den Angelegenheiten der anderen heraus.

Valerian kommt wieder neben mich und berührt meinen Arm. »Es wartet tatsächlich jemand auf uns, der dich interessieren könnte.«

Ich trete alles andere als subtil aus seiner Reichweite und hebe eine Augenbraue.

Ärgerlicherweise sieht Valerian nicht verärgert aus. »Da Icelus einen Traumwandler benutzt, um sich über die Welten hinweg zu koordinieren, haben wir uns entschieden, dasselbe zu tun und einen willigen auf einer Welt namens Raira ausfindig gemacht.«

Meine zweite Augenbraue verbindet sich mit ihrer Zwillingsbraue, und beide schießen mir die Stirn hoch. »Du kennst einen anderen Traumwandler, und das sagst du mir erst jetzt?«

Seine Lippen pressen sich zusammen. »Wir haben ihn erst vor ein paar Tagen rekrutiert.«

»Du solltest nicht so hart sein mit Valerian«, sagt Kit, gerade als ich etwas Abfälliges sagen will. »Der Rat wollte *dich* benutzen, um sich über die Welten hinweg zu koordinieren, aber er sagte, dass das nicht in Frage käme.«

Ich schaue nach oben in Valerians ozeanblaue Augen. »Wirklich?«

»Ich hatte nicht vor, dich ein zweites Mal vor den Bus zu werfen«, sagt er mit unleserlichem Gesicht.

»Hmm«, ist meine geniale Antwort. Ich schaue meine Freunde an, aber sie alle weichen meinem Blick aus.

Gut. Ich springe durch das nächste Tor und lande auf einer eisigen Ebene unter einem giftig aussehenden grünen Himmel.

Niemand nervt mich für die nächsten zwei Tore. Felix und Stanislav sprechen Russisch, Itzel, Edith und Fabian reden auf Deutsch, und später sprechen Felix und Dylan in einer Sprache über Informatik, die genauso gut eine Fremdsprache sein könnte.

Und – Überraschung – Dylan hat darin promoviert.

Die nächste Welt ist eine grüne Savanne mit hüfthohem Gras.

Ariel holt mich ein. »Bin ich die Einzige, die denkt, dass Nekronia wie Narnias tote Schwester klingt?«

»Still«, zischt Edith. »Etwas kommt.«

Alle hören auf zu reden.

Donner – oder so etwas Ähnliches – rumpelt in der Ferne. Das Gras vibriert, als der Boden bebt.

»Ein Erdbeben?«, flüstert Felix.

»Lauft!«, schreit Chester und rennt schnell zum Tor.

Endlich sehe ich die Gefahr – eine Herde von mammutähnlichen Kreaturen –, nur dass diese hier größer und wilder aussehend. Wenn sie uns erreichen, sind wir alle Fleisch-Tortillas.

Wir beginnen alle gleichzeitig zu rennen. Edith, Ariel und Fabian liegen bald in Führung. Die Herde holt uns ein. Zu meinem Entsetzen setzt sich Nina in einer Lotus-Pose auf den Boden, schließt die Augen – und ein heiterer Ausdruck erscheint auf ihrem Gesicht.

Was zum …?

Alle, Nina eingeschlossen, schweben vom Boden in die Höhe.

Ah. Sie benutzt wieder ihre Kräfte.

So zu schweben ist ein unheimliches Gefühl, das ich schon einmal erlebt habe und von dem ich hoffte, es nie wieder zu spüren. Aber es ist besser als die Alternative.

Die Kreaturen stampfen unter uns weiter.

Als sie vorübergezogen sind, lässt Nina uns sanft wieder nach unten sinken. »Jetzt solltet ihr wieder selber weitermachen«, sagt sie und springt auf die Füße.

Ariel folgt ihr in das Tor, und der Rest von uns geht hinter ihnen her.

»Ist das deine Heimatwelt?«, fragt Chester gerade Colton, als ich auf der anderen Seite herauskomme.

Ich brauche eine Sekunde, um zu erkennen, warum er dem Riesen diese Frage stellt.

Die primitiven Hütten in der Ferne haben die Größe von vierstöckigen Gebäuden auf der Erde. Oh, und es gibt ein Dutzend Riesen hinter Chester. Sie kommen aus der Richtung des nächsten Tores, das wir als Nächstes nehmen müssen, auf uns zu.

Alle sind groß, aber einer überragt die anderen noch.

Ein buchstäblich riesiger Riese.

Itzel keucht. »Schaut euch ihre Augen an!«

»Mist«, murmelt Felix.

Das kann man laut sagen.

Das Feuer in den Augen der Giganten bedeutet nur eines.

Sie sind verloren.

KAPITEL ZEHN

BEVOR JEMAND BLINZELN KANN, hält Ariel bereits eine Waffe in der Hand. Sie zielt auf den Riesen und drückt den Abzug.

Nur ein Klicken ertönt.

Verdammter Mist. Eine Welt, in der Schusswaffen nicht funktionieren. Sollte Chesters Glück nicht auf uns abfärben?

Aber hey, das ist die Technologie der Erde. Ich reiße mein gomorrhisches Gewehr heraus, stelle es auf Betäuben und schieße auf den Riesen.

Nichts passiert.

Mit rasendem Herzen schalte ich die Einstellung auf tödlich und schieße erneut.

Immer noch nichts. Ich schätze, da Riesen auf Gomorrha nicht erlaubt sind, hat sich niemand die Mühe gemacht, diese Waffen so zu kalibrieren, dass sie einen zu treffen vermögen.

Einer der Riesen bückt sich, um einen Stein

aufzuheben.

Verdammter Mist.

Er schleudert ihn auf mich. Ich ducke mich. Colton fängt den Stein und schleudert ihn auf den größeren Riesen zurück. Der verlorene Riese stolpert, kommt aber weiterhin auf uns zu.

»Bleib zurück!« Valerian springt vor mich, als ob er mich irgendwie vor Riesen schützen könnte. Inspiriert durch sein Beispiel, tritt Felix schützend vor Dylan, die blasser aussieht als Edith.

Edith selbst, zusammen mit Chester, Stanislav und Ariel stürmt vorwärts, und Colton folgt, während Fabian sich seiner Kleidung entledigt und in seine beeindruckende Wolfsform verwandelt, bevor er sich ebenfalls dem Kampf anschließt. Kit verwandelt sich in eine Kopie des Riesen und trampelt allen hinterher.

»Valerian, benutz deine Kräfte, um uns vor ihnen zu verstecken!«, schreit Dylan.

Er schüttelt grimmig den Kopf. »Ich kann nicht. Ich müsste sie alle austricksen, aber ich kann nur mit einem umgehen. Das Beste, was ich für dich tun kann, ist, dich die Gewalt nicht sehen zu lassen.«

»Nein, danke«, sagt Dylan, aber ich wage zu behaupten, dass sie mit dem Gedanken spielt, das Angebot anzunehmen.

Ich bin auch versucht, aber möchte lieber wissen, was los ist, damit ich helfen kann.

Itzel, die an meiner Seite geblieben ist, schießt mit einer Kugel ihres Zwergenblitzes auf den Kleinsten der

Verlorenen. Sie trifft ihn an der Stirn, und er fällt zu Boden.

Strike.

Itzel versucht es noch einmal, aber ihr neues Ziel weicht dem Geschoss aus.

Zu meiner Rechten streckt Nina ihre Hand aus und konzentriert sich sichtlich.

Der zweitkleinste Riese hebt einen Zentimeter vom Boden ab und plumpst dann wieder nach unten, was ihn stolpern lässt. Der Boden bebt, als er zusammenbricht und Fabian fast zerquetscht – der auf Hinterpfoten wegspringt, mit einer Anmut, die ich von einem Tier seiner Größe nicht erwartet hätte.

Ein Stein schlägt auf Ninas Kopf, und sie geht auf die Knie, Blut rinnt über ihre Schläfe. »Ernsthaft, macht doch auch mal etwas, Leute.«

Edith ignoriert sie und schwingt ihre Axt gegen die Riesen, die versuchen, sie zu ergreifen.

Der eine verliert einen Arm, der andere einen Finger. Aber ihr Sieg hat seinen Preis – der Riese packt Edith an den Beinen und reißt an ihr. Ihre Axt fällt auf den Boden, während sie fluchend um sich schlägt.

Ariel wirft einen Dolch auf den Kopf des Riesen.

Volltreffer. Der Dolch durchbohrt das Auge des Riesen.

Der verlorene Riese reagiert nicht auf die Verletzung. Er greift einfach mit der freien Hand nach Ediths Kopf und zieht daran mit einer drehenden Bewegung.

Aus Angst um sie springe ich hinter Valerian hervor

und werfe meinen eigenen Dolch auf das andere Auge des Riesen. Leider kann ich nicht so gut zielen wie Ariel. Ich habe den falschen Riesen getroffen, und zwar in die Schulter, nicht ins Auge.

Chester aktiviert das Torschwert und schneidet durch das Bein des riesigen Riesen.

Das Bein wird abgetrennt, aber für Edith ist es zu spät.

Als der Riese zu Boden stürzt, trennen sich Kopf und Körper der Vampirin und fliegen in verschiedene Richtungen, wobei Blut und Fleischstücke überall hinspritzen.

Valerian reißt mich mit einem Fluch hinter sich, während ich Ediths Überreste anstarre und sich mir zu gleichen Teilen vor Entsetzen, Mitleid und Ekel der Magen zusammenzieht. Egal wie alt ein Vampir ist, er kann keine Enthauptung überleben.

Stanislav schlägt mit seinem Säbel auf den nächstgrößten Riesen ein und schneidet ihm ein Stück seines Beines ab. Der Riese scheint seine Verletzung nicht zu bemerken und schwingt einen massiven Arm auf den Chort, aber seine Greifhand durchbohrt Stanislavs plötzlich unmanifestierten Körper, und Ariel hackt sie mit ihrem Schwert am Handgelenk ab.

Unbeeindruckt von der Blutfontäne, die aus seinem Stumpf sprudelt, dreht sich der Riese um, um Ariel mit seiner verbliebenen Hand festzuhalten, aber Kit holt schließlich alle ein und schlägt dem Angreifer eine autogroße Faust ins Gesicht.

Der Riese stürzt zu Boden.

Mit einem lauten Gebrüll enthauptet Colton einen anderen mit seinem Claymore. Fabian und Stanislav helfen Ariel noch, einen auszuschalten, während Chester und Kit sich einen weiteren vornehmen.

An diesem Punkt wendet sich der Kampf, und unsere Verbündeten töten einen nach dem anderen der restlichen verlorenen Riesen oder machen sie kampfunfähig.

Als alles vorbei ist, begibt sich Nina auf die Suche nach Ediths Überresten, und ihr Gesichtsausdruck ist düster. »So lange zu leben, nur um hier zu verenden«, murmelt sie kopfschüttelnd. »Was für eine Schande.«

Gleichermaßen grimmig, gräbt Colton in der Nähe in den Boden, und seine enorme Hand schafft ein Loch, das von einer Schaufel hätte stammen können. Er macht weiter, bis die Grube zwei Meter tief ist. An dieser Stelle hebt Fabian Ediths Kopf auf und nimmt die Maske ab, während Kit, immer noch in ihrer Riesenform, den Torso aufsammelt. Sanft lassen sie die Überreste der Vampirin in ihr Grab hinab.

Kit und Colton bedecken Edith mit Erde, während Fabian seine Kleidung wieder anzieht. Dann übergibt Fabian Ediths Maske an Colton, der das Blut abwischt und die Maske in seinem Rucksack verstaut.

»Möchte jemand etwas sagen?«, fragt Valerian und wirft einen ernsten Blick auf unsere Gruppe.

»Es könnten noch mehr Riesen unterwegs sein«, sagt Itzel. »Wir sollten gehen.«

Auf wackeligen Beinen nähere ich mich dem Grab. Mir ist schlecht, sowohl von der Adrenalin-Überdosis als auch von dem sinnlosen Gemetzel, das ich gerade miterlebt habe. Ich bücke mich, finde ein Stück Erde, das *nicht* mit Blut getränkt ist, und werfe etwas davon ins Grab. »Phobetor hat eine Menge zu verantworten.«

Obwohl meine Stimme kaum über einem Flüstern liegt, spannt sich Valerians Kiefer an. »Sag nicht seinen Namen.« Er kommt zu mir herüber und desinfiziert meine Hand mit Hygieia, bevor ich es selbst tun kann. In einem weicheren Ton fügt er hinzu: »Aber du hast recht. Das tut er.«

»Wir sollten auf die weise Zwergin hören und gehen, bevor noch mehr Ärger auf uns zukommt«, sagt Chester.

Alle murmeln ihre Zustimmung. Wir gehen zum Tor, und die nächsten sechs Welten redet niemand.

———

»ICH BIN AM VERHUNGERN«, sagt Fabian, als wir ein Drehkreuz betreten, das in einer üppigen Waldwiese liegt. »Wie das alte deutsche Sprichwort sagt: ›Der Hunger treibt den Wolf ins Dorf‹.«

Kit verwandelt sich in ein bezauberndes Mädchen mit einer roten Haube. »Ich bin auch hungrig ... wie ein Wolf.«

»Schlagen wir ein Lager auf«, sagt Valerian. »Ich werde uns unsichtbar machen für alle Raubtiere, die im Wald lauern könnten.«

»Ich bezweifle, dass sie es wagen würden, hier aufzutauchen.« Fabian zieht seine Boxershorts wieder aus, nimmt Wolfsform an und pirscht sich in die Büsche.

»Ich hole mir auch etwas zu essen«, sagt Stanislav und hält seinen Säbel in der Hand. »Möchte jemand mitmachen?«

Chester, Kit und Nina begleiten den Chort, während der Rest von uns Lagerfeuer entzündet.

Felix tritt aus seinem Roboteranzug und setzt sich vor das größte Feuer. »Bin ich der Einzige, der die Idee einer Nekromantenwelt unheimlich findet?«

Ich hocke mich rechts neben Felix. »Mir geht es genauso.«

»Es könnte schlimmer sein.« Ariel begibt sich mir gegenüber in eine Lotus-Pose. »Es könnte eine Welt voller Vampire sein.«

»Das wäre nicht nachhaltig«, sagt Dylan und schließt sich uns an. »Ich habe das durchgerechnet. Wenn eine Welt eine Vampirpopulation von mehr als fünf Prozent hat …«

Den Rest höre ich nicht, denn Valerian kommt herüber und nimmt neben mir Platz.

Ich rücke von ihm weg.

Kopfschüttelnd geht er zu Coltons Rucksack, holt etwas heraus und setzt sich wieder neben mich.

»Ernsthaft?« Ich rutsche noch einmal weg.

»Hier.« Er rutscht wieder einmal neben mich und reicht mir ein Päckchen Manna, zusammen mit einer Wasserflasche aus Gomorrha.

Ich schnappe mir das Essen und Trinken ohne ein

Dankeschön, was schwieriger ist, als es sich anhört. Mama hat mich zur Höflichkeit erzogen.

Valerian setzt an, etwas zu sagen, aber Stanislav und seine Gruppe von Jägern tauchen mit einer blutenden pelzigen Kreatur auf.

Eklig. Sie werden sie ernsthaft häuten und das Fleisch essen. Haben sie all das Blut vergessen, das wir gerade in der Welt der Riesen gesehen haben? Ich lehne mich zu Valerian und flüstere: »Kannst du deine Kräfte einsetzen, um mich daran zu hindern, ihr Essen sehen zu müssen?«

Grinsend tut er, worum ich ihn bitte. Danach bringe ich es nicht über mich, ihn zu verjagen, also sitzen wir Seite an Seite, während ich durch die speziellen Öffnungen in der Maske esse und trinke – eine Aufgabe, die eine überraschende Konzentration erfordert.

Als ich fertig bin, sage ich Valerian, dass ich die Illusion nicht mehr brauche, und er entfernt sie. Durch die Maske hindurch ist der Geruch von verkohltem Fleisch nicht so schlimm, wie ich befürchtet habe, obwohl es ekelhaft ist, zuzusehen, wie jeder dieses unhygienische Fleisch in seine Maske schiebt.

»Was, glaubt ihr, wollen die Verlorenen?«, frage ich, hauptsächlich, um mich abzulenken.

Dylan senkt ihren Fleischspieß. »Ich schätze, sie wollen alles, was *du weißt schon wer* will.«

»Wir nennen ihn Collywobbles.« Felix wischt seine schmierigen Finger an seinem Shirt ab, und ich bitte

Valerian fast, die Illusion wieder heraufzubeschwören. »Ja, aber was will er?«

Valerian wirft einen Holzklotz ins Feuer. »Auf lange Sicht mehr Alpträume. Oder genauer gesagt Macht.«

Ich runzele die Stirn. »Aber wie erreicht man das durch das Töten meiner Schwester? Oder dadurch, uns anzugreifen?«

»Nicht uns.« Valerian runzelt die Stirn. »Bis jetzt weiß ich nur, dass die Verlorenen dich und Maxwell angreifen.«

»Wer ist Maxwell?«, fragt Ariel im gleichen Moment, in dem ich ausrufe: »Mich?«

»Maxwell ist der Traumwandler in dem anderen Team. Wir werden ihn bald treffen«, sagt Valerian. »Was das Warum angeht – irgendetwas an Traumwandlern muss eine Bedrohung für Collywobbles sein, und er scheint Icelus nicht zu trauen, damit umzugehen.«

Ich drehe mich zu ihm um – und kann nicht anders, als zu bemerken, dass wir nahe genug sind, um uns zu küssen, oder wären, wenn ich jemals verrückt genug wäre, das zuzulassen. Na ja, und wenn keine Masken im Weg wären. »Woher weißt du, dass ich es war, den die Verlorenen wollen?«

Valerian seufzt. »Der Zwischenfall im Werwolf-Restaurant war nicht das erste Mal, dass sie hinter dir her waren. Die Vollstrecker haben davor fünf Versuche vereitelt – zwei in deiner Wohnung und drei in der Nähe deiner Arbeit.« Mit glänzenden Augen legt er eine Hand auf mein Knie. »Deshalb wollte ich dich in ein sicheres Versteck bringen.«

»Großartig.« Ich entferne seine Hand wenig behutsam. »Jetzt stehe ich auf der Prioritätenmordliste eines Gottes.«

Niemand antwortet. Sie sitzen nur da und sehen mich mitleidig an.

Ich zittere, und das nicht nur wegen der frischen Abendbrise. Als ob ich die Dinge noch schlimmer machen wollte, höre ich Chester, wie er seinen New Yorker Ratskollegen am nahegelegenen Feuer eine beängstigende Geschichte erzählt. Bei dem Wort *ausweiden* steige ich aus.

»Wie viele Verlorene gibt es wohl?«, fragt Ariel, nachdem sie mit ihrem Stück Fleisch fertig ist und ihren Spieß ins Feuer wirft. »Außerdem … wissen wir, *wie* Collywobbles Menschen zu Verlorenen macht?«

»Maxwell weiß vielleicht die Antwort auf Letzteres, aber ich kann dir Ersteres sagen«, sagt Dylan und nimmt wieder diesen professoralen Tonfall an. »Tausende von Menschen auf Gomorrha haben von Symptomen berichtet, die mit dem übereinstimmen, was wir *die Verlorenen* nennen. Aber die Anzahl der Betroffenen ist auf der Erde und an anderen ähnlichen Orten schwieriger zu ermitteln, da der Zustand bisher nur Cogniti betroffen hat und wir mit den menschlichen Ärzten keine übernatürlich klingenden Details wie Feueraugen besprechen können. Wir wissen also immer noch nicht, ob Menschen immun sind oder ob Collywobbles sich einfach nicht um sie gekümmert hat.«

Ariel schüttelt den Kopf, und ihr Gesichtsausdruck wirkt konsterniert. »So viele wurden zu hirnlosen Marionetten.«

»Das ist nicht genau das, was passiert ist«, sagt Dylan. »Wenn sie wach sind, sind die Verlorenen eigentlich normal. Selbst nachts stehen sie nur in seltenen Fällen auf und schlafwandeln – wenn Collywobbles etwas für sie zu tun hat, denken wir.«

Felix' Augen weiten sich. »Wenn wir also die Riesen und die anderen Leute, die getötet wurden, aufgeweckt hätten …«

»Diese Todesfälle hat Collywobbles auf dem Gewissen«, sagt Ariel scharf. »Wenn es um Selbstverteidigung geht, darfst du nicht an dir zweifeln, sonst wirst du die nächste Leiche sein.«

In diesem fröhlichen Sinne geht das Gespräch weiter, bis Dylan laut gähnt und eine Kettenreaktion bei dem Rest von uns auslöst.

»Jemand sollte mich nachts beobachten«, sage ich, ohne jemanden anzuschauen. »Wenn der Nussknacker angreift und gewinnt, könnte ich eine Gefahr für euch alle sein.«

»Ich werde die erste Schicht übernehmen«, sagt Ariel. »Felix darf danach, und …«

»Nein.« Valerian verschränkt die Arme vor seiner Brust. »Ich werde auf sie aufpassen.«

Ich öffne meinen Mund und schließe ihn dann wieder. Ich bin mir nicht sicher, wie ich mich fühlen werde, wenn Valerian mich beim Schlafen beobachtet. Definitiv *nicht* erregt. Oder fasziniert. Und warum will er das überhaupt tun? Liegt es daran, dass er mir nicht traut, wenn ich zur selben Zeit schlafe, wie er – weil er sich Sorgen macht, dass ich in seine Träume gehe und seine kostbaren Geheimnisse stehle?

Als ihm niemand widerspricht, löscht er das Feuer, nimmt einen Schlafsack aus Coltons Rucksack, desinfiziert ihn mit Hygieia und legt ihn in perfektem Abstand zur Feuerstelle hin.

Ich stampfe zum Schlafsack und klettere hinein. Scheiß auf ihn und seine kleinen Freundlichkeiten. Wenn er so weitermacht, fühle ich mich noch wie ein Idiot, der an seinem Groll festhält, was bestimmt sein böser Plan ist.

Bevor ich ihn aufhalten kann, zieht er mein Behelfsbett zu. »Süße Träume«, murmelt er und blickt auf mich herab. »Ich werde da sein, wenn du mich brauchst.«

»Wie auch immer«, sage ich, froh, dass er nicht sehen kann, wie Pom an meinem Handgelenk korallenrosa wird.

Als ich die Augen schließe, schlummere ich sofort ein.

KAPITEL ELF

ICH STEHE NACKT wie ein Nacktmull vor meiner Klasse für Videospieldesign.

Alle starren mich an, einige kichern und einige rollen mit den Augen. Meine linke Hand bewegt sich, um meine Leistengegend zu bedecken, und als meine rechte Hand meine Brüste versteckt, merke ich, dass etwas an meinem Handgelenk fehlt.

Das pelzige Armband.

Pom.

In Sekundenschnelle benutze ich meine Kräfte, um mich anzukleiden und das Publikum verschwinden zu lassen.

Ah, der gute alte *Nackt-in-der-Öffentlichkeit*-Traum. Wenn ich eine Goldmünze für jedes Mal bekommen hätte, in dem ich in einen von diesen gestolpert bin, wäre ich reicher als ein Drache.

Apropos Trauminvasion – hier gibt es keinen

Nussknacker. Darf ich nicht mitbekommen, dass ich träume, damit er zuschlagen kann? Für alle Fälle mache ich mich metallisch, bevor ich mich zum Turm der Schlafenden teleportiere.

»Hi«, sagt Pom und erscheint neben mir, während ich die Leute betrachte, in deren Träume ich mich möglicherweise hineinschleichen könnte.

»Hey, Kumpel. Ich hoffe, du warst während des Kampfes mit den Riesen nicht wach.«

Als er mir sagt, dass er es nicht war, informiere ich ihn über das, was bisher passiert ist.

»Und was jetzt?«, fragt er, als ich fertig bin.

»Ich will nach Mama sehen«, sage ich, als ich die Gargoyle-Schwester entdecke, die ich zu diesem Zweck benutze. »Willst du mitkommen?«

Er wird grau. »Ich mag es nicht, Lidia so zu sehen.«

Mag *er* nicht? Es ist *meine* Mama über die wir reden.

Ich verkneife mir eine unnötig scharfe Erwiderung, berühre die Krankenschwester und stupse sie in eine Traumerinnerung über Mama.

In dieser sorgt sie dafür, dass genug Glibber für Mamas Magensonde vorhanden ist. Mama selbst liegt aschfahl und unbeweglich, im Grunde ein lebender Leichnam.

Ein dumpfer Schmerz setzt sich in meiner Brust fest, und ich lasse die Krankenschwester in ihren nächsten Traum schlüpfen, während ich mich in meine Erinnerungsgalerie teleportiere. Ich weiß, eine Erinnerung wiederzugeben, in der es Mama gut geht, ändert nichts an der Realität ihrer aktuellen Situation, aber es ist trotzdem tröstlich.

Sobald ich ruhiger bin, laufe ich um die Gemälde herum, die Ereignisse aus meinem Leben darstellen, um zu sehen, ob es irgendeinen Hinweis darauf gibt, dass ich eine Schwester hatte. Ich suche nur diejenige, von der ich bereits wusste, wo ich eine Vase zerbreche, auf der mein Zwilling und ich unsere Handabdrücke hinterlassen hatten.

Ich spiele die Erinnerung ab.

Mama war traurig, aber es ist unklar, ob sie wusste, *warum* sie traurig war. Dank eines schwarzen Fensters in ihrem Kopf erinnert sie sich nicht bewusst daran, Asha getötet zu haben – oder dass Asha überhaupt existierte.

Ich bemühe mich, mich an etwas zu erinnern – irgendetwas –, aber da ist nichts. Meine Theorie ist, dass es so traumatisch war, zu sehen, wie Mama Asha vor meinen Augen tötete, dass ich die ganze Sache verdrängt habe, zusammen mit dem Großteil meiner Kindheit. Aber sollte es nicht wenigstens ein paar verirrte Erinnerungen geben?

Da ich mich schwerer fühle als zuvor, verlasse ich die Erinnerungsgalerie und treffe mich wieder mit Pom im Turm der Schlafenden, wo ich ein paar meiner Patienten suche und einige Therapiesitzungen anbiete.

Andere dazu zu bringen, sich besser zu fühlen, ist ein Stimmungsaufheller für mich.

»Du solltest vielleicht eine Expositionstherapie für dich selbst entwickeln«, sagt Pom, während wir in die

Lobby fliegen und unter einem Mosaik schweben, das ein schießscheibenähnliches Mandala aus mehrfarbigem Glas darstellt. »Dein Adrenalinspiegel geht durch die Decke.«

Ich ziehe eine Grimasse. »Das wäre knifflig. Die Hauptquelle meiner Angst ist, in eine Welt mit einem fiesen Virus zu gehen.«

Pom nickt ernst. »Von allen Wegen, umzukommen, wäre dieser der schlimmste für dich.«

»Das kannst du laut sagen.« Ich fliege nach unten und lande mit einem Knall auf meinen metallischen Füßen.

»Fühlst du dich nicht sicher mit der Maske, die Itzel gemacht hat?«, fragt Pom und folgt mir nach unten.

»Keine Maske ist perfekt.«

Er wackelt mit den Ohren. »Und wie steht es dann mit der Therapie? Um dich zu beruhigen?«

Ich rolle mit den Augen. »Was würde die überhaupt beinhalten?«

»Du kannst einen Traum haben, in dem du Türklinken in einem Badezimmer leckst.«

Pfui Teufel. Ich unterdrücke ein Erschaudern bei dieser Vorstellung. »Nein, danke. Und auf jeden Fall ist dies eine tödliche Seuche. Meine Paranoia ist gerechtfertigt. Irgendwelche anderen tollen Ideen?«

»Wir können über dich und Valerian reden«, sagt er hoffnungsvoll, und sein Fell färbt sich leicht orange, während sich seine Pupillen in Herzen verwandeln.

»Nö«, sage ich und rüttele mich wach.

———

IM LICHT von vier Monden sehe ich Valerian dort sitzen und aufmerksam meinen Schlaf bewachen.

Aus irgendeinem Grund bringt mich der Anblick zum Lächeln.

Ich schließe die Augen und schlafe wieder ein – diesmal ohne Träume.

———

AM MORGEN GIBT es ein herzhaftes Frühstück – ein weiteres von Valerian geschmuggeltes Manna für mich, Reste vom Abendessen für die Übrigen der Crew – und dann setzen wir unsere Reise fort.

»Maxwell und die anderen sind gleich da drüben«, sagt Valerian, während wir uns einem rosafarbenen Tor nähern, das nach der Karte, die wir auswendig gelernt haben, in die Welt kurz vor Nekronia führt.

Als wir hindurchgehen, landen wir in einem unterirdischen Drehkreuz, das genauso aussieht wie das im JFK, von dem aus wir gestartet sind.

Statt eines Teams wartet hier eine Person auf uns. Sie trägt eine chirurgische Maske mit einem Gesichtsschild aus Plastik obendrauf. Sie schaut uns mit traurigen Augen an, und ihre Stirn ist sorgenvoll gerunzelt.

»Maxwell?«, fragt Valerian.

Nickend wendet sich der Mann ab. »Diese Masken

sehen gut aus, aber es ist trotzdem sicherer, wenn wir draußen reden.«

Er eilt aus der Drehscheibe heraus, und wir folgen ihm durch ein Labyrinth von Korridoren direkt in etwas, was aussieht wie ein Bahnhof auf der Erde.

Der Unterschied ist, dass es normalerweise keine Leichen auf den Bahnhöfen der Erde gibt, und ich sehe hier ein Dutzend. Die Toten – zumindest nehme ich an, dass es sich um solche handelt – sind alle seltsam gekleidet, und ihre Haut hat eine merkwürdige violette Färbung.

Ich unterdrücke ein Schaudern.

»Was ist hier passiert?«, fragt Dylan und sieht sich einen Mann in der Nähe an, dessen Gesicht anscheinend vor Qual verzerrt wurde, bevor er starb.

Maxwell hält nicht inne, um es zu erklären. Vorsichtig umkreist er die Leichen auf seinem Weg und wird wieder schneller, als wir uns einem Ausgang nähern.

Wir folgen ihm hinaus. Die Gebäude und die Geschäftsfronten draußen erinnern mich an Midtown in Manhattan – nur dass es hier überhaupt keine Menschen gibt, nur weitere Leichen.

»Bleibt dort.« Maxwell geht etwa fünf Meter von uns weg, schaut zurück und geht noch einen Schritt zurück. »Das sollte reichen.«

»Wozu reichen?«, rufe ich. »Wo ist dein Team?«

Er nimmt ein Taschentuch heraus und wischt sich die Augen ab.

Verdammter Mist. Ist das Blut auf dem Taschentuch?

Bevor ich fragen kann, steckt er das Taschentuch mit einem düsteren Gesichtsausdruck ein. »Sie sind tot.«

Irgendwie hatte ich erwartet, dass er so etwas sagen würde, aber es ist trotzdem ein Schock. Sie müssen so beeindruckend gewesen sein wie unser Team, also wenn sie alle bis auf einen, tot sind …

»Tot?« Fabian geht auf Maxwell zu, aber Dylan packt ihn an der Schulter.

»Halte Abstand«, sagt sie angespannt. »Wenn es das ist, was ich denke …«

»Sie sind nicht die einzigen Toten.« Maxwell deutet auf die nächste Leiche. »Auch die Mehrheit der Bevölkerung dieser Welt ist dem Untergang geweiht. Genau wie ich.« Er wischt sich mit der bloßen Hand die Augen ab und zeigt seine Finger.

Ja. Es war Blut, was ich sah.

Blut aus den Augen.

Wenn ich Maxwell wäre, wäre ich jetzt hysterisch.

»Hämolacria«, murmelt Dylan. »Normalerweise ist das nicht schlimm.«

»Es ist das erste Symptom.« Maxwell wischt das Blut auf seinem Shirt ab. »Bald bekomme ich Herzklopfen, dann eine Magenverstimmung und dann, wenn meine Haut purpurrot wird, werde ich sterben.«

Verdammter Mist. Itzels Masken haben einen großen Designfehler. Es gibt keine Möglichkeit, zu kotzen, ohne sie abzunehmen – deshalb schlucke ich einfach die Galle herunter und tue mein Bestes, um gleichmäßig zu atmen.

»Wann?«, fragt Valerian mit gerunzelter Stirn.

»Kommt auf das eigene Immunsystem an«, sagt Maxwell. »Der Ork von meiner Crew hat vier Tage überlebt, während der Elf am Tag danach tot war.«

Langsames Atmen ist jetzt keine Option mehr. Ich beginne zu hyperventilieren.

»Findet es sonst noch jemand verdächtig, dass er der letzte Mensch ist, der noch lebt?«, fragt Chester im Plauderton. »Oder dass er, was immer die Seuche ist, noch eine Maske trägt? Oder wird es nicht über die Luft übertragen?«

»Nein, das Virus wird über Tröpfchen in der Luft übertragen«, sagt Maxwell. »Mein Team und ich trugen Schutzkleidung, als wir auf euch warteten, aber dann griffen die Verlorenen an.« Er holt das Taschentuch wieder heraus und tupft sich etwas von dem neuen Blut weg. »Es ist meine Schuld. Ich bin es, den die Verlorenen wollten, und jeder schützte mich, so gut er konnte. Die Verlorenen töteten einige von ihnen auf der Stelle und rissen den anderen die Masken vom Gesicht. Ich war der Einzige, der es geschafft hat, seine Maske aufzubehalten. Und einer der Verlorenen muss krank gewesen sein, denn das Team zeigte bald darauf Symptome.«

»Wie hast du dir dann das Virus eingefangen?«, fragt Dylan.

Er zuckt mit den Schultern. »Vielleicht kann das Virus eine solche Maske durchdringen – oder vielleicht habe ich es mir beim Essen oder Trinken eingefangen. Ich war mit meinem Team im Krankenhaus«, er zeigt auf ein Gebäude auf der anderen Straßenseite, »und im Nachhinein betrachtet war das vielleicht keine gute Idee.«

Ich höre nur teilweise zu, als sich das Wort *Virus* in einer Schleife in meinem Kopf wiederholt. Ich will einfach nur weglaufen, bis meine Beine sich verkrampfen, dann einen Hygieia-Stab nehmen und ihn immer wieder von Kopf bis Fuß benutzen.

»Deshalb wolltest du also den Abstand halten?«, fragt Itzel.

Maxwell nickt.

»Das muss dasselbe Virus sein, das wir auf Nekronia verhindern wollten«, sagt Dylan. »Icelus muss es schon auf diese Welt losgelassen haben.«

»Das haben wir auch angenommen.« Maxwell wühlt in seiner Tasche und holt ein paar Reagenzgläser heraus. »Das sind Blutproben von meinem Team. Glaubt ihr, dass ihr mit ihnen ein Heilmittel finden könnt? In diesem Krankenhaus gibt es ein Labor und …«

»Wo?« Dylans Augen glänzen vor Aufregung.

Maxwell sagt ihr, wie sie das fragliche Labor finden kann, und Dylan sprintet über die Straße.

»Ich werde dafür sorgen, dass sie von nichts angegriffen wird«, sagt Fabian und eilt ihr hinterher.

Ich versuche, meine Panik zu zügeln. »Wir sollten Maxwell eine der besseren Masken geben. Auf diese

Weise, wenn er mit Dylan ins Labor geht, ist es weniger wahrscheinlich, dass sie infiziert wird.«

Allen gefällt die Idee, also holt Valerian eine Maske aus Coltons Tasche und legt sie auf den Bürgersteig.

Wir alle treten zurück, als Maxwell sich nähert. Vorsichtshalber dreht er uns weiterhin den Rücken zu und tauscht seine alte Maske gegen Itzels Version. Als er fertig ist, kehren wir auf unsere vorherigen Plätze zurück und warten auf Dylan.

»Wir haben eine Frage an dich«, sagt Valerian nach einer Zeit des unbehaglichen Schweigens. »Wie werden die Verlorenen zu Verlorenen?«

»Es ist auch eine Art Virus.« Maxwells Stimme klingt durch die neue Maske gedämpft. »Irgendwo hatte eine Person – nennen wir sie Dreamer Zero – einen ganz besonderen Alptraum, einen, der es *du weißt schon wem* erlaubte, in ihn zu gehen. So war Dreamer Zero der erste Verlorene, wahrscheinlich, ohne es zu wissen. Dann, weil der besondere Alptraum so denkwürdig böse war, hatte Zero das Bedürfnis, einem Freund, einem Verwandten oder einem Therapeuten davon zu erzählen. Was er wahrscheinlich nicht wusste, war, dass dieser spezielle Alptraum einzigartig ist – seine Details zu hören pflanzt so etwas wie ein Virus in das Unterbewusstsein, so dass die Person, die es hörte, wenn sie einschläft, *auch* genau denselben Alptraum träumt und so *du weißt schon wem* Zugang zu sich gibt. Von dort aus breitet sich der Alptraum exponentiell aus.«

Chester wirft einen nervösen Blick auf Kit, Colton und Nina, die vor Entsetzen wie erstarrt aussehen.

»Wie viel Zeit liegt zwischen dem Alptraum und dem Schlafwandeln?«, fragt Nina mit einer seltsam unsicheren Stimme.

»Ein paar Nächte«, sagt Maxwell. »Warum?«

»Worum geht es in dem Alptraum?«, fragt Chester, und klingt genauso seltsam.

»Ich gehöre nicht zu den Verlorenen, also habe ich diesen speziellen Alptraum noch nicht gesehen«, sagt Maxwell. »Aber selbst wenn ich es getan hätte, würde ich dich, wenn ich dir davon erzählen würde, in einen Verlorenen verwandeln, also müsste ich schweigen.«

Valerian betrachtet die New Yorker Ratsmitglieder mit einem Stirnrunzeln. »Warum fragt ihr das alles?«

Colton verlagert sein Gewicht von einem massivem Fuß auf den anderen. »Chester erzählte uns von einem Alptraum, den er letzte Nacht hatte. Dann, als ich mich schlafen legte, hatte ich den Traum selbst.«

»Ich auch«, sagt Nina grimmig.

»Ich ebenfalls«, sagt Kit und starrt Chester wütend mit verengten Augen an. »Ich kann nicht glauben, dass du mich infiziert hast – und noch dazu mit etwas nicht sexuell Übertragbarem.«

Chester schüttelt den Kopf. »Meine Tochter konnte wegen eines Alptraums nicht schlafen.« Seine Stimme klingt matt. »Sie sagte mir, was es war, und ich fand es merkwürdig, als ich dasselbe träumte.«

»Wie lange ist das her?«, fragt Maxwell scharf.

Chester kratzt unter den hinteren Bändern seiner

Maske. »Zwei Tage. Ich hatte den Alptraum bisher zweimal – was ihn noch bemerkenswerter machte und der Grund dafür ist, dass ich anderen davon erzählte.«

Maxwell schüttelt den Kopf. »Du hast noch zwei Tage Zeit, bevor du Vorsichtsmaßnahmen treffen musst. Ich schlage vor, dass jemand dein Zimmer für die Nacht abschließt.« Er sieht die anderen zukünftigen Verlorenen an. »Ihr habt noch drei Tage – es sei denn, ihr beginnt, euren Schlafzyklus zu verändern, um es aufzuhalten.«

»Wir haben Erfahrung mit Menschen, die gefährlich sind, wenn sie schlafen«, sagt Nina. »Gertrude, unser Ratsmitglied, ist eine Wundbrandüberträgerin, die schlafwandelt.«

Bei der Aussicht, wie Gertrude behandelt zu werden, sehen Colton, Kit und Chester bedrückt aus.

»Wie viel von der Alptraumgeschichte muss man hören, um in Schwierigkeiten zu geraten?«, frage ich, als ich mich daran erinnere, dass ich an jenem Abend kurz gelauscht habe. »Ich glaube, ich habe Chester über seinen Alptraum reden hören, aber ich habe nur ein paar Worte verstanden.«

»Wenn du den Alptraum nicht hattest, geht es dir gut.« Maxwell holt sein Taschentuch heraus und tupft sich wieder die Augen ab. »Achte aber darauf, nicht noch mehr zu hören.«

Auf jeden Fall. Die Idee, mir ein Gedankenvirus, oder wie auch immer der Begriff dafür lautet, einzufangen, ist mir noch nie in den Sinn gekommen, aber jetzt wandert es an die Spitze der Dinge, die ich vermeiden will, nach ganz oben, zusammen mit knirschendem Katzenstreu.

Kit verwandelt sich in Chester, aber mit feurigen Augen. »Wie konnte das überhaupt passieren? Ist deine Glückskraft nicht dazu da, dich zu beschützen?«

Chester zuckt mit den Schultern. »Mir passieren immer noch schlimme Dinge. Das Universum ist zu chaotisch, um das zu vermeiden.«

»Leute. Ist das nicht ein Mensch?« Ariel zeigt in die Ferne.

Alle folgen ihrem ausgestreckten Arm.

Eine Frau mit einer chirurgischen Maske schleicht einen Block von uns entfernt umher. Als sie uns schauen sieht, rennt sie weg, als ob sie befürchten würde, wir würden sie fangen und eine Suppe aus ihr kochen wollen.

Maxwell verfolgt den Rückzug der Frau mit seinen traurigen Augen. »Nicht alle hier sind tot. Es gibt ganze Kontinente auf dieser Welt, auf denen die Regierungen alle eingehenden Reisen unterbinden. Das Virus hat sich dort nicht so sehr verbreitet.«

Valerians Augenbrauen treffen sich in der Mitte seiner Stirn. »Eher so, dass Icelus es noch nicht überall verbreitet hat.«

Felix' Roboterhals dreht sich quietschend. »Wenn die Icelus noch hier auf dieser Welt sind, gibt uns das eine Chance, den Menschen auf Nekronia zu helfen, sich selbst zu retten.«

»Immer der Optimist«, sagt Itzel. »Icelus könnte

diese Welt versehentlich infiziert haben – und bereits mit Nekronia fertig sein.«

»Nostradamus dachte das nicht«, widerspricht Felix.

»Er wollte auch, dass wir Chester mitnehmen, aber schau, was passiert ist«, sage ich.

»Was auch immer Nostradamus gesagt hat, wird zweifellos vor allem *ihm* zugutekommen«, sagt Chester. »Sehern kann man nicht trauen. Ich wette, er hat nie gesagt, dass das Volk von Nekronia gerettet werden wird.«

Das stimmt. Das hat er nicht getan. Das Einzige, was der Seher klar und deutlich sagte, war, dass ich sterben werde, wenn ich nicht nach Nekronia gehe. Angesichts der Virussituation bin ich versucht, das Risiko auf mich zu nehmen, nicht dorthin zu gehen und den Dingen ihren Lauf zu lassen.

»Wir versuchen nicht nur, das Leben der Nekronianer zu retten.« Valerians Augen leuchten bedrohlich. »Wir müssen Icelus-Agenten fangen, damit sie befragt werden können.«

Kit verwandelt sich in eine riesige Spinne, die ich schon einmal gesehen habe. »Befragt, gefoltert … wer will schon Haare spalten?«, knurrt sie durch einen Satz Unterkiefer.

Als sie Maxwells erschrockene Reaktion sieht, wird Kit wieder sie selbst und zwinkert dem armen Kerl zu.

»Unsere wandelnde Enzyklopädie ist fertig«, sagt Stanislav und schaut über die Straße.

Tatsächlich sprintet Dylan mit Fabian auf den Fersen auf uns zu.

»Also«, sagt Maxwell, als sie uns erreicht, »kannst du mich heilen?«

Keuchend schüttelt sie den Kopf. »Dieses Labor ist nicht für die Forschung ausgestattet. Wenn ich bereits die chemische Formel für das Heilmittel wüsste, könnte ich es vielleicht dort herstellen. So wie die Dinge liegen, würde es länger dauern als die Zeit, die dir noch bleibt. Ich denke, wir sollten lieber dem Protokoll folgen, das wir für den Fall einer Kontamination festgelegt haben.«

Ariel zieht ihre Augenbrauen in die Höhe. »Wir hatten geplant, krank zu werden?«

»Ein medizinisches Team von Vampiren und Quarantäneräume wartet auf uns am Drehkreuz auf Gomorrha«, sagt Dylan. »Wenn Maxwell sich beeilt, kann er in einem Tag dort sein.«

»Es sei denn, die Verlorenen töten ihn«, sagt Itzel. »Oder das Virus macht ihn zu schwach.«

»Er wird eine Eskorte brauchen«, sage ich. »Was sogar unser anderes Problem lösen könnte.« Ich winke Chester, Kit, Nina und Colton zu.

»Ich stimme zu«, sagt Valerian. »Chester hat einen Tag Zeit, bevor er sich verwandelt, die anderen noch länger. Das gibt ihnen Zeit, Maxwell nach Gomorrha zu begleiten.«

»Guter Plan.« Kit verwandelt sich in diese gruselige, pflanzenähnliche Kreatur ohne Mund und Nase.

»Das ist ein hervorragender Plan«, sagt Nina. »Bis auf den Teil, wo wir mit dem kranken Kerl gehen.«

»Kit und ich können nahe bei ihm bleiben, während du und Colton Abstand halten«, sagt Chester. »Mit zwei Masken und meinem Glück sollte ich mir das Virus nicht einfangen.«

Niemand hat das Herz, ihm zu sagen, dass, wenn sein Glück funktioniert hätte, es ihn davor bewahrt hätte, ein Verlorener zu werden.

»Hier.« Chester reicht Ariel den Griff seines Torschwertes. »Eure Gruppe wird das dringender brauchen als unsere.«

Ariel nimmt das Artefakt ehrfürchtig an sich und gibt Chester im Gegenzug ihr eigenes Schwert.

»Das klappt tatsächlich«, sagt Felix.

Jeder schaut ihn an, als hätte er einige missionskritische Tassen im Schrank verloren.

»Maxwell wird sich selbst und Proben von infiziertem Blut nach Gomorrha bringen.« Felix streckt seinen kleinen Finger aus. »Sie entwickeln ein Heilmittel.« Er streckt seinen Ringfinger aus. »Wir sagen den Nekronianern, wie sie es machen sollen.« Er streckt seinen Mittelfinger aus. »Dann müssen wir uns nur noch einige Icelus schnappen und zurückgehen.« Triumphierend streckt er seinen Zeigefinger aus.

»Wie einfach«, sagt Itzel mit einem Augenrollen. »Vielleicht war es auch immer der Plan, die Hälfte unserer Gruppe zu töten?«

»Wir brauchen einen Weg, um in Kontakt zu

bleiben«, sagt Maxwell. »Kannst du dich zu diesem Zweck bitte auf den Boden legen?«

Jeder schaut jeden an. Niemand will sagen, was wir alle denken – das Virus ist eindeutig in sein Gehirn eingedrungen.

»Ich meinte Dylan«, sagt Maxwell. »Bitte, ich habe nicht viel Zeit.«

Widerstrebend legt sich Dylan auf den Boden.

Maxwell streckt die Hand aus und schließt seine Augen.

Sofort schließen sich auch Dylans Augen, und ihr Körper entspannt sich.

Moment. Sie kann nicht …

Aber sie ist es. Meine neuen Sinne bestätigen es. Maxwell hat Dylan nicht nur zum Einschlafen gebracht – er hat sie direkt in den REM-Zyklus versetzt.

»Wie hast du das gemacht?«, rufe ich aufgeregt.

Maxwell antwortet nicht. Er arrangiert eindeutig eine Traumwandlungssession mit Dylan.

Würde ich ihn treffen, wenn ich selbst eine Verbindung herstelle? Ich bin noch nie in einem Traum gewandelt, der bereits einen anderen Traumwandler im Kopf hatte, und die Idee klingt interessant.

Wenn es das Virus nicht gäbe, würde ich es versuchen. So aber empfinde ich eine irrationale Abneigung gegen die Idee, von Angesicht zu Angesicht mit Maxwell zu enden, sogar in der Traumwelt. Es ist wahrscheinlich meine Angst vor Keimen, aber ich kann mich des Gefühls nicht erwehren, dass mehr hinter

Maxwell steckt, als es scheint, dass er irgendein Geheimnis verbirgt.

Moment einmal. Er ist ein Traumwandler. Könnte *er* der Nussknacker sein? Seine Aufgabe ist es, die Kommunikation zwischen den Otherlands zu koordinieren, so wie es der Icelus-Traumwandler tut. Also wie ironisch wäre es, wenn sie ein und dieselbe Person wären? So könnte er jede Bewegung gegen Icelus vorhersehen – der perfekte Spion.

Ich muss mit Valerian darüber sprechen. Bald.

»Erledigt«, sagt Maxwell und holt mich aus meinen von Misstrauen erfüllten Gedanken heraus.

Dylan sieht desorientiert aus, als sie aufsteht.

»Gehen wir«, sagt Maxwell.

»Wie hast du sie so in den REM-Schlaf versetzt?«, frage ich.

Maxwell schaut mich an, als sähe er mich zum ersten Mal. »Das ist etwas, was wir Traumwandler einfach tun können.«

»Ich nicht, und ich bin eine Traumwandlerin.«

»Hat dir das niemand auf … deiner Heimatwelt beigebracht?«, fragt er zögernd.

»Du meinst auf Soma?«, frage ich wegen einer spontanen Eingebung.

Maxwells Augen wölben sich fast aus den Augenhöhlen. »Wir müssen uns wirklich beeilen«, sagt er hastig. »Es ist buchstäblich eine Situation auf Leben und Tod.«

Damit stürmt er in den Bahnhof.

»Viel Glück«, sagt Chester zu uns und folgt dem Traumwandler.

Colton nimmt seinen Rucksack ab und gibt ihn Fabian, dem einzigen Mitglied der Gruppe, das groß genug ist, ihn zu tragen. Der Riese verabschiedet sich und folgt dann Chester. Da sie in ihrer Pflanzenform keinen Mund hat, bläst Kit uns einen Luftkuss zu, bevor sie geht, während Nina nur winkt und den anderen folgt.

Als sie im Bahnhof verschwinden, bemerke ich, dass Valerian mich wütend anstarrt.

Natürlich. Ich sagte das verbotene Wort. *Soma.*

Ist Maxwell deshalb auch so schnell abgehauen? Ist Soma etwas, worüber man nie redet – wie der Fight Club aus diesem Erdenfilm? Oder liegt es daran, dass Maxwell der Nussknacker ist und einem gegnerischen Traumwandler keine neuen Fähigkeiten beibringen wollte?

Verdammter Mist. Wenn er der Nussknacker *ist*, wäre sein ganzes Team vielleicht nicht an dem Virus gestorben.

Was, wenn er alle getötet hat?

Ich rassele meine Bedenken laut herunter und ende mit: »Sollen wir ihnen nachlaufen?«

Fabian schüttelt den Kopf. »Sie haben Chesters Wahrscheinlichkeitsmanipulation, um sich in Sicherheit zu halten.«

»Aber er konnte *sich selbst* nicht schützen«, sagt Itzel.

»Maxwell wurde überprüft«, sagt Valerian

bestimmt. »Ich denke, wir haben genug Zeit auf dieser Welt verschwendet. Gehen wir nach Nekronia.«

»Was?«, ruft Itzel aus. »Das machen wir immer noch? Unsere Gruppe ist nur halb so groß, wie sie eigentlich sein sollte, und wir haben gerade unsere mächtigsten Verbündeten verloren.«

»Blödsinn«, sagt Stanislav, und sein Akzent ist stärker als sonst. »Euer mächtigster Verbündeter ist immer noch hier.«

»Der Chort hat recht«, sagt Fabian. »Vorausgesetzt natürlich, er meint mich.«

»Wir können nicht nicht gehen«, sagt Felix, fast bedauernd. »Die Prophezeiungen von Nostradamus sind nichts, was man ignorieren sollte.«

»Gut.« Itzel rückt ihre Maske zurecht. »Ich möchte nur zu Protokoll geben, dass dies eine dumme Idee ist.«

Felix mimt, wie er etwas in ein imaginäres Notizbuch schreibt. Er gibt vor, es zu schließen und sagt: »Notiert.«

Valerian dreht sich auf der Ferse um und geht in den Bahnhof. Der Rest von uns folgt und springt über Leichen, wenn nötig. Ich versuche mein Bestes, nicht über die Verwesung von Leichen nachzudenken, und darüber, ob das Virus noch in der Luft um sie herum lebt. Weil das zu erschreckend ist. Und super eklig. Eine Reihe von Gängen später befinden wir uns im Drehkreuz und vor dem violetten Tor, das unser Ziel ist.

»Bereit?«, fragt Stanislav.

Alle nicken, obwohl einige, wie Itzel, weniger begeistert nicken als andere.

»Dann lasst uns gehen«, sagt der Chort und betritt das Tor.

Fabian und die anderen folgen, und ich gehe zuletzt.

Als ich auf der anderen Seite heraustrete, wird mir klar, dass Chesters Wahrscheinlichkeitsmanipulationskräfte ihn nicht im Stich gelassen haben. Ganz und gar nicht.

Wenn das Nekronia ist, kann er froh sein, dass er es verpasst hat.

KAPITEL ZWÖLF

WIR SIND in einer kleinen Schlucht, umgeben von grauen Bergen, mit einem Himmel, der oben von düsteren Wolken bedeckt wird. Meine Augen müssen sich erst an den Lichtmangel gewöhnen, und als sie das tun, stelle ich fest, dass eine Legion von Menschen wie verfaulte Sardinen in das Drehkreuz gezwängt ist.

Sie tragen Masken mit alptraumhaften Mustern und Lendentüchern, zusammen mit kratzig aussehenden BHs an den möglicherweise weiblichen Körpern. Ihre Haut ist aschfahl, und sie haben tätowierte Schnitzereien am ganzen Körper, die von innen leuchten.

Die einzige Stelle, die frei gebelieben ist, ist ein zwei Fuß breiter Tunnel, der von der Drehkreuzschlucht in einen Riss in einem Bergrücken führt – ein Riss, der wie die Zahnlücke eines toten Titanen aussieht.

Meine Teamkollegen dringen behutsam in den Menschentunnel vor. Hinter uns füllt sich der Tunnel mit sich leise bewegenden Körpern, die uns den Rückweg abschneiden – was bei mir nicht gerade ein angenehmes Gefühl auslöst, nicht einmal ein bisschen.

»Das müssen Leichen sein«, flüstert Ariel. »Ich kann nicht glauben, dass das schon wieder passiert.«

Sie hat wahrscheinlich recht. Jetzt, wo sie es gesagt hat, könnte ich schwören, dass ein Gestank des Todes durch die äußerst wirksamen Filter meiner Maske dringt.

»Um ihretwillen hoffe ich, dass sie tot sind.« Felix zeigt auf eine der Schnitzereien. »Das an einer lebenden Person zu tun würde gegen die Genfer Konvention verstoßen.«

»Wir sind weit weg von Genf«, murmelt Ariel.

»Nun, ja«, sagt Felix, »wir sind aber auch nicht mehr in Kansas.«

Niemand antwortet ihm, und wir gehen schweigend durch den Tunnel weiter, bis Felix wieder eindringlich flüsternd spricht. »Diese Masken sehen aus, als wären sie von H. R. Giger entworfen worden.« Ohne auf eine Folgefrage zu warten, erklärt er: »Er hat das Filmdesign für *Alien* gemacht.«

Ich kenne den Künstler, von dem er spricht, und muss zustimmen. Die Masken stellen Menschen und dampfgetriebene Maschinen dar, die in einer unheimlichen, fast sexuellen Symbiose miteinander verbunden sind.

Dylan sagt etwas in einer ungewohnten Sprache und spricht anscheinend die Leichen an.

»Was hast du gesagt?«, fragt Felix sie. »Das klang

wie eine Mischung aus Deutsch und Vietnamesisch, mit etwas Klingonisch dazu.«

»Es klang überhaupt nicht nach Deutsch«, sagt Fabian und wirft Felix einen frostigen Blick zu. »Wenn überhaupt, dann erinnerte es mich an Russisch.«

Stanislav starrt den Werwolf an. »*Sobaka*. Das ist überhaupt nicht wie russisch.«

Massiv aussehende Legobuchstaben erscheinen vor meinen Augen, und ich nehme an, vor denen aller anderen auch:

Lasst uns ruhig bleiben und herausfinden, was sie wollen.

Wir folgen Valerians Vorschlag, und es wird bald klar, dass das, was die Leichen wollen, ist, uns durch den Riss im Felsen zu treiben.

Als wir aus dem Riss treten, finden wir uns in einer größeren Schlucht wieder, die bis zum Rand mit noch mehr animierten Leichen gefüllt ist, Tausende und Abertausende von ihnen.

Valerians Legobuchstaben erscheinen wieder:

Dylan, versuch mit ihnen zu sprechen.

Sie beginnt in der gleichen Sprache zu schreien, schaut in diese und jene Richtung.

Zuerst gibt es keine Antwort. Dann antworten die tausenden Leichen im Einklang. Ihre Sprache – ein seltsames trockenes Rascheln, wie tote Äste, die aneinanderreiben – kriecht in meine Knochen und lässt sie unter null Kelvin abkühlen. So würde sich die Hölle anhören, stelle ich mir vor, und obwohl die Leichen durch ihre verwelkten Stimmbänder dieselbe

Sprache wie Dylan zu benutzen scheinen, klingt es exponentiell hässlicher und furchteinflößender.

»Sie haben gefragt, warum wir hier sind«, verkündet Dylan.

Sag es ihnen, befiehlt Valerian mit Lego.

Dylan schreit ein paar Sekunden lang auf Nekronisch.

Beinahe enttäuschend, antworten die Leichen mit nur zwei Worten.

»Du lügst«, übersetzt Dylan.

»Undankbare Bastarde«, knurrt Fabian.

Überzeuge sie, befiehlt Valerian. *Erzähl ihnen von Icelus und dem Virus. Sag ihnen, was die Symptome sind.*

Dylan versucht es – oder zumindest spricht sie für eine Weile auf Nekronisch.

Die Antwort der Leichen ist diesmal etwas länger, aber angesichts dessen, wie weiß Dylan wird, bezweifele ich, dass uns die Übersetzung gefallen wird.

Die Leichen treten beiseite und bilden einen Tunnel, der diesmal den Weg zurückführt, den wir gekommen sind.

»Sie sagten, dass dies unsere letzte Chance ist, zurückzugehen und niemals wiederzukommen«, sagt Dylan mit zittriger Stimme. »Wenn nicht, und ich zitiere, ›werde ich euch zu Helfern machen‹.«

»Helfer?«, fragt Felix.

Ariel betrachtet die maskierten Leichen mit einem Schaudern. »Ich wette, es ist ein Euphemismus für *Zombies.*«

»Ich sage, wir gehen jetzt.« Itzel blickt auf den Weg,

den wir gekommen sind. »Wir haben den Nekros von der Bedrohung erzählt, so dass unser Gewissen rein ist.«

Valerian blickt Dylan an. »Sag ihnen, dass wir gerne mit einem Verantwortlichen sprechen würden.«

Felix kichert humorlos. »Das gute alte ›Ich möchte gerne den Geschäftsführer sprechen‹?«

»Eher so etwas wie ›Bring mich zu deinem Anführer‹«, sagt Ariel.

»Haltet die Klappe«, sagt Stanislav. »Sie sprechen vielleicht Englisch.«

Dylan ignoriert jedermanns Hin und Her und schreit einen kurzen Satz heraus.

Die Reaktion durch die Zombiemünder ist schroff.

»Die Zeit ist um«, sagt Dylan mit einem Stottern.

Ihre Übersetzung war nicht notwendig. Mit einem Schlurfen nackter Füße schließt sich der Tunnel, der zurück zur Nabe führt, und die sogenannten Helfer nehmen aggressive Haltungen ein – bereit, uns ins Gesicht zu springen und es zu zerkratzen.

Mit einer koordinierten Bewegung greifen die Zombies an.

KAPITEL DREIZEHN

»WAFFEN RAUS!«, ruft Ariel und zieht mit der einen Hand eine große Waffe und mit der anderen Hand ihren Plasmaschwertgriff heraus. Ohne eine Sekunde zu zögern, schießt sie den Zombie, der ihr am nächsten ist, in die Mitte seiner Maske.

Bumm.

Mit der Maske in Fetzen und seinem zerrissenen Gesicht stolpert der Zombie zurück, bevor er sich erholt und sich auf sie stürzt.

Ariel aktiviert ihr Schwert und schlitzt ihren Angreifer auf. Die torartige Substanz der Klinge spaltet den Zombie mühelos von Kopf bis zur Leiste. Es überrascht nicht, dass das bereits tote Wesen nicht stirbt, aber da die Hälften nicht auf einem Bein balancieren können, fallen sie um und werden von den nächsten Zombies, die Ariel angreifen, zertrampelt.

Sie schießt auf einen und teilt einen anderen mit der Geschwindigkeit und Anmut eines Ubers in zwei

Hälften, während ich mein Katana aus der Scheide ziehe. Mein Herz trommelt wütend in meiner Brust, während ich meinen Kopf von Seite zu Seite schwenke und das Schlachtfeld betrachte.

Zu meiner Linken feuert Dylan ihre gomorrhische Waffe ab, was genauso wenig Auswirkungen auf die Zombies hat wie als ich es einmal selbst an ihresgleichen ausprobiert hatte.

»Valerian, mach dein Illusionsding!«, schreit Dylan.

Er hat seine Sai schon gezogen und jagt beide in die Kehle des Zombies, der ihm am nächsten ist. »Nekros können durch die Augen aller Zombies sehen«, schreit er zurück, während er die Waffen herausreißt, bevor er sie wieder in Zombie-Fleisch taucht. »Meine Kräfte werden hier nicht funktionieren!«

Felix steht Rücken an Rücken mit Valerian. Mit seinem rechten oberen Roboterarm ergreift er den Hals eines Zombies, während seine obere linke Hand den Kopf des Zombies festhält und die unteren Arme seinen Oberkörper umarmen.

Metall knarrt, und der Kopf des Zombies trennt sich von seinem Körper.

Ein anderer Zombie stürzt sich auf meine Kehle, aber ein Blitz trifft ihn in die Brust und lässt ihn wegfliegen.

»Danke!«, rufe ich Itzel zu, die einen weiteren Zombie mit einer zweiten Blitzkugel in die Luft sprengt.

Noch ein Zombie springt mich an – ein weiblicher, wenn der BH etwas ist, an was ich mich orientieren kann. Ich schwinge mein Katana und schneide ihre Hand ab, bevor sie mich erreicht, dann enthaupte ich sie mit einem Schlag, den ich in meinem Traum geübt habe.

Zu meiner Überraschung funktioniert er vom ersten Versuch an. Woraus auch immer dieses Katana gemacht ist, es ist erstaunlich. Es schneidet durch Fleisch und Knochen wie durch einen Biskuitkuchen. Wer auch immer diese Waffen zur Verfügung stellte, wusste, was er tat.

Zu meiner Rechten schlägt ein männlicher Zombie mit krallenartigen Nägeln auf Stanislavs Arm. Alles, auf das die Nägel treffen, ist Luft – der Chort nutzt seine Kraft, um sein Fleisch gerade noch rechtzeitig substanzlos zu machen.

Der Zombie holt erneut aus und zielt auf Stanislavs Kopf. Seine Nägel kratzen an der Maske, als der Chort seinen Kopf dematerialisiert und dem nächsten Schlag ausweicht.

Die Maske bleibt am Handgelenk des Zombies hängen. Mit einer Drehung seines Handgelenks wirft er sie wie eine Frisbee zurück auf den Kopf des Chorts. Stanislav wechselt zwischen substanzlos und fest hin und her, und die Maske rauscht durch ihn hindurch auf die andere Seite der Schlucht. Einen Augenblick später rächt sich Stanislav und enthauptet seinen Gegner mit dem Säbel.

Zwei weitere Zombies greifen Stanislav an.

Er wechselt andauernd seinen Zustand, während er die ganze Zeit über mit seinem Schwert kämpft.

In der Zwischenzeit ist Fabian bereits nackt, und der Rucksack liegt zu seinen Füßen. Mit einem Blitz verwandelt er sich in seine Wolfsform und beginnt, von Pfote zu Pfote zu hüpfen, als würde er tanzen, während er gleichzeitig seine Gliedmaßen herumschwingt. Jedes Mal, wenn eine seiner massiven Pfoten einen Zombie trifft, verliert der Zombie einen wichtigen Teil seiner Anatomie. Es muss die Wolfu-Kampfkunst sein, die er erwähnt hat. Sie ist tödlich, und wahrscheinlich wäre sie noch tödlicher, wenn da nicht seine schnauzenartige Maske wäre.

Ein großer männlicher Zombie springt mich an. Ich schneide mit dem Katana durch seinen Adamsapfel. Der Kopf rollt zu meinen Füßen, und ich tue mein Bestes, um Luft zu holen. Diese Enthauptung fühlte sich härter an. Meine Arme werden müde.

Ein paar Zombies später fühlen sich meine Arme wie Blei an, und meine Muskeln schreien vor Erschöpfung. Der entmutigendste Teil ist, dass, egal wie viele reanimierte Leichen ich oder meine Teamkollegen entsenden, es noch tausende mehr gibt, die ihren Platz einnehmen.

Verdammter Mist. Aber ich gebe nicht auf. Keuchend schwinge ich die Waffe stärker und enthaupte einen weiteren Zombie, gerade als eine Schwadron von Schatten am Himmel erscheint.

Was zum Teufel …?

Es sind fliegende Kreaturen, jede von der Größe eines Roc-Vogels, aber sie sehen aus wie eine Kreuzung zwischen einem Pterodaktylus und einer Fledermaus.

In den Klauen jeder fliegenden Kreatur befindet sich eine maskierte Person.

Im Handumdrehen stürzt das Geschwader nach unten und schickt mehr Zombies in den bereits ungleichen Kampf.

Wir sind mehr als gefickt.

KAPITEL VIERZEHN

MIT DEN ZÄHNEN KNIRSCHEND, zwinge ich meine bleiernen Arme, sich zu bewegen. *Schwingt, denkt nicht an Blut und Keime.* Ich bin eine Zombie-Kopfmaschine, die einen nach dem anderen zerstört, ohne daran zu denken, wie verschwitzt und taub meine Handflächen werden oder wie sich meine Lunge abmüht, genug Luft durch die Maske zu bekommen.

Trotzdem, egal wie entschlossen ich bin, mein Körper fängt an, aufzugeben. Ich stolpere und lasse fast mein Katana fallen, als ein Zombie sich auf mich stürzt und seine Zähne wie ein tollwütiger Hund zuschnappen. Keuchend hacke ich ihm den Kopf ab, und als ich mich drehe, um mich einem neuen Angriff zu stellen, merke ich, dass niemand nachkommt.

Der Angriff hat plötzlich aufgehört.

Die Zombies öffnen ihre Münder und beginnen zu sprechen.

Alle Augen schwenken auf Dylan und starren sie hoffnungsvoll an.

»Das ist seltsam«, hechelt sie und wischt sich den Schweiß von der Stirn. »Sie fragen, was das erste Symptom des Virus ist.«

»Sag es ihnen.« Stanislavs russischer Akzent ist stärker denn je.

Dylan schreit eine Antwort auf Nekronisch.

Die Zombies sprechen noch einmal.

»Sie sagen, sein Name sei Nulen. Er schwört, dass er mit uns von Angesicht zu Angesicht reden wird, wenn wir die Waffen niederlegen.«

Alle tauschen besorgte Blicke aus.

»Ich schätze, das wird nicht schaden«, sagt Valerian und wirft seine Sai auf den Boden. »Es ist nur eine Frage der Zeit, bis wir verlieren.«

Alle nicken zustimmend. Ich schätze, ich war nicht der einzige Pessimist.

Die Zombies ziehen sich zurück und bilden einen größeren Kreis um uns.

Ich werfe mein Katana auf den Boden, dann die Schusswaffe.

Ariel lässt eine leere Waffe nach der anderen auf den Boden fallen. Dann deaktiviert sie ihr Torschwert und legt es vorsichtig auf die restlichen Waffen.

Als alle entwaffnet sind, sprechen die Zombies wieder.

»Er bittet Fabian, sich wieder in Menschengestalt zu verwandeln und Felix' Roboter auszuschalten«, sagt Dylan.

Im Nu steht der nackte Fabian vor uns. Er hebt seine Kleidung auf und beginnt, sich anzuziehen.

Der Roboteranzug öffnet sich, und Felix tritt widerwillig aus ihm heraus.

Die Horde tritt zur Seite, um einen Tunnel zu schaffen, dann spricht sie wieder.

»Geht von den Waffen weg«, übersetzt Dylan.

»Ich habe eine bessere Idee.« Felix schießt mit einem Strahl magentafarbener Energie auf den Roboter. Der Roboter beginnt, sich von selbst zu bewegen. Er nimmt den Rucksack und verstaut ihn in sich selbst, wo normalerweise Felix' Körper wäre.

Wir helfen dem Roboter dabei, die anderen Waffen darin zu verstauen. Als unsere Waffenkammer versteckt ist, schließt sich der Roboter, und Felix lässt ihn durch den Tunnel laufen, den die Zombies geschaffen haben. Er geht den ganzen Weg bis an den Rand des nahegelegenen Berges, und als der Roboter dort ankommt, setzt er sich auf den Boden und greift mit allen vier Armen nach seinen Beinen, wobei er sich nach vorne fallen lässt.

Wir warten in angespannter Stille. Und warten. Und warten. Nach einer gefühlten Stunde öffnet sich ein neuer Zombie-Tunnel, und ein Mann tritt aus ihm heraus – vermutlich Nulen. Er ist bleich wie ein Pre-Vampir, trägt seltsame Lederkleidung und hat schwarze Linien im Gesicht.

Er kommt auf uns zu, und als er in greifbarer Nähe von mir ist, starrt er mir so intensiv in die Augen, als wolle er sehen, wer zuerst blinzelt. Aber nein. Er geht einfach weiter zu Itzel, macht das Gleiche mit ihr, und dann wiederholt er den Vorgang bei allen anderen.

Ein seltsames Begrüßungsritual vielleicht?

Schließlich öffnet er seinen Mund und spricht.

»Er fragt, was für eine Art Cogniti wir sind«, übersetzt Dylan. »Soll ich es ihm sagen?«

Valerian nickt, und Dylan spricht für ein paar Sekunden.

Nulen runzelt die Stirn und antwortet rasend schnell auf Nekronisch.

Dylan erblasst. »Er fragt, wer von uns jemanden zum Blutweinen bringen kann.«

»Sag ihm die Wahrheit«, sagt Valerian. »Solche Macht gibt es nicht, und das weiß er wahrscheinlich.«

Als Dylan wieder auf Nekronisch spricht, vertieft sich Nulens Stirnrunzeln.

Dann merke ich es – und erkenne den Grund, warum wir noch am Leben sind.

Im rechten Augenwinkel von Nulens rechtem Auge, sammelt sich ein roter Tropfen. Eine blutige Träne, die nur eines bedeuten kann.

Das Virus, das wir stoppen wollten, ist bereits hier.

KAPITEL FÜNFZEHN

»STANISLAV MUSS SEINE MASKE WIEDER AUFSETZEN«, platzt Dylan heraus, da ihr Blick dem meinen folgt.

Der Chort berührt sein Gesicht, als würde er seine Nacktheit zum ersten Mal erkennen. »Sie ist dorthin geflogen.« Er zeigt auf die andere Seite des Canyons.

»Haben wir noch eine Maske in Stanislavs Größe im Rucksack?«, frage ich eindringlich.

Mit vor Entsetzen weitaufgerissenen Augen schüttelt Dylan Kopf.

»Wie wäre es mit einer für ihn?« Ich deute auf den Nekromanten.

»Vielleicht«, sagt sie und blickt hilflos auf den Roboter.

Ich atme tief durch und versuche, nicht in Panik zu geraten. »Sag ihm, seine *Helfer* sollen Stanislav seine Maske bringen, und er soll Felix eine für ihn holen lassen.«

Dylan und Nulen reden miteinander und sehen immer aufgeregter aus. Schließlich nickt der Nekromant, und die Zombies öffnen wieder den Tunnel, der zum Roboter führt.

Während Felix zum Rucksack eilt, lassen die Zombies eine Maske über ihre Köpfe wandern, als wäre sie ein Stage Diver bei einem Rockkonzert.

Stanislavs Maske kommt zuerst an, zum Glück unversehrt. Er zieht sie vorsichtig über und lässt den Nekromanten sehen, wie er die hinteren Riemen anlegt.

Felix kommt zurück und wirft Nulen eine Maske zu.

Der Nekromant setzt sie sich auf und spricht nun mit gedämpfter Stimme.

»Er fragte nach einem Heilmittel«, sagt Dylan. »Ich sagte ihm, dass wir es noch nicht haben, aber daran arbeiten. Dann sagte er, dass wir Glück haben. Er hat in der Tat noch nie von einer Cogniti-Macht gehört, die blutige Tränen verursachen würde, besonders aus der Ferne, also muss er uns einen Vertrauensvorschuss geben. Letztendlich liegt es am Parlament, zu entscheiden, ob wir die Wahrheit sagen. Er wird uns zu ihm bringen.«

»Gut«, sagt Valerian. »Hoffen wir, dass Maxwell seine Rückreise überlebt und dass die Wissenschaftler auf Gomorrha herausfinden, wie man das Heilmittel herstellt.«

Wenn wir mit Hoffnung um uns werfen, meine wäre: *Bitte lasst uns nicht krank werden.* Nein, besser ein ganz liebes Bitte-bitte, mit einer Kirsche obendrauf. Valerian hat natürlich immer noch ein gutes Argument. Ohne ein Heilmittel oder ein anderes Gegengewicht zu schlechten Nachrichten könnte uns das Parlament wie den sprichwörtlichen Boten behandeln, den man töten muss.

Nulen schreitet auf eine große Öffnung in der Schlucht zu, und die Zombies teilen sich für ihn zu dem breitesten Tunnel, den wir bisher gesehen haben. Er winkt, dass wir ihm folgen sollen.

»Wie groß sind die Chancen, dass Stanislav sich das Virus eingefangen hat?«, frage ich mit leiser Stimme, während wir ihm nachlaufen.

»Hängt von vielen Faktoren ab.« Dylans professoraler Ton ist zurück. »Wir sind draußen, und Stanislav und Nulen blieben nicht lange dicht beieinander. Außerdem haben Chorts ein exzellentes Immunsystem – wenn auch natürlich nicht auf Pre-Vampir-Niveau. Wenn ich raten müsste, würde ich sagen, dass eine Infektion unwahrscheinlich ist.«

»Ich werde mich von allen fernhalten, nur für den Fall«, sagt Stanislav und fällt zurück.

Valerian schaut Dylan an. »Hast du Nulen gefragt, wie *er* krank geworden sein könnte?«

Dylan klatscht sich auf die Stirn und spricht dann ein paar Sekunden mit Nulen.

»Er weiß es nicht«, sagt sie, als sie fertig sind. »Er hatte bis heute noch nie von einem Virus wie *unserem* gehört.«

»Hat er mit jemand anderem gesprochen, der durch die Tore kam?«, will Valerian wissen.

Dylan erkundigt sich.

»Nein«, übersetzt sie einen Moment später. »Der Grund, warum er dort am Drehkreuz war, war die Durchsetzung der Politik, die ihr Parlament vor vielen Jahren eingeführt hat. Niemand aus den Otherlands ist auf Nekronia erlaubt.«

Nicht freundlich, aber verständlich, wenn man bedenkt, wie Totenbeschwörer auf Welten mit Vampiren wie der Erde und Gomorrha behandelt werden.

Den Rest des Weges reden wir nicht mehr, und als wir aus dem Canyon herauskommen, geht es in einen weiteren Canyon, der groß genug ist, um eine kleine Stadt zu beherbergen. Sobald wir auch diesen Canyon durchquert haben, springt eine große Gruppe Zombies heraus, die uns folgt.

Felix stellt sicher, dass Nulen nicht hinsieht, dreht sich um und schickt einen Schuss magentafarbene Energie hinter uns.

Ein paar Sekunden später krabbelt sein Roboteranzug auf sechs Gliedmaßen aus der Schlucht.

Ohne sich umzudrehen, schreit Nulen etwas.

»Lass ihn da«, übersetzt Dylan.

»Mann.« Ariel winkt den Hunderten von Leichen rundherum zu. »Er kann durch die Augen seiner toten Lakaien sehen.«

Mit einem Seufzer lässt Felix den Roboter sich am Eingang des kleineren Canyons auf den Boden setzen.

»Denkst du, er wird in Sicherheit sein?« Ariel schaut den Roboter wehmütig an. »Ich will das Torschwert zurück.«

Felix betrachtet Nulen misstrauisch von Kopf bis Fuß. »Kommt darauf an, ob sie auf dieser Welt irgendwelche hochwertigen Lötlampen haben.«

Fabian legt eine Hand auf Dylans kleinen Rücken und flüstert laut: »Sag unserem Nekromantenfreund, er soll auf den Selbstzerstörungsmechanismus dieser Maschine aufpassen. Das sollte unser Zeug schützen.«

»Du willst, dass ich lüge?«, fragt Dylan, und ihr Gesicht errötet.

Der Werwolf zieht seine Hand weg und neigt den Kopf wie ein neugieriges Hündchen. »Du kannst nicht lügen?«

»Natürlich kann ich das«, murmelt Dylan. »Ich ziehe es einfach vor, es nicht zu tun.«

»Na ja, es ist nicht wirklich eine Lüge«, sagt Itzel. »Wenn sie eine Lötlampe an der falschen Stelle ansetzen würden, *könnte* der Anzug explodieren.«

Besänftigt überbringt Dylan Nulen die Nachricht, und er antwortet nicht einmal mit einem Grunzen, sondern geht einfach weiter auf eine große Vorrichtung zu, die einem Holzfloß ähnelt, nur groß genug, um eine Armee zu tragen.

Seltsam. Gibt es einen Fluss, den ich nicht sehe?

Als Nulen und zwei Dutzend seiner Helfer das *Floß* erreichen, betreten sie es. Er schaut uns an und schreit einen Befehl, den Dylan mit »kommt hoch« übersetzt.

Nachdem alle vorsichtig auf die hölzerne Plattform

getreten sind, wird ihr Zweck klarer. Zombies gehen hinüber und greifen nach dem, was sich als Holzgriffe entpuppt, und heben uns und das floßartige Ding vom Boden.

»Eine von Zombies angetriebene Kutsche«, murmelt Felix, als wir uns in Bewegung setzen.

»Eine Sänfte«, sagt Dylan. »Ich würde mich an zombiebetriebene Dinge gewöhnen, wenn ich du wäre. Wir werden bald eine Menge davon sehen.«

Zuerst ist die Fahrt holprig, aber dann erreichen wir relativ ebenes Gelände, und es fühlt sich an, als würden wir schweben. Als wir den großen Canyon verlassen, starren wir wie ein Haufen Touristen auf die grauen Berge um uns herum.

»Was zum Teufel …?«, ruft Ariel aus und schaut Nulen an.

Ich folge ihrem Blick und versuche, zu begreifen, was ich sehe.

Wenn man sich nicht darauf konzentriert, sitzt Nulen nur auf einem Stuhl. Aber wenn man genau hinsieht, ist klar, dass sein Stuhl ganz aus Menschen besteht. Toten Menschen. Jeder Zombie muss sich wie ein Verrenkungskünstler gedreht haben, um die Struktur herzustellen.

Nulen bemerkt unsere Aufmerksamkeit und spricht in Dylans Richtung.

Bevor sie übersetzen kann, beginnen sich die Zombies, die nicht Teil seines Stuhls sind, zu bewegen. Einige knien nieder, andere drehen sich um, und bald gesellen sich acht weitere makabere Stühle zu Nulens menschlichem Thron.

»Er sagte ›nehmt Platz‹«, sagt Dylan. »Für den Fall, dass das nicht offensichtlich war.«

Wir starren alle auf unsere *Stühle*. Ich weiß nicht, wie es den anderen geht, aber wenn ich die Wahl zwischen einem Gewehr am Kopf und diesen Möbeln hätte, würde ich mich vielleicht einfach für das Gewehr entscheiden.

Als wäre es die natürlichste Sache der Welt, lässt sich Stanislav auf einen fallen. »Clever«, sagt er. »Der weiche Bauch dieser Frau bildet ein Kissen.«

Definitiv. Ich würde *jetzt* die Waffe bevorzugen.

Ich trete so weit weg von den *Möbeln*, wie ich kann, bleibe betont stehen und beobachte die Berge, um meine kampfmüden Muskeln abzulenken.

»Ich habe eine Überraschung«, sagt Valerian und kommt auf mich zu.

Erschrocken drehe ich mich um und sehe, dass er einen Hygieia-Stab in der Hand hält.

Wow. Ich kann nicht glauben, dass er es geschafft hat, die ganze Tortur durchzuhalten. Ich muss sagen, er ist gut in diesem Schleimscheißen. Wenn es die Masken nicht gäbe, würde ich ihm wohl kaum in die Eier treten, wenn er mich jetzt küssen wollte.

Die Augen über seiner Maske legen sich in Fältchen, als Valerian einen großen Kreis der Plattform unter uns sterilisiert.

»Danke.« Ich setze mich im Schneidersitz in die

Mitte des Kreises. »Wenn du willst, kannst du dich zu mir setzen.«

Sieht er selbstgefällig aus? Mit den verfluchten Masken ist das schwer zu erkennen.

Er sinkt in perfekter Entfernung von mir auf dem Boden, und einfach so scheint die Landschaft um uns herum mehr romantisch als düster zu sein. Das heißt, bis wir die Berge verlassen und ein Feld mit einigen einheimischen Gemüsesorten sehen.

Ein Feld, auf dem es von maskierten Toten wimmelt.

Ich schätze, wenn man sich nicht um den Ekel-Faktor kümmert – und das ist ein großes *Wenn* – macht es Sinn, diese unbezahlten Arbeitskräfte für schwierige landwirtschaftliche Aufgaben einzusetzen.

Während der weiteren Fahrt sehen wir eine Herde ziegenähnlicher Tiere, die auf einer von Zombies umzäunten Weide grasen. Später sehen wir Zombies, die noch mehr Funktionen erfüllen: Dächer reparieren, Bäume fällen und sogar eine Pyramide in der Größe derer von Gizeh bauen, aber mit gruseligen Designs, die in die Seiten geschnitzt sind und mich an die Masken erinnern, die die Zombies tragen.

Eine Stunde nachdem der Feldweg unter uns in einen gepflasterten übergegangen war, betreten wir ein Dorf.

Ein großes Dorf.

»Leben all diese Bleichgesichter?«, fragt Ariel und betrachtet die Menschenmenge, die uns mit unverhohlener Verwunderung anstarrt.

Dylan tauscht ein paar kurze Worte mit Nulen aus. »Er sagt, dass sie überwiegend menschlich sind, mit gerade genug Totenbeschwörern, um die Dinge am Laufen zu halten. Man erkennt seine Art an der Lederkleidung, die sie tragen. Die Menschen verehren sie – daher all das Winken.«

In der Tat trägt die Mehrheit der Menschen Kleidung aus baumwollähnlichem Material, mit nur gelegentlich einer Gestalt in Leder hier und da.

Nulen sagt noch etwas.

»Wir halten für ein Essen und eine Übernachtung an«, erklärt Dylan. »Er wird in speziellen Totenbeschwörer-Quartieren wohnen, während wir uns in einem Gasthaus für Menschen ausruhen werden.«

Niemand widerspricht, und als wir den Stadtplatz erreichen, setzen Zombies die Sänfte auf dem Boden ab, so dass wir aussteigen können.

Dylan hat einen weiteren schnellen Austausch mit Nulen. »Wir gehen dorthin.« Sie zeigt auf ein großes Gebäude an der Seite des Platzes.

Felix schaut sich zweifelnd um. »Brauchen wir kein Geld oder so etwas?«

Als Dylan diese Frage an Nulen übersetzt, schaut er Felix verächtlich an und antwortet etwas, was wie eine Tirade klingt.

»Wir werden kein Geld brauchen, um im Gasthaus zu übernachten«, sagt Dylan. »Der Besitzer ist ein Totenbeschwörer, und die Angestellten sind Helfer. Das bedeutet, dass Essen und Getränke kostenlos sind, ebenso wie die Unterkünfte. Überhaupt werden alle menschlichen Grundbedürfnisse auf Nekronia kostenlos abgedeckt.«

Um uns herum sehe ich Menschen, die ehrfürchtig nicken, als sie Nulens Kleidung sehen. Nicht überraschend, wenn man bedenkt, was wir gerade erfahren haben.

»Sie lieben ihre Nekros hier wirklich«, sagt Fabian und spiegelt meine Gedanken wider.

Stanislav nickt. »Dafür gibt es ein gutes Wort: Nekrophilie.«

Wir lachen, während wir zum Gasthaus gehen, aber dann sehen wir eine Horde Zombies hinter uns.

»Es sieht so aus, als ob Nulen sicherstellen will, dass wir im Gasthaus übernachten und nirgendwo anders«, sagt Felix.

Valerian hebt achselzuckend seine breiten Schultern. »Da wir sowieso nirgendwo anders hingehen wollten, lasst ihn.«

Als wir das Etablissement betreten, schaut eine Frau in Lederkleidung misstrauisch auf unsere Masken, sieht aber trotzdem freundlich aus. Doch als Dylan das Wort ergreift, verschwindet ihre Freundlichkeit. Ich schätze, sie hat einen Akzent gehört und mag keine Fremden.

Trotzdem lässt sie uns von einem Zombie in den Restaurantbereich bringen, und ich danke den Sternen für den Holztisch und ebensolche Stühle.

Valerian benutzt Hygieia auf meinem Stuhl und

einem Teil des Tisches, und ich belohne ihn, indem ich nicht protestiere, als er sich neben mich setzt.

Die anderen Gäste sitzen so weit weg, dass ich nicht sagen kann, was sie essen oder über was sie sprechen. Wie die meisten Menschen, die ich hier gesehen habe, sind sie blass, tragen Baumwollkleidung und scheinen wirklich glücklich zu sein, wenn man bedenkt, dass sie auf einer so trostlosen Welt leben.

Maskierte *Helfer* bringen die Vorspeise in Form einer großen Schale mit Früchten herbei.

Valerian betrachtet das Obst, dann sucht er sich eine Frucht aus, schält sie und schiebt die Stücke in den richtigen Teil seiner Maske. Er wiederholt das einige Male, und als er auf etwas trifft, was mich an eine gelbe Orange erinnert, sucht er Dylans Aufmerksamkeit. »Kannst du den Gastwirt um eine ganze Schüssel davon für Bailey bitten?«

Als die Schale ankommt, desinfiziert Valerian eine Frucht mit Hygieia und reicht sie mir.

Ich pelle das Ding vorsichtig und stecke ein Stück durch die Öffnung der Maske.

Es erinnert mich an eine leicht säuerliche Banane, nur fruchtiger.

»Danke«, sage ich und nehme noch eine.

Nach etwa sieben weiteren der runden Bananenannäherungen fühle ich mich satt. Sie müssen ernährungsphysiologisch dichter sein als meine bevorzugte Erdfrucht.

Meine Mannschaftskameraden sind inzwischen viel

abenteuerlustiger – selbstmörderischer – bei der Wahl ihres Essens. Sie verschlingen Schüsseln mit rosa Suppe aus wer weiß was, Spieße mit einem unbekannten Fleisch, das nach Füßen riecht, und Brot aus einem geheimnisvollen violetten Korn. Oh, und das alles spülen sie mit fermentierten Getränken hinunter, die das Fleisch im Vergleich dazu nach Blumen riechen lassen.

Ich hoffe für alle, dass Dylan im Handumdrehen Antibiotika herstellen kann.

Alle beginnen zu gähnen, als die Bäuche voll sind.

Dylan beglückwünscht die Wirtin, und die Frau lächelt und antwortet in rasend schnellem Nekronisch.

Dylan stottert etwas zurück, wird rot und schaut uns mit einem entsetzten Ausdruck an.

Bevor sie übersetzen kann, was auch immer gesagt wurde, betritt eine Gruppe seltsamer Zombies den Raum. Ihre Masken haben keine beängstigende Symbolik. Stattdessen stellen sie sehr typische, gutaussehende menschliche Gesichter dar. Auch ihre Körper sind untypisch: Die Männer sind muskulös und gut geformt, und die Frauen haben Kurven an den richtigen Stellen – und keine BHs.

»Sie bietet sie uns als, ähm … Schlafzimmergefährten an«, sagt Dylan und errötet noch mehr.

Okay. Ich fange wirklich an, die Pistole am Kopf zu wollen.

»Du hast dich vorher geirrt«, flüstert Ariel Stanislav zu. »*Das* ist Nekrophilie.«

Felix hat ein Auge auf einen der Brustzombies

geworfen. »In gewisser Weise sind sie wie Sexbots, also ...«

Ariel dreht sich zu ihm um. »Ernsthaft? Hast du Maya vergessen? Plus die ganze Sache mit der Nekrophilie?«

Felix zieht sich beleidigt zurück. »Ich hatte nicht vor, Ja zu sagen. Ich habe nur verglichen ...«

»Bitte danke unserer Gastgeberin und sag ihr, dass wir heute alle zu müde für Begleiter sind«, sagt Valerian mit einem ernsten Gesicht.

Als Dylan dies vermittelt, zuckt die Frau mit den Schultern, und ihre bizarr sexualisierten Zombies verschwinden.

Dann lässt sie uns von einem normalen männlichen Zombie die Badezimmer zeigen, die primitiv auf Wasserbasis funktionieren, wie die auf der Erde. Danach führt uns der Zombie in eine Ansammlung von Räumen. Zu meiner großen Erleichterung enthüllen die offenen Türen Betten aus Holz anstelle von Toten.

Der Zombie lässt uns im Flur stehen, und Valerian zeigt auf einen Raum mit einem Stuhl. »Das wird Baileys sein. Ich werde Wache stehen.«

Oh, richtig. Das hatte ich völlig vergessen. Ich könnte in meinen Träumen vom Nussknacker getötet und dann mörderisch werden. Spannung, Spiel und Schokolade!

»Das nehme ich.« Stanislav zeigt auf das Zimmer, das am weitesten von uns entfernt ist. »Und ich werde die Maske aufbehalten, während ich schlafe.«

»Jeder sollte seine Maske aufbehalten«, sagt Dylan. »Ich verstehe, dass es unangenehm ist, aber wir wissen, dass das Virus bereits auf dieser Welt ist, warum also ein Risiko eingehen?«

Ich weiß nicht, wie es den anderen geht, aber die Maske abzunehmen stand nie auf der Tagesordnung.

Als die anderen Räume verteilt sind, räuspere ich mich. »Ich brauche einen Freiwilligen.«

Vierzehn Augenbrauen und eine halbe Monobraue heben sich im Gleichklang.

»Erinnert ihr euch, wie Maxwell es geschafft hat, Dylan zum Einschlafen zu bringen?«, frage ich.

Zögerliches Nicken.

»Das möchte ich auch tun … mit einem von euch.«

Schweigen.

Ich stemme meine Hände in die Hüften. »Ihr geht sowieso gerade schlafen.«

Ariel tritt vor. »Gut. Ich werde dein Versuchskaninchen sein.«

Ich grinse wie verrückt unter meiner Maske und folge Ariel in ihr Zimmer.

»Macht es dir etwas aus, draußen zu warten?«, fragt sie Valerian.

Wenn es ihn stört, sagt er es nicht.

Sobald sie die Tür vor Valerians Gesicht schließt, zieht Ariel sich aus und enthüllt einen Körper, der selbst für eine Uber beeindruckend ist. Ein unerreichbarer Schönheitsstandard. Ich habe nicht gerade ein schlechtes Selbstwertgefühl, aber wenn ich sie lange genug anstarre, werde ich es sicher entwickeln.

Mit einem Gähnen legt sie sich unter die Decke. »Das könnte tatsächlich funktionieren. Manchmal habe ich Schwierigkeiten beim Einschlafen.«

»Okay«, sage ich. »Schließ die Augen.«

Sie tut es.

Und was jetzt? Ich hatte keine Ahnung, dass Traumwandler das tun können, was ich gleich versuchen werde. Jetzt, wo ich weiß, dass es möglich ist, habe ich immer noch keine Ahnung, wie.

Ich beginne damit, Ariel aufmerksam anzuschauen und mir so sehr ich kann zu wünschen, dass sie einschläft.

»Dauert das noch lange?«, fragt sie und gähnt wieder.

»Keine Ahnung.«

Ich strecke meine Hand aus und stelle mir Ariel schlafend so detailliert wie möglich vor, ein bisschen wie ich aus der Ferne das Traumwandeln einleite.

Nichts.

Dann verstehe ich es. Bevor ich Traumverbindungen aus der Ferne herstellen konnte, brauchte ich Haut-zu-Haut-Kontakt. Vielleicht funktioniert diese Kraft auch so?

Ich nähere mich vorsichtig dem Bett. »Stört es dich, wenn ich dich berühre?«

Ariel öffnet die Augen. »Du hast Glück, dass ich nicht Kit bin. Oder Felix, wenn wir schon dabei sind.«

Kichernd lege ich sanft meine Hand auf ihr Handgelenk und wünsche mir, dass sie einschläft.

Nichts passiert. Ich versuche eine Fantasieübung. Ich stelle mir Ariel schlafend so lebhaft vor, dass ich ein Bild davon in meiner Erinnerungsgalerie malen könnte. Immer noch nichts. Ich bin kurz davor, mich frustriert zurückzuziehen, als ich etwas rein instinktiv tue, indem ich auf eine seltsame Andeutung eines Gefühls reagiere, eines, das sich so anfühlt wie ein Wort, das einem auf der Zungenspitze liegt.

Es funktioniert.

Ariel schläft. Nein, sie schläft nicht nur. Ich kann fühlen, dass sie sich im REM-Schlafstadium befindet, in dem sie sich nicht befinden würde, wenn sie nur aus Langeweile eingeschlafen wäre.

Mit einer Siegerfaust schleiche ich auf Zehenspitzen aus dem Raum.

Wenn ich jetzt nur wüsste, was ich getan habe, damit ich es wiederholen könnte. Es würde das Ende der Unterträume bedeuten, um nur einen großen Vorteil aus dem Stegreif zu nennen. Und wenn ich das schnell genug mache, wäre ich selbst wie eine Schlafgranate.

Als ich mein Zimmer betrete, erwische ich Valerian, wie er mit seinem Hygieia-Stab über meinem Bett wedelt.

Wow. Und er wusste nicht einmal, dass ich ihn bei etwas so wirklich Nettem sehen würde.

Ich gehe hinüber und lege die Hand, die Ariel berührt hat, unter die sterilisierenden Strahlen.

Das Problem ist, dass ich Valerian zu nahe komme und mein verräterischer Herzschlag sich beschleunigt. »Danke«, sage ich atemlos und nicke dem Bett zu.

»Ich werde das Gleiche mit deiner Kleidung tun, nachdem du sie ausgezogen hast«, sagt Valerian mit heiserer Stimme.

Ich trete zurück und ignoriere die Röte, die sich über meiner Haut ausbreitet. »Netter Versuch. Dreh dich um.«

Mit einem Seufzer gehorcht er.

»Oder besser: Verlass den Raum.«

Er geht zur Tür hinaus.

»Woher weiß ich, dass das nicht nur eine Illusion ist?«, frage ich den leeren Raum um mich herum. »Du könntest genauso gut dastehen und mich anstarren.«

Die leere Luft reagiert nicht, also ziehe ich mich aus, lege meine Kleidung auf Valerians Stuhl und verstecke mich glückselig unter der sterilisierten Decke. »Du kannst wieder reinkommen.«

Valerian kehrt zurück, reinigt wie versprochen meine Kleidung und vollendet den Vorgang mit meiner Unterwäsche.

»Perversling«, murmele ich, als er das letzte Stück – meinen BH – an das Kopfteil meines Bettes hängt. »Es hat dir gefallen, meine Unterwäsche zu berühren. Gib es zu.«

Seine Augen legen sich über der Maske in Falten. »Das gebe ich zu, und noch mehr. Zum Beispiel möchte ich, dass meine Hände die Arbeit übernehmen, die dein BH normalerweise macht. Die des Höschens auch.«

Ich bin sprachlos – und so heiß, dass ich auf der Stelle verbrennen könnte.

»Was würdest du sagen, wenn ich mich ausziehen würde?«, fragt er leise.

Die Hitze in mir verstärkt sich.

»Ich kann jeden einzelnen Teil meines Körpers mit Hygieia desinfizieren und zu dir unter die Decke kriechen«, sagt er verlockend.

»Ähm, nein …« Ich räuspere mich. »Das mache ich nicht mit Leuten, die ich kaum kenne.«

Er geht zum Stuhl und setzt sich. »Du kennst mich.«

»Nein«, sage ich spitz. »Ich weiß nicht, wo du aufgewachsen bist – oder ob du Geschwister hast. Ich weiß nicht, ob …«

»Netter Versuch«, sagt er in einer perfekten Imitation meines Tonfalles. »Ich bin nicht bereit, über Soma zu sprechen. Wenn das alles ist, was du willst, solltest du einfach schlafen gehen.«

»Gut.« Ich schließe die Augen und drehe mich mit dem Rücken zu ihm.

Dann dämmert mir etwas. Hat er gerade zugegeben, dass Soma der Ort *ist*, an dem er geboren wurde?

Ich liege da, kann nicht schlafen, und meine Gedanken drehen sich. Irgendwann fühle ich, wie jemand in der Ferne in den REM-Schlaf geht. Der Glückliche. Ich möchte jetzt träumen.

Da ich es kann, stelle ich eine Verbindung zu

demjenigen her, wer auch immer es ist. Dann benutze ich Pom, um meinen Schlafpalast zu besuchen, und stelle fest, dass es Stanislav ist, mit dem ich mich gerade verbunden habe.

Fantastisch. Meine Reichweite der Fernverbindung ist weiter, als ich dachte.

Da ich schon einmal hier bin, kann ich genauso gut einen Blick auf den Traum des Chorts werfen. Ich habe noch nie in seiner Art getraumwandelt.

Ich mache mich unsichtbar und tauche ein.

KAPITEL SECHZEHN

STANISLAVS AKTUELLER TRAUM ist eine Erinnerung. Er steht vor einer Frau mit rundem Gesicht, die die Nachfahrin derjenigen sein muss, die das ursprüngliche Modell für die Matroschka-Puppen war. Stanislavs Hände halten ein winziges sibirisches Kätzchen. Es ist nicht so niedlich wie Pom, aber extrem nah dran.

Es ist klar, dass der Chort das kleine Wesen nicht loslassen will, also schnappt sich die Frau es schließlich mit einem breiten Grinsen.

Er marschiert zum Kühlschrank, öffnet ihn, zeigt auf die Milch und sagt etwas auf Russisch. Noch breiter grinsend, nickt sie und antwortet beschwichtigend in derselben Sprache. Stanislav ergreift ihre Hand und führt sie in ein angrenzendes Zimmer, wo er auf eine riesige Kiste mit Katzenstreu zeigt.

Sie nickt feierlich, dann pantomimt sie, das

Kätzchen in die Kiste zu legen.

»Molodetz«, sagt Stanislav. Dann küsst er der Frau auf die Wange und das Kätzchen auf den Kopf und geht aus der Wohnung.

Ich beschließe, dass dies ein guter Moment ist, um ihm zu sagen, dass er träumt, also mache ich mich sichtbar und tue genau das.

»Was machst du hier?«, fragt er, sobald er sich an die Idee gewöhnt hat, im Traum mit mir zu sprechen.

»Ich wollte dich fragen, wie du dich fühlst.« Ich bringe uns zu einem weißen Sandstrand. »Ich wollte dich nur nicht vor allen in Verlegenheit bringen.«

»Ich bin gesund wie ein Stier.« Er zieht seine Schuhe aus und vergräbt seine Füße im Sand.

»Also gut. Ich werde dich in Ruhe lassen.«

»Warte. Du hast meinen Traum von eben gesehen, richtig?«

Ich lächele verlegen. »Ja. Tut mir leid«

»Kannst du in den Traum meiner Freundin gehen? Das war die Frau. Ich will wissen, wie es Murzik geht.«

»Ist Murzik das Kätzchen?«, frage ich.

Er nickt, ein zärtlicher Ausdruck stiehlt sich über sein Gesicht.

»Leider kann ich nicht einfach in einer beliebigen Person traumwandeln«, sage ich. »Ich muss zuerst eine Verbindung mit demjenigen herstellen, und das erfordert Nähe.«

»Ah«, sagt er und sieht extrem enttäuscht aus. »Dann geh.«

Ich winke und verlasse seinen Traum.

ICH LIEGE NOCH eine Weile im Bett und knüpfe Verbindungen mit dem Rest unserer Gruppe, nur für alle Fälle. Aber ich dringe nicht in ihre Träume ein. Stanislav nahm es gut auf, aber ich bin mir bei einigen der anderen nicht sicher, ob sie das auch tun würden. Außerdem wäre Fabian als Werwolf viel zu schwierig.

Endlich schlafe ich ein.

ICH SITZE auf einem Thron aus Knochen. Eine Armee von Vampiren kniet zu meinen Füßen.

»Der Nächste«, sage ich gebieterisch.

Ein Vampir kriecht zum Thron hinüber, schlitzt sich mit einem Zeremoniendolch die Pulsadern auf und spritzt Blut in einen gläsernen Kelch.

Ein Diener hebt den Kelch auf und reicht ihn mir.

Ich schlucke die Flüssigkeit wie einen Softdrink herunter. Eine Welle der Lust schlägt mit der Kraft eines Opiatkonzentrats in jede meiner Nervenzellen ein.

»Der Nächste«, sage ich noch einmal, meine Stimme ist trotz der Glückseligkeit irgendwie ruhig.

Ein anderer Vampiranbeter spendet.

Ich trinke auch sein Blut. Das Vergnügen wird stärker. Ich sage immer wieder »der Nächste«. Als das Vergnügen in Schmerz umschlägt, bemerke ich etwas Seltsames, als ich den Kelch an meine Lippen hebe.

Kein pelziges Armband.

Kein Pom.

Dies ist ein Traum.

Offensichtlich ein Traum, wenn ich jetzt darüber nachdenke.

Ich will die Lust verschwinden lassen.

Sie bleibt. Wenn überhaupt, dann wird sie *noch intensiver*. Weniger wie der Vampirblut-Effekt und mehr wie ein Orgasmus, aber nicht ganz. Es fühlt sich an, als hätte sich mein ganzer Körper in eine erogene Zone verwandelt und jemand würde mich überall streicheln.

Was zum Teufel ...?

Ich verlasse meinen Körper so, wie ich es tue, wenn ich ihn heilen will.

Die Lust hört nicht auf.

Ich dupliziere mich selbst und lege mein Bewusstsein in die beiden Körper. Ich fühle die Lust jetzt in beiden, aber sie hört nicht auf.

Zu einem einzigen Körper zurückkehrend, versuche ich, die Lust mit etwas Schmerz auszugleichen. Ich lasse eine dicke Nadel in meiner Hand erscheinen und steche mir damit in die Handfläche.

Ich könnte genauso gut versuchen, einen Hurrikan mit einem Regenschirm zu stoppen.

Verdammter Mist. Was für ein seltsames Dilemma.

Kann zu intensive Lust töten? Und wenn ja, könnte dies eine sehr ungewöhnliche Form des Angriffs des Nussknackers sein?

Pom erscheint vor mir, sein Fell ist schwarz und sein Gesicht besorgt. »Was ist los?«

»Ich habe keine Ahnung«, versuche ich zu sagen, aber es kommt als ein Stöhnen heraus.

»Ah, du willst Privatsphäre«, murmelt er und verschwindet.

Ich will ihn zurückrufen, aber ich stöhne wieder nur.

Gut. Es ist nicht so, dass er bei so etwas hätte helfen können.

Unglaublicherweise verstärkt sich die Lust noch mehr.

Das reicht. Wenn dies ein Traumangriff ist, sollte mich das Aufwachen davon befreien.

Ich knirsche mit meinen Traumzähnen und rüttele mich wach.

ICH BIN ZURÜCK IM GASTHAUS, aber die Lust ist auch da, stärker als je zuvor. Es fühlt sich jetzt an, als würde Energie in mich strömen – eine Energie, die als Nebeneffekt Lust mit sich bringt.

Ich entdecke bald, dass es hier in der realen Welt schwieriger ist, meine Reaktionen unter Kontrolle zu halten. Denn ein Stöhnen entgleitet meinen Lippen, ohne dass ich das will. Dann noch eines. Dann ein Schrei.

Ich bin mir vage bewusst, dass Valerian zu mir eilt.

Zitternd stöhne ich lauter.

Starke Arme schlingen sich um mich, und beruhigende Worte werden mir ins Ohr geflüstert, aber der Lustangriff geht weiter.

»Du kommst wieder in Ordnung«, höre ich Valerian flüstern, bevor endlich ein Kurzschluss in meinem Gehirn entsteht und mein Bewusstsein erlischt.

KAPITEL SIEBZEHN

ICH KOMME AUF DEM BETT, wo ich in Löffelchenstellung gehalten werde, wieder zu Sinnen. Valerians Arme sind um mich geschlungen, und seine Hände liegen auf meinem Bauch.

Wow.

Ich fühle mich besser.

Ich hätte nie gedacht, dass ich einen *Mangel* an angenehmen Empfindungen als Erleichterung empfinden würde, aber so ist es.

Ein Teil von mir weiß, dass ich mich aus Valerians Umarmung herauswinden sollte, aber ein viel größerer Teil von mir braucht den Trost und sagt daher diesem ersten Teil, dass er die Klappe halten und dies genießen soll.

»Was ist gerade passiert?«, flüstere ich – und merke, dass mein Hals heiser ist, vermutlich von all dem Stöhnen und Schreien.

»Hast du dich ohne ersichtlichen Grund wirklich

gut gefühlt?«, fragt Valerian, und sein Atem kitzelt mich im Nacken.

Ich atme aus und versuche, nicht auf *dieses* angenehme Gefühl zu reagieren. »Das ist die Untertreibung des Jahrhunderts.«

»Ich glaube, ich weiß, was passiert ist«, murmelt er in mein Ohr. »Das Spiel muss in den Händen der Spieler sein.«

Das Spiel. Natürlich. Wie konnte ich das vergessen?

Als ich das letzte Mal nachgesehen habe, haben Bernie und Rattie weiter an dem Projekt *Lucid Dreamer* gearbeitet. Das Spiel zeigt mich als die Heldin, die offen ihre Kräfte einsetzt, und die Hoffnung war, dass es die menschlichen Vorstellungskräfte nutzen würde, um mich zu einer stärkeren Traumwandlerin zu machen.

Es scheint, als wäre das Spiel veröffentlicht worden – und unsere Idee hat funktioniert. Als die Betatester das Spiel zum ersten Mal benutzt hatten, hatte ich auch Lust empfunden, nur weniger davon. Wenn man von der Intensität dessen, was ich heute Abend erlebt habe, ausgehen kann, dann war dies ein deutlicherer Schub.

»Was jetzt?«, frage ich heiser. »Was kann ich tun, was ich vorher nicht tun konnte?«

»Keine Ahnung.« Valerians Atem kitzelt wieder in meinem Ohr. »Aber hoffentlich kannst du deine Mutter beim nächsten Versuch wachrütteln.«

Stimmt. Mit meinem lustverwirrten Gehirn hatte ich daran noch nicht gedacht, obwohl das der ganze Sinn des Projekts war.

Ich bedecke seine Hände mit meinen. »Ich will schnell zurück nach Gomorrha.«

Valerian hält still und atmet dann langsam aus. »Es tut mir leid. Selbst wenn wir uns nicht darum kümmern würden, dass diese Welt an dem Virus stirbt, würde Nulen wieder gegen uns kämpfen – und wir würden verlieren.«

Ich tue mein Bestes, um meine Enttäuschung zu verbergen. »Natürlich. Zuerst muss Nekronia gerettet werden.«

»Das ist richtig. Außerdem wird es wahrscheinlich ein paar Tage dauern, bis du deine neue Kraft verinnerlicht hast. Außerdem wirst du noch stärker werden, je mehr Benutzer das Spiel bekommt.«

Ich versteife. Der Boost ist nichts, was ich noch einmal erleben möchte.

»Mach dir keine Sorgen«, sagt Valerian leise. »Meine Vermutung ist, dass jetzt, wo du eine bestimmte Schwelle erreicht hast, sich das Hinzufügen weiterer Kraft mehr wie eine gute Laune anfühlen wird – oder du gar nichts merken wirst.«

Hm. Ist das der Grund, warum ich im Moment so gute Laune habe? Oder ist es wegen des Löffelns?

Ein unerwartetes Gähnen zerrt an mir, und ich höre ein leises Lachen gegen mein Haar.

»Schlaf weiter. Du brauchst das.«

Ich schließe die Augen, obwohl ich bezweifele, dass ich nach alldem, was passiert ist, einschlafen kann – ganz zu schweigen davon, dass er seine Arme um mich gelegt hat.

Falsch gedacht.

Der Schlaf kommt augenblicklich, ist traumlos und extrem tief.

———

ALS ICH MORGENS AUFWACHE, löffelt mich Valerian zu meiner großen Enttäuschung nicht mehr. Stattdessen sitzt er wieder in seinem Stuhl und beobachtet mich mit einem unleserlichen Gesichtsausdruck.

Habe ich den ganzen Kraftschub geträumt – und dass er mich tröstet?

Er bewegt sich zur Kante seines Sitzes, und sein Blick erwärmt sich leicht. »Wie fühlst du dich?«

Ich setze mich auf und halte die Decke vor meine Brust. »War das alles nur ein Traum?«

Ein schwaches Lächeln berührt seine Augen. »Nein. Es ist wirklich passiert.«

Ich schaue nach, ob Pom an meinem Handgelenk ist.

Er ist es. *Jetzt* träume ich nicht.

»Schau weg«, sage ich und merke, dass sich mein Hals besser anfühlt.

Er tut, worum ich ihn bitte, und ich ziehe mich schnell an und gehe zur Tür.

»Das Frühstück wartet schon unten«, sagt er. »Du bist als Letzte aufgewacht.«

Ich betrachte schuldbewusst die dunklen Ringe

unter seinen Augen. »Hast du etwas Schlaf bekommen?«

Er schüttelt den Kopf. »Ich habe wie versprochen Wache gehalten.«

»Dann solltest du besser bald schlafen. Ich kann dir aus Erfahrung sagen, dass Schlafentzug wirklich übel ist.«

Er neigt den Kopf. »Ich *könnte* auf der Sänfte schlafen. Aber du müsstest mir versprechen, dich nicht ohne meine Erlaubnis in meine Träume zu schleichen.«

Ich lege eine Hand auf mein Herz. »Ich schwöre, nicht ohne deine Erlaubnis in deine Träume zu gehen, wenn du auf der *Sänfte* schläfst. Aber wenn du mich nicht bald reinlässt, erwische ich dich irgendwann dabei, dass du woanders schläfst, und werde mich nicht zurückhalten können.«

Er nickt, und seine Augen leuchten. »Ich werde darüber nachdenken.«

———

DAS FRÜHSTÜCK IST IDENTISCH mit dem Abendessen, mit bananenähnlichen Früchten für mich und fragwürdigen Dingen für das Team. Während wir essen, erzählt Dylan uns, dass sie in ihrem Traum von Maxwell besucht wurde. Er und die anderen haben Gomorrha sicher erreicht, und die Wissenschaftler dort haben mit der Arbeit an einem Heilmittel begonnen.

»In der Zwischenzeit hält ihn ein Heiler am Leben«, sagt Dylan, während wir vom Tisch aufstehen. »Im Nachhinein betrachtet, hätten wir vielleicht auch einen mitbringen sollen.«

»Isis weigerte sich, mitzukommen«, sagt Valerian. »Ebenso wie alle anderen, die wir gefragt haben.«

»Was ist mit Kit und dem Rest?«, fragt Ariel. »Wurden sie zu Verlorenen?«

»Das wurden sie«, sagt Dylan düster. »Aber mit der richtigen Behandlung können sie weiterhin ein normales Leben führen.«

Valerian hält mir die Tür auf. »Solange sie hinter Schloss und Riegel schlafen und weit weg von Bailey bleiben.«

»Nun ja«, sagt Dylan. »Genau das meinte ich.«

Als wir nach draußen kommen, sind Nulens Zombies immer noch da. Sie eskortieren uns zu unserem seltsamen Transportgerät, wo der Nekromant selbst bereits auf seinem Zombiestuhl sitzt.

Auf Dylans Bitte hin macht Nulen ein Bett aus Zombies für Valerian. Valerian sterilisiert für mich einen Fleck auf dem Holzboden, streckt sich dann auf dem Bett aus und schließt die Augen.

Ariel kommt auf mich zu und nickt Valerian verschwörerisch zu. »Jemand hatte gestern Abend ernsthaften Spaß«, flüstert sie.

Ich starre sie mit leerem Blick an. »Ich weiß nicht, wovon du sprichst.«

Sie rollt mit den Augen. »Dein Stöhnen und Schreien war laut genug, um mich aufzuwecken.«

Ich kämpfe mit meinem Erröten. »Es ist nicht das, was du denkst.« Ich erzähle ihr, was wirklich passiert ist, und sie scheint mir zu glauben. *Gerade so.*

Als sie geht, untersuche ich mich selbst, um zu sehen, ob ich mich jetzt, da meine Kraft verstärkt ist, anders fühle.

Ich tue es nicht, zumindest nicht viel.

Ich berühre Pom, dann springe ich in die Traumwelt und experimentiere dort mit meinen Kräften.

Immer noch kein Unterschied. Vielleicht kann ich jetzt mehr Schlafverbindungen pro Tag herstellen, aber das ist nicht das, was ich im Moment brauche.

Zurück in der wachen Welt, spüre ich, dass Valerian in den REM-Schlaf eintritt. Das Gefühl, das mich darüber informiert, ist jetzt stärker, aber qualitativ nicht anders.

Es kostet mich all meine Willenskraft, der Versuchung zu widerstehen, in ihm zu traumwandeln. Dummes Gewissen. Wenn ich ein Soziopath wäre, würde ich dieses Versprechen im Handumdrehen brechen.

Um mich abzulenken, betrachte ich unsere Umgebung. Wir kommen an einer Kohlenmine vorbei, in der ein mit Dynamit umwickelter Zombie in Stücke gerissen wird – vermutlich nicht zum Spaß, sondern um feste Steine in Stücke zu zerbrechen. Später kommen wir an einer weiteren großen Pyramidenbaustelle vorbei, und danach an weiteren Bauernhöfen. Irgendwann entdecke ich in der Ferne eine Dampflokomotive. Zweifellos sind Zombies diejenigen, die dort die Kohle in den Ofen werfen.

Ich werde vom Sightseeing abgelenkt, als Dylan Nulen etwas fragt. Der Nekromant antwortet in einem scharfen Tonfall, der Valerian aufweckt und Dylan bis zur Pre-Vampirstufe erblassen lässt.

Fabian schaut sie an und runzelt die Stirn. »Was war das?«

Dylan wirft einen verstohlenen Blick auf Nulen. »Ich wollte wissen, wie sein Virus voranschreitet, also habe ich ihn gefragt, ob er Herzklopfen verspüre oder eine Magenverstimmung hätte.«

»Und?«, fragt Fabian, und sein Stirnrunzeln vertieft sich.

»Und er sagte, ich solle nie wieder fragen. Bedroht hat er mich auch.«

Fabian sieht aus, als sei er kurz davor, sich in seine Wolfsform zu verwandeln, als Valerian ihm eine Hand auf die Schulter legt und ihm etwas ins Ohr flüstert.

»Gut«, knurrt Fabian. »Frag das Arschloch nicht noch einmal. Es ist schließlich *seine* Gesundheit.«

Dylan nickt.

Danach reisen wir für eine Weile in mürrischer Stille. Irgendwann erreichen wir eine Stadt, die mindestens doppelt so groß ist wie das Dorf, das wir besucht haben. Wir essen in einem anderen Gasthaus zu Mittag und setzen unsere Reise fort.

Am Abend erreichen wir eine richtige Stadt und essen im bisher schönsten Gasthaus zu Abend.

»Danke«, sage ich zu Valerian, nachdem er mein Bett wieder einmal sterilisiert hat.

Seine Augen über der Maske leuchten. »Zwing mich nicht, mich umzudrehen oder den Raum zu verlassen, dann sind wir quitt.«

Hitze überflutet meine Wangen und macht mich dankbar für meine Maske. Schlimmer noch ... ich weiß plötzlich nicht mehr, was ich mit meinen Händen machen soll – sie wollen mir unbedingt das Top ausziehen.

»Hey, ich mache nur Spaß.« Er dreht sich um und dreht mir den Rücken zu. »Wir machen damit weiter, wenn du bereit bist.«

Wow. Ich kann nicht glauben, dass ich tatsächlich darüber nachgedacht habe, mich für sein Sehvergnügen nackt auszuziehen.

Was stimmt nicht mit mir? Warum vergesse ich immer wieder, was er getan hat?

Ich ziehe mich so schnell aus, wie ich kann, und krieche unter die Decke, bevor er auf irgendwelche Ideen kommt, wie zum Beispiel sich umzudrehen.

»Du kannst jetzt schauen«, murmele ich.

Er setzt sich auf den Stuhl, von dem aus er mir zuzwinkert.

Schnaubend schließe ich die Augen.

Wie es in Valerians Gegenwart üblich ist, entzieht sich mir der Schlaf für eine Weile, aber schließlich drifte ich weg.

ICH BIN im Kurs *Einführung in die Programmierung,* und der Professor klatscht mir einen Abschlusstest auf den Schreibtisch.

Verdammter Mist. Ich dachte, ich hätte diesen Kurs abgebrochen, aber ich habe mich geirrt. Vor ein paar Minuten wurde mir klar, dass ich vergessen hatte, ihn wirklich abzubrechen. Jetzt muss ich diese Prüfung irgendwie bestehen, obwohl ich nicht eine einzige Vorlesung besucht oder auch nur eine Seite des Kursmaterials gelesen habe.

Angst breitet sich in meinem Wesen aus, als ich das Papier öffne und Pom herausspringt.

»Du träumst das schon wieder?« Sein Fell wird hellorange. »Warum?«

Oh. Er ist nicht an meinem Handgelenk, also ist dies ein Traum – einer, den ich aus irgendeinem Grund schon unzählige Male hatte.

Aus den Augenwinkeln sehe ich, wie der Professor einen Radiergummi nach mir wirft.

Seltsam.

Instinktiv tauche ich unter das Schreibpult – und es ist gut, dass ich das tue. Auf dem Weg zu meinem Kopf wird der Radiergummi zu einem Pitbull mit Schaum vor dem Mund.

Was zum Teufel …?

Ich springe unter dem Tisch hervor und starre den Professor an, der sich in die gefürchtete Form des Nussknackers verwandelt.

»Du bist schwer zu überfallen«, sagt die gruselige

Kreatur mit seiner melodischen Stimme. »Es wird dich aber nicht retten.«

Eine Waffe erscheint in seiner Hand.

Ich nutze meine Übung, und mein Körper wird zu Metall.

Peng.

Meine Schulter schreit vor Schmerz, aber die Kugel fällt mir vor die Füße.

»Oh, das wird nicht funktionieren«, sagt er. »Ich weiß, wie du in Wirklichkeit aussiehst.«

Er macht irgendetwas, und mein metallischer Körper verwandelt sich wieder in Fleisch.

Oh Mist.

Er zielt wieder mit seiner Waffe.

KAPITEL ACHTZEHN

SO SCHNELL ICH KANN, bringe ich die Chemie des Schießpulvers in der Waffe des Nussknackers durcheinander.

Er drückt den Abzug.

Die Pistole klickt, aber es kommt keine Kugel heraus.

Er schleudert die Waffe auf meine Brust.

Ich weiche aus und mache seine Füße schwer, während ich die Struktur des Bodens unter ihm schwäche.

Der Nussknacker kracht durch den Boden.

»Das ist zu unheimlich«, sagt Pom und verschwindet.

Ich ändere meine Umgebung in die der Lobby in der wunderschönen Konzerthalle Harpa Reykjavik in Island. Wenn der Nussknacker nicht von der Erde stammt – oder es ist, aber diesen Ort noch nie besucht hat –, könnte ich einen Vorteil haben.

Er erscheint nicht.

Strike.

Ich versuche, mich wachzurütteln.

Es funktioniert nicht, und ich höre bald, warum. Es ist diese verfluchte Musik – *Tanz der Zuckerfee* –, die von allen Seiten ertönt.

Er muss hier sein und irgendwie verhindern, dass ich aufwache.

Aber wie? Ich sollte jetzt mächtiger sein. Hat der Nussknacker seit unserer letzten Begegnung auch mehr Kraft bekommen? Das scheint unwahrscheinlich. Valerian hatte wahrscheinlich recht, als er sagte, ich müsse verinnerlichen, was ich gewonnen habe.

Vorausgesetzt, ich überlebe diese Begegnung.

In einem Augenzwinkern erscheint der Nussknacker drei Meter von mir entfernt und schleudert mir eine wütende Tarantel ins Gesicht.

Ich springe zur Seite, dann laufe ich die Wand hoch und ändere die Schwerkraft und die Bodenhaftung meiner Füße je nach Bedarf.

Der Nussknacker jagt mich mit dem Klick-Klack von Holz, das auf Metall und Glas trifft.

Als ich die Fenster zum Hafen erreiche, lasse ich das Glas unter meinen Füßen schmelzen. Rasch fliege ich hinaus und lande auf dem kalten Wasser des Atlantiks.

Der Nussknacker landet mit Leichtigkeit auf dem Wasser in der Nähe. Ich schätze, er hat das Laufen auf dem Wasser genauso geübt wie ich – oder ist ein Naturtalent darin.

Ohne viel Aufhebens wirft er mir einen Skorpion an den Kopf.

Ich lasse ein Katana in meiner Hand erscheinen, eine Nachbildung von dem, mit dem ich neulich gegen Zombies gekämpft habe. Mit einem *Zischen* schneide ich den Skorpion in zwei Hälften und stürze mich dann auf meinen Gegner.

Meine Hoffnung ist, dass er, wenn er auf dem Wasser geht und einen Angriff aus der Nähe abwehren muss, nicht die Bandbreite hat, um sich mit unserer Umgebung auseinanderzusetzen.

Mein Plan funktioniert beinahe. Der Katana-Schlag sitzt, aber das Metall hinterlässt nur eine flache Wunde im Holz, aus dem seine Brust ist.

Stimmt. Holz ist schwieriger zu durchdringen als Fleisch.

Ein Säbel erscheint in der Holzhand des Nussknackers, gerade rechtzeitig, um meinen nächsten Schlag zu parieren. Verdammter Mist. Meine eigene Strategie arbeitet jetzt gegen mich. Als ich versuche, seine Waffe schmelzen zu lassen, funktioniert es nicht.

Ein Nahkampf war ein Fehler; im Gegensatz zu ihm bin ich aus Fleisch und Blut.

Vielleicht kann ich ihn körperlich verwandeln, um den Nachteil auszugleichen? Er gab mir einen Hinweis darauf, als er sagte, er wisse, wie ich aussehe.

Ich schwinge das Katana. Er weicht aus und entfesselt eine Flut eigener Angriffe.

Als ich den Ansturm pariere, wird mir klar, dass ich

ein kleines Problem habe, wenn es darum geht, ihn körperlich zu verändern.

Ich habe keine Ahnung, wie er aussieht.

Habe ich das wirklich nicht?

Der letzte Traumwandler, den ich traf, war Maxwell, und er kam mir verdächtig vor.

Könnte das Maxwell sein?

Den nächsten Angriff parierend, versuche ich, ihn dazu bringen, Maxwells Gestalt anzunehmen– traurige Augen, die Maske und das alles.

Nein. Er ist immer noch in der Nussknacker-Verkleidung und muss wissen, dass es mir nicht gelungen ist, denn sein ohnehin schon böses Grinsen sieht unendlich bösartiger aus.

Okay. Entweder ist das nicht Maxwell – oder ich habe missverstanden, wie das funktioniert. Oder er ist einfach mächtiger. Oder ich muss wissen, wie Maxwells Gesicht aussieht, um das richtig zu machen.

Aua!

Durch all mein Grübeln habe ich meine Kampfkonzentration verloren, was dem Nussknacker die Chance gab, meinen rechten Unterarm aufzuschneiden.

Ich ignoriere die Blutung und pariere ein weiteres Dutzend Schläge, während ich wieder versuche, die Umgebung zu kontrollieren. Aber weder ein Wal, den ich zu beschwören versuche, taucht aus dem Wasser auf noch will sich das Wasser unter den Füßen des Nussknackers in Magma verwandeln.

Verdammter Mist.

Meine Muskeln sind müde von all den hektischen Kendo-Techniken, die ich anwende. Wenn ich nicht bald etwas erreiche, werde ich einen tödlichen Fehler machen – und das war es dann.

Nein. Nicht, wenn Valerian mich in der Außenwelt bewacht.

Nicht, wenn ich eine echte Chance habe, Mama zu wecken.

Ich verlasse meinen Körper und spiele ein Ass aus, das ich für den richtigen Moment aufgehoben habe. Anstatt Zeit mit der Heilung meiner Wunde zu vergeuden, dupliziere ich mich selbst und springe in beide Körper.

Das Ich, das hinter dem Nussknacker steckt, schlägt das Katana auf das seinen Säbel haltende Handgelenk und schneidet mühelos durch das Holz. Die menschlichen Augen des Nussknackers weiten sich – und das ist der Moment, in dem meine beiden Ichs versuchen, aufzuwachen.

Diesmal funktioniert es.

Ein einzelnes Ich öffnet die Augen auf dem Bett im Innern des Gasthauses.

Keuchend setze ich mich auf.

Valerian springt auf. »Was ist los?«

Ich wische den kalten Schweiß von meiner Stirn und erzähle es ihm.

»Dieser Bastard«, sagt er zähneknirschend, als ich geendet habe. »Deshalb müssen wir einen Anführer einer der Icelus-Zellen fangen. Sie treffen sich wegen diesem Traumwandler, also sollten sie seine Identität kennen.«

»Es sei denn, er verkleidet sich sogar bei ihnen«, sage ich, immer noch erschüttert.

Er winkt ab. »Ein Anführer würde uns zu einem weiteren führen, bis wir ihn schließlich finden würden.«

»Der Nussknacker sagte, er wisse, wie ich aussehe. Das schränkt unsere Liste der Verdächtigen drastisch ein.«

»Richtig.« Valerian zieht seine dunklen Augenbrauen zusammen und rückt seine Maske zurecht. »Entweder haben die Icelus ein Dossier über dich – oder jemand, den du kennst, ist ein Traumwandler, der diese Tatsache verbirgt.«

»Oder es ist Maxwell«, sage ich.

»Er hat dein Gesicht nicht gesehen, also weiß er nicht *wirklich*, wie du aussiehst.«

Oh, ja. Ich hatte die Maske auf, als ich ihn traf. Aber Moment … »Er hätte mich in Dylans Träumen sehen können. Oder deinen, wenn du dich mit ihm verbunden hast.«

»Höchst unwahrscheinlich. Maxwell hasst Icelus noch mehr als ich.«

»Woher weißt du das?«

»Die Überprüfung«, sagt Valerian. »Für sie ließ sich Maxwell von einem alten Vampir bezirzen und wurde gründlich befragt. Ich kenne keine Möglichkeit, das zu täuschen.«

Das Adrenalin verlässt meinen Körper, und die

Müdigkeit setzt ein. »Gut«, sage ich mit einem halben Gähnen. »Aber ich kann mich des Gefühls nicht erwehren, dass mehr hinter Maxwell steckt, als man auf den ersten Blick sieht.«

Valerian schaut mich aufmerksam an. »Glaubst du, dass du wieder einschlafen kannst?«

»Ich kann es versuchen.« Ich schließe die Augen. Sekunden später bin ich weg.

———

BEIM FRÜHSTÜCK ERZÄHLT DYLAN UNS, dass sie Maxwell wieder in ihren Träumen gesehen und er sie darüber informiert hat, dass die Arbeit an dem Heilmittel vorangeht. Er sagte auch, dass er in seinen Kontakten zu all den kollaborierenden Otherlands traumwandelte und die Nachrichten, die er dort bekam, gemischt waren. Das tödliche Icelus-Virus ist nirgendwo aufgetaucht, was gut ist, aber die Verlorenen breiten sich exponentiell überall aus, was nicht so gut ist.

»Das sagt mir, dass die Icelus-Zelle, hinter der wir her sind, die treibende Kraft hinter der Ausbreitung des Virus ist.« Valerian gestikuliert mit einer Frühstückswurst, die aus einer lokalen Kreatur hergestellt wurde. »Wir halten sie auf, wir halten das Virus auf.«

»Und dann haben wir es *nur* noch mit Legionen von Verlorenen zu tun«, sagt Itzel.

Wir grübeln für den Rest des Frühstücks alle über

Itzels Punkt nach, aber niemandem fällt etwas ein, was gut genug ist, um es mit der Gruppe zu teilen.

Der Rest des Tages ist identisch mit dem vorherigen; wir reisen durch die Landschaft und werden Zeuge von immer raffinierteren Verwendungen für Zombie-Arbeitskräfte. Am nächsten Tag werden die Straßen besser, und am Nachmittag sehen wir in der Ferne eine Stadt, die sich von Horizont zu Horizont ausbreitet.

Nulen sagt etwas.

»Das ist Nekropolis«, übersetzt Dylan. »Unser Ziel.«

Die Stadt sieht immer faszinierender aus, je näher wir kommen. Es gibt fliegende Kreaturen, die den Himmel kreuz und quer durchziehen, hohe Bäume, die irgendwie Teil der Skyline geworden sind, und hochhausgroße gotisch anmutende Gebäude.

Bald aber ist die Stadt nicht mehr das, was die Aufmerksamkeit aller auf sich zieht. Was wir anstarren, ist die wirklich überwältigende Anzahl von Zombies, die uns im Weg stehen.

Nicht tausende, sondern Millionen, sie umgeben die Nekropolis wie eine undurchdringliche Mauer. Ihre Gesichter sind mit den gleichen Masken bedeckt wie die von Nulens Zombies, aber diese Exemplare waren deutlich größer und kräftiger, als sie noch lebten.

»Die Crème de la Crème der Untoten«, sagt Ariel voller Ehrfurcht.

»Das Beste vom Besten der Zombies.« Felix' Tonfall klingt wie ihrer.

Alle anderen bleiben stumm.

Als wir uns der Zombie-Mauer nähern, geben die Toten einen Weg für uns frei und schließen sich hinter uns zusammen, als wir hindurchgegangen sind.

»Jetzt ist die Chance, zurückzugehen, noch geringer«, murmelt Fabian.

»Großartig«, sagt Itzel in dieser mürrischen Art, die sie für die meisten Situationen auf Nekronia angenommen hat. »Wir sind noch schlechter dran als vorher.«

Die weitere Debatte wird von einem schrecklichen kreischenden Geräusch übertönt, als die Tore der Nekropolis von Tausenden von Zombiearmen auseinandergezogen werden.

Innerhalb der Stadt sehen wir, dass wir nicht die Einzigen sind, die Zombies als Transportmittel benutzen – viele Nekropolisbewohner scheinen das auch zu tun. Manche reiten huckepack auf Zombies, wie übergroße Kinder, während andere in einer Ein-Personen-Sänfte oder Hängematte sitzen.

Was in dieser Stadt anders ist, ist, dass es keine Menschen zu geben scheint – nur in Leder gekleidete Nekros.

Als ich Dylan frage, spricht sie mit Nulen und bestätigt meine Vermutung.

Nekropolis ist eine reine Totenbeschwörer-Stadt.

Wir fahren durch die Straßen, bis wir ein düster

aussehendes Gebäude erreichen. Ein Zombie öffnet eine Tür für uns, als Nulen etwas zu Dylan sagt.

»Er bittet uns, hier zu warten«, übersetzt Dylan. »Er wird hingehen, um dem Parlament die Situation zu erklären.«

Felix räuspert sich. »Sieht er für irgendjemand anderen auch purpurrot aus?«

Wir alle starren den Nekromanten mit unterschiedlichem Grad der Besorgnis an.

Verdammter Mist. Er sieht tatsächlich purpurrot aus, wie Pom es tun würde, wenn er zu gleichen Teilen glücklich und verrückt wäre.

»Es gibt nicht viel, was wir für ihn tun können«, erinnert uns Valerian, als er das Haus betritt.

Wir folgen seinem Beispiel, und sobald wir alle darin sind, schließt und verriegelt sich die Tür zum Haus von außen.

»Stehen wir unter Hausarrest?«, fragt Ariel.

»Es ist mehr wie im Gefängnis«, sagt Felix und sieht sich um.

Er hat recht. Unsere Umgebung erinnert mehr an einen feuchten Kerker als an ein Haus.

Wie er es gewöhnlich tut, geht Stanislav so weit weg von allen, wie er kann – da wir immer noch nicht wissen, ob er infiziert ist. »Zumindest bekommen wir eine Pause von der ständigen Anwesenheit von Zombies«, sagt er und setzt sich auf einen Stuhl in der Ecke.

»Und es gibt normale Möbel«, sagt Itzel und lässt sich auf einen altmodisch aussehenden Stuhl fallen.

Valerian wischt Spinnweben und Staub von einem anderen Stuhl, desinfiziert ihn mit Hygieia und gibt mir dann ein Zeichen, dass ich mich setzen soll.

Dankbar nickend, tue ich das.

»Ich schätze, wir warten«, sagt Ariel zu niemandem Bestimmten.

So warten wir wieder in einer angespannten Stille.

Und warten.

Und warten noch ein bisschen.

Irgendwann muss ich das, was in diesem Haus als Toilette gilt, benutzen – und erlebe einen weiteren Anfall von Dankbarkeit für Valerians Hygieia-Stab.

Nach etwa vier Stunden bin ich sowohl durstig als auch hungrig. Noch eine Stunde später fange ich an, mich zu beschweren, und bald darauf muss ich Felix erklären, dass ich lieber verdursten würde, als das Wasser von fragwürdiger Genießbarkeit zu trinken, das aus dem Wasserhahn im schmutzigen Badezimmer kommt.

Zwei Stunden danach füllt Valerian etwas von besagtem Wasser ab, schwenkt den Hygieia-Stab darüber und überzeugt mich, es zu trinken.

Vier Stunden später habe ich noch keine Ruhr entwickelt, aber ich bin hungrig genug, um an meinem eigenen Arm zu nagen.

»Soll ich eine Tür oder ein Fenster einschlagen?«, fragt Fabian gähnend.

»Lass uns noch eine Weile brav sein«, sagt Valerian. »Draußen gibt es Millionen von Zombies. Wir haben nicht wirklich eine Chance.«

So geht das endlose Warten weiter, und es kommt noch mehr Gähnen hinzu, gefolgt von Nickerchen.

»Du solltest auch schlafen, wenn du kannst«, sagt Valerian zu mir. »Ich schaffe eine saubere Oberfläche für dich.«

Er tut es, und ich treibe glücklicherweise ohne den Besuch des Nussknackers davon.

―――――

ALS ICH AUFWACHE, ist unsere Situation unverändert, mein Hunger ist stärker denn je, und die Frage des Ausbruchs steht bei allen ganz oben auf der Tagesordnung.

Gerade als Fabian hinübergeht, um die Stärke der Tür zu testen, klickt das Schloss.

Wir springen alle auf, und alle Augen kleben auf der Tür, als sie sich öffnet.

Die Person, die hereinkommt, ist nicht Nulen. Sie ist eine gutaussehende junge Frau mit schwerem Lidschatten und einer schwarzen Linie, die unterhalb der Augen horizontal über ihr Gesicht verläuft. Ihr Lederoutfit hat einen abgetragenen Look, als hätte sie es aus einem Second-Hand-Laden für Totenbeschwörer. Die Hälfte ihres Haares ist tiefschwarz, während die andere Hälfte weiß gebleicht ist, und das Ganze wird von einer Schutzbrille auf ihrem Kopf zurückgehalten – ein Accessoire, das auf einer Steampunk-Convention nicht fehl am Platz aussehen würde.

»Du bist nicht Nulen«, sagt Dylan zu ihr und vergisst dabei, zu Nekronisch zu wechseln.

»Erstaunliche Beobachtungsgabe«, sagt die Frau in akzentfreiem amerikanischen Englisch. »Möchte jemand etwas noch Offensichtlicheres sagen?«

»Wer bist du?«, platze ich mit der Frage heraus.

»Wo ist Nulen?«, fragt Valerian zur selben Zeit.

»Mein Name ist Rowan«, sagt der Neuankömmling. »Nulen ist tot.«

»Tot?«, rufen wir unisono aus.

»Nun ja«, sagt sie. »Ich dachte, ihr würdet es wissen, denn das Parlament ist davon überzeugt, dass es eure bösen Pläne waren, die ihn getötet haben.«

KAPITEL NEUNZEHN

ALLE FANGEN SOFORT AN ZU SCHREIEN, während Dylan auf Nekronisch plappert.

Rowan runzelt die Stirn. »Hast du nicht gehört, dass ich vor einer Sekunde deine Sprache gesprochen habe?«

Dylan zuckt zusammen. »Entschuldigung. Der ganze Stress zehrt an meinen Nerven.«

Fabian tritt auf sie zu und legt eine tröstende Hand auf ihre Schulter.

Rowan kratzt die gebleichte Seite ihres Kopfes. »Stress ist scheiße. Ich habe gehört, wenn eine Krake überanstrengt ist, vernascht sie sich selbst, und leider nicht auf schmutzige Art und Weise.«

»Das ist eigentlich nicht richtig«, murmelt Dylan leise, während ich innerlich grinse. Die Nekromantin scheint meinen oft unpassenden Sinn für Humor zu teilen.

»Ich habe selbst eine Frage«, sagt Rowan und

ignoriert Dylan. »Was ist mit den Masken? Seid ihr alle Zwerge?«

»Ich bin die einzige Zwergin«, sagt Itzel. »Bei den anderen ist es eine lange Geschichte, die warten muss, bis du einige unserer Fragen beantwortet hast.«

»Richtig.« Rowan wechselt von einem gestiefelten Fuß zum anderen. »Ich habe nicht viele Antworten für euch. Ich bin nur hier, weil ich eure Sprache spreche – und weil das Parlament nicht allzu traurig wäre, wenn ihr mich töten würdet.« Sie schaut uns alle an. »Mit diesem Gedanken im Hinterkopf – wie wäre es, wenn ihr mich nicht tötet? Bitte?«

Alle überhäufen sie weiterhin mit Fragen, aber sie sprechen zu schnell, als dass jemand etwas verstehen könnte, außerdem sprechen Stanislav und Fabian vielleicht sogar ihre Muttersprache.

Rowan räuspert sich lauthals, und endlich wird es still. »Ich würde euch nicht empfehlen, das Parlament warten zu lassen.«

»Sie wollen mit uns sprechen?«, fragt Dylan.

»Richtig. Ich denke, ich werde dich Miss Oberschlau nennen.« Rowan blickt zu Fabian, dann zu Dylan. »Oder ist Mrs. Oberschlau richtig?«

»Warum will das Parlament mit uns sprechen?«, frage ich. »Oder ist das auch offensichtlich?«

Rowans Miene wird ernster. »Nach dem, was man mir gesagt hat, starb Nulen, während er ihnen euren Besuch erklärt hat. Sie verhörten seinen Leichnam danach. Mir wurden keine Einzelheiten genannt, und es ist nicht so, dass ich wissen müsste, wer ihr seid, um euch zu ihnen zu bringen. Oder in wie viel Gefahr ich mich befinde. Oder ...«

»Wenn Nulen ihnen alles erzählt hat, sollten sie froh sein, dass wir hier sind«, sagt Dylan.

»Klingt, als ob jemand in Miss Naiv umbenannt werden möchte.« Rowan schaut Fabian an. »Oder in Mrs.?«

Ariels hübsche Augen werden böse. »Ihr Name ist Dylan. Und erinnerst du dich, wie du uns vor wenigen Sekunden gebeten hast, dich nicht zu töten?«

Rowan sieht eher fasziniert als eingeschüchtert aus und betrachtet Ariel. »Bei diesem forschen Auftreten nehme ich an, dass dein Name auch nicht Miss Hotty McSexyBody ist? Denn das ist es, was ich in meinem Kopf habe.«

Ariel erhebt sich von ihrem Stuhl und drückt nur leicht auf die Sitzfläche.

Mit einem lauten Knacken zersplittert das Holz in winzige Splitter.

Rowans Augen weiten sich. »Du bist eine dieser Strongmen-Typen, nicht wahr?«

»Eine Uber«, sage ich. »Und ich würde sie nicht verärgern. Oder irgendeinen von uns, was das betrifft.«

Wie um meine Worte hervorzuheben, zerschlägt Fabian auch seinen Stuhl, während Stanislav seine Hand durch seinen führt.

Valerian muss ihr auch etwas wirklich Beeindruckendes zeigen, denn ihre Augen weiten sich, und sie murmelt: »Ist es möglich, diese Kraft zu erlernen?«

Ein Lächeln legt sich auf Felix' Augen, als er völlig ernst sagt: »Nicht von einem Jedi.«

Rowan grinst. »Ich mag dich. Wie heißt du? Alles, was ich bis jetzt habe, ist Skinny McMonobraue Jr.«

Er rollt mit den Augen. »Ich bin Felix.« Er zeigt auf seine Mitbewohnerin. »Das ist Ariel. Und das sind Valerian, Bailey, Itzel, Stanislav und Fabian.« Er zeigt abwechselnd auf jeden von uns.

»Nun«, sagt Rowan, »jetzt, da ich eure Namen kenne, fühle ich mich mehr mit eurem Schicksal verbunden – das mit jeder vergeudeten Sekunde schlimmer wird.«

»Richtig«, sage ich. »Wie wäre es, wenn wir gehen?«

»Hakuna Matata«, sagt Rowan und geht durch die Tür hinaus.

»Vertrauen wir ihr?«, fragt Dylan.

Alle schütteln den Kopf.

»Vertrauen wir diesem Parlament?«

Das Schütteln ist diesmal noch heftiger.

»Großartig«, sagt Dylan. »Aber ich schätze, wir müssen trotzdem gehen.«

Einer nach dem anderen verlassen wir das Gefängnishaus. Als ich draußen angekommen bin, sehe ich Rowan neben einer Gruppe trostlos aussehender Zombies und einer Kreatur stehen, die mich an das Opossum der Erde erinnert, nur gruseliger und niedlicher gleichzeitig.

»Sag Hallo zu meinem kleinen Freund«, sagt Rowan und folgt meinem Blick.

Die Kreatur huscht herbei und grinst mich an, wobei sie viele Zähne zeigt.

Ich trete zurück.

»Oh, mach dir keine Sorgen. Frank wird dir nichts tun«, sagt Rowan. »Er ist unter meiner Kontrolle, wie der Rest der Helfer. Bist du das nicht, Frank?«

Frank huscht zurück an Rowans Seite und sieht übertrieben zombieartig aus.

»Du hast ein totes Haustier?«, fragt Dylan.

»Bist du sicher, dass es dir etwas ausmacht, wenn ich dich doch Miss Oberschlau nenne?« Als sie Fabians verengte Augen sieht, fügt sie schnell hinzu: »Oder es könnte natürlich auch Mrs. Oberschlau sein.«

Unsere Übersetzerin sträubt sich sichtlich. »Ich bestehe darauf, dass du mich Dylan nennst. Aber erlaube mir, noch mehr Offensichtliches festzustellen. Du hast auf der Erde gelebt?«

Rowan bürstet imaginären Staub von ihrer Lederjacke. »Was hat es verraten: meine Englischkenntnisse oder meine erstaunliche Vertrautheit mit der amerikanischen Popkultur?«

»Aber ist eure Art nicht verbannt?«, fragt Dylan.

»Ich war inkognito da«, sagt Rowan. »Hielt meinen Kopf unten. Gab vor, ein Mensch zu sein. Ich habe keine Leichen erweckt und ließ sie nicht die 42nd Street entlangspazieren. So was in der Art.«

»Haben wir es nicht eilig?«, fragt Valerian, der ungeduldig aussieht.

»Richtig.« Rowans Gesicht wird ernster, ein

Ausdruck, den man dort vermutlich nicht oft sieht. »Folgt mir.«

Zügig schreitet sie nach Norden, und wir folgen ihr.

Über ihre Schulter fragt Rowan: »Wollt ihr, dass ich den Reiseleiter spiele?«

Niemand antwortet.

»Das«, sie zeigt auf ein prächtiges schlossähnliches Gebäude zu unserer Linken, »ist die Kirche von Mor. Er ist der Gott, an den hier alle glauben. Oh, und sie beten ihn wirklich sehr an, also sag nicht Dinge wie *Mor sei verdammt* oder *bei Mor* oder *Was zum Mor* und so weiter. Vor allem nicht vor den Augen der Abgeordneten. Sie mögen es nicht. Ich spreche aus Erfahrung.«

Stanislav stöhnt. »Hältst du jemals die Klappe?«

Rowan dreht sich um und schaut ihn aufmerksam an. »Etwas stimmt nicht mit deinen Augen. Ich kann nicht genau sagen, was es ist.«

Der Chort schnaubt, und Rowan fährt fort, die lokale Religion zu erklären, die unter anderem predigt, dass, wenn eine Seele den Körper verlässt, der richtige Weg, die übrig gebliebene Schale zu verehren, darin besteht, sie in einen Helfer zu verwandeln.

»Wie praktisch«, sagt Felix. »Ich wette, die Menschen bringen euch freiwillig Leichen, um sie in Zombies zu verwandeln.«

»Benutze das Z-Wort nicht vor dem Parlament«, sagt Rowan. »Das mögen sie auch nicht.«

Zwei gutaussehende Frauen in hübscher Lederkleidung überqueren die Straße und werfen

Rowan einen bösen Blick zu. Als sie sie ignoriert, sagen sie etwas auf Nekronisch – und obwohl ich kein Linguist bin, höre ich einen deutlich hässlichen Unterton.

Rowan schmunzelt und antwortet mit etwas ebenso Abfälligem.

Die beiden Frauen rüsten ihre bösen Augen zu Todesglanz auf. Man geht sogar so weit, in Rowans Richtung zu spucken – eine Geste, die im ganzen Cogniversum verboten sein sollte, soweit es mich betrifft.

Frank, das seltsame Opossum, stürzt sich auf die Spuckerin und beißt ihr prompt in den Zeh.

Die Frau schreit etwas, greift sich ihre Freundin und eilt davon.

»Worum ging es?«, fragt Felix Dylan.

»Etwas über eine Person namens Keyser, die einen großen Fehler macht. Was sie«, Dylan nickt Rowan zu, »antwortete, muss irgendein Slang gewesen sein, den ich nicht wiedererkannt habe.«

Rowan rümpft die Nase. »Sie sprachen über ihren Mann und meinen Verlobten.«

Felix starrt die fliehenden Frauen mit offenem Mund an. »Habt ihr auf dieser Welt Polygamie?«

»Polygynie, um genau zu sein«, sagt Dylan.

Rowans Oberlippe kräuselt sich, als sie Dylan ansieht. »Du bist so nützlich. Bei Mor, wir dürfen nicht den falschen Begriff verwenden.«

»Aber ist es wahr?«, will Felix wissen, und ich erinnere mich daran, dass Usbekistan, das Land auf der

Erde, aus dem seine Familie stammt, etwas in dieser Richtung haben soll. Oder hatte – das Wenige, was ich darüber weiß, ist von Ariels Neckereien.

Rowan entblößt ihre weißen Zähne. »Um es in Worten auszudrücken, die ihr verstehen könnt: Mitglieder des Parlaments und andere mächtige männliche Totenbeschwörer nehmen sich unter dem Vorwand eines eugenischen Programms mehrere Frauen, um die Anzahl der mächtigen Totenbeschwörer insgesamt zu erhöhen. Ob das jetzt gut ist oder schlecht … mein eigenes nekromantisches Potenzial ist hoch – was angeblich wichtiger ist als, sagen wir, der Intellekt oder das Aussehen. Also ja, ich habe den kurzen Strohhalm gezogen. Und nein, ich kann nicht mehrere Ehemänner haben – das würde manche Gemüter implodieren lassen.«

Ariel starrt sie fasziniert an. »Und dein zukünftiger Ehemann heißt Keyser?«

»Ja. Ich weiß. Wie von *Die üblichen Verdächtigen*«, sagt Rowan. »Ihr werdet ihn gleich treffen. Er ist nicht so cool, wie sein Name vermuten ließe. Irgendwie das Gegenteil.«

Niemand spricht, während wir noch ein paar Blöcke weitergehen – das heißt, bis Valerians Legobuchstaben auftauchen, vermutlich für alle außer Rowan:

Wenn es schiefgeht, nehmen wir ein oder mehrere Mitglieder dieses Parlaments als Geiseln und sehen zu, dass wir von dieser Welt verschwinden.

Fabian ballt seine Hände zu Fäusten. Ich schätze,

DIMA ZALES

ihm ist klar, dass er mit unserem derzeitigen Mangel an Waffen der Gefährlichste in der Gruppe ist.

Wir betreten einen großen kreisförmigen Platz, auf dessen Mitte ein großes Gebäude und an dessen Rändern zehn Villen stehen.

»Dies ist Decagon Square. Der Sitzungssaal des Parlaments ist da drin.« Rowan zeigt auf das mittlere Gebäude. »Und jedes Mitglied des Parlaments wohnt in einem von diesen.« Sie deutet auf die umliegenden Villen.

Als wir zum Gebäude im Zentrum gehen, höre ich Dylan mit Fabian über das Wort *decagon* sprechen. Sie erwähnt solche praktischen Perlen der Weisheit wie »ein Zehneck ist eine Figur mit zehn geraden Seiten und Winkeln« und »die Bedeutung des Namens *Zehneckquadrat* ist ein Widerspruch in sich«, und nicht zuletzt »jede Villa befindet sich innerhalb eines Winkels, der genau 144 Grad beträgt.«

Die größten Zombies, die ich bisher gesehen habe, öffnen uns die Türen des Gebäudes im Zentrum, und Rowan führt uns durch einen schicken Korridor mit Wänden, die mit gruseliger Kunst à la Masken der Zombies dekoriert sind.

»Dahinter ist der Sitzungssaal des Parlaments«, sagt Rowan und nickt in Richtung einer Reihe von verzierten Türen. Sie schaut Stanislav wieder an. »Ernsthaft, was ist mit deinen Augen los?«

Ich folge ihrem Blick und sehe, wovon sie spricht.

Mein Herzschlag schießt in die Höhe.

208

Es gibt eine winzige Ansammlung von roter Feuchtigkeit in den Tränenkanälen des Chorts.

Stanislav muss mich erblassen sehen, denn er wischt sich die Augen ab und starrt entsetzt auf seine Finger.

Es ist Blut.

KAPITEL ZWANZIG

ICH BEGINNE ZU HYPERVENTILIEREN, als eine Million Gedanken durch meinen Kopf rauschen.

Ich will wegrennen. Abgesehen davon möchte ich mir Valerians Hygieia-Stab schnappen und ihn benutzen, bis die Batterien leer sind – auch wenn der rationale Teil von mir versteht, dass wir unsere Masken genau aus diesem Grund haben. Sowohl meine Maske als auch Stanislavs sollten verhindern, dass irgendwelche Viren hinein- oder hinausgehen, also gibt es doppelten Schutz.

Eigentlich sollte es allen außer Stanislav gut gehen, sogar der maskenlosen Rowan.

Trotzdem ist es schwer, sich nicht aufzuregen. Stanislav war nur kurz ohne Maske, doch er hat bereits sein erstes Symptom.

Das Virus ist extrem ansteckend.

Ich bin auch nicht die Einzige, die ausflippt. Jeder im Team hat leicht panische Augen und eine klamme

Stirn. Die einzige Person, die verwirrt statt verängstigt aussieht, ist Rowan. Sie starrt auf das Blut an Stanislavs Fingern und fragt: »Ist das normal für deine Art?«

Stanislav ignoriert sie. Ich vermute, er muss unter Schock stehen.

»Was sollen wir tun?« Dylans Stimme ist kaum lauter als ein Flüstern.

Die Legobuchstaben erscheinen sofort in der Luft:

Es gibt nicht viel, was wir tun können. Reden wir mit diesem Parlament.

»Ernsthaft, was ist hier los?«, will Rowan wissen.

»Lange Geschichte«, sagt Valerian. »Bleib einfach so weit von Stanislav weg, wie du kannst.«

»Klar, sicher.« Sie starrt uns an, und als es keine Erklärungen gibt, seufzt sie. »Gut. Bereit zu gehen?«

Auf unser Nicken hin lässt Rowan ihre Zombies die Türen für uns öffnen.

Stanislav stapft in den Raum. Rowan wartet ein paar Sekunden, um ihn weit genug vorgehen zu lassen, dann folgt sie – mit dem Rest von uns hinter ihr.

Wir landen in einem Raum, der groß genug ist, um darin Fußball zu spielen, mit einer zwanzig Meter hohen Decke, um die zu sehen man sich den Nacken verrenken muss.

Rowans Zombies schließen die Türen hinter uns.

Wie der ihn umgebende Platz hat auch dieser Raum die Form eines Zehnecks, und in jedem der zehn Winkel steht ein massiver Thron mit einer maskierten Gestalt.

»Diese Helfer waren Riesen, als sie noch lebten«,

flüstert Rowan, falls wir es anhand der Größe der Zombies nicht erraten konnten. »Die Masken sind so gestaltet, dass sie wie jedes Mitglied des Parlaments aussehen.«

Natürlich sind auf den Masken die Gesichtszüge der Menschen abgebildet, ein bisschen wie bei den Masken der Sexarbeiter-Zombies.

»Die Mitglieder des Parlaments sind also nicht persönlich hier?«, frage ich, und meine Augen huschen von Riese zu Riese.

»Nein«, sagt Rowan. »Jeder Abgeordnete sieht durch die Augen des Helfers, der für seinen Gebrauch bestimmt ist, und hört durch seine Ohren. Betrachte es als eine Videokonferenz, die nur dazu dient, dass du dich klein und unbedeutend fühlst.«

Felix pfeift. »Zoom hat nichts damit zu tun.«

Verdammter Mist. Da geht Valerians Plan dahin, einen dieser Leute zu entführen, falls es schiefgeht. Obwohl Rowan sagt, dass sie mit einem von ihnen verlobt ist, ist es klar, dass es nichts bringen würde, sie zu entführen. Wie sie sagte, scheinen sie sich nicht darum zu kümmern, was mit ihr passiert. Wenn sie es täten, hätten sie sie gebeten, einen Zombie-Proxy zu benutzen, anstatt sich von Angesicht zu Angesicht mit uns auseinanderzusetzen.

Das Beste, worauf wir jetzt hoffen können, ist, dass die Dinge nicht noch schlechter werden, als sie bereits sind.

Einer der riesigen Zombies steht auf und sagt etwas mit dröhnender Stimme.

»Soll ich übersetzen?«, fragt Rowan Dylan.

Dylan zuckt mit den Schultern.

Rowan sieht es als Zustimmung an und zeigt auf den Zombie mit der Maske, die eine Falkennase hat. »Das ist Keyser, und er besteht darauf, dass ich das Wort *verlangen* verwende, wenn ich dich frage, warum du in diese *prächtige* Welt gekommen bist.«

Wir alle schauen Dylan an.

»Das ist so ziemlich das, was ich gehört habe«, sagt Dylan. »Außer, dass das Original mehr Vergrößerungen und eine blumige Sprache hatte.«

Valerian tritt vor. »Wir sind gekommen, um zu helfen. Eine Organisation namens Icelus versucht, im ganzen Cogniversum Angst zu wecken. Ihre Agenten sind auf dieser Welt und versuchen, eure Bürger mit einer tödlichen Krankheit zu infizieren.«

Rowans Schultern spannen sich an. »Sind dafür die Masken da?«

»Genau«, sagt Dylan.

Rowan dreht sich zu ihr um. »Und *das* ist die lange Geschichte? Ich hätte mir Zeit dafür nehmen können – vor allem, weil du zwei Sekunden gebraucht hast, um es zu erklären.« Sie dreht sich um, um Stanislav mit weit aufgerissenen Augen anzustarren. »Ist er …«

»Wir haben das zur gleichen Zeit erfahren wie du«, sagt Dylan. »Er hat es von Nulen bekommen. Du solltest sicher sein, denn er hat eine Maske auf.«

Keysers dröhnende Stimme übertönt jede weitere Diskussion.

»Er verlangt zu wissen, worüber wir reden«, sagt Rowan.

Valerian stellt sich breitbeiniger hin. »Übersetz, was ich gesagt habe, aber kein Wort über Stanislav.«

»Wenn du ihm nicht gehorchst, werde ich dich in Stücke reißen«, fügt Fabian hinzu, und sein deutscher Akzent ist stärker denn je.

»Da du so nett fragst, wie kann ich da ablehnen?«, sagt Rowan und fängt an, zu übersetzen, wobei Dylan jedes ihrer Worte aufsaugt.

Ich fühle mich ein wenig schuldig wegen der Bedrohung von Rowans Leben, aber verzweifelte Zeiten und all das ...

Keysers Antwort ist kurz und laut.

»Ihr lügt«, übersetzt Rowan. »Ich nehme an, ihr wollt, dass ich die begleitenden Beleidigungen überspringe.«

Valerian ballt seine Hände, als er zu dem Riesen aufschaut. »Du hast mit eigenen Augen gesehen, wie Nulen an dem Virus gestorben ist.«

»Sie sahen ihn durch die Augen ihrer Helfer, aber ich werde übersetzen«, sagt Rowan und spricht ein paar Sekunden lang Nekronisch.

Keysers Antwort ist ein bisschen länger, aber nicht weniger wütend.

»Er besteht darauf, dass ihr Nulen mit euren abscheulichen außerweltlichen Kräften getötet habt«, übersetzt Rowan.

»Warum sollten wir das tun und dann

hierherkommen, uns deiner Gnade ausliefern?«, ruft Valerian.

Ein Riese mit einem kleinen Spitzbart antwortet diesmal.

»Selbst wenn es ein Virus gibt, woher wissen wir, dass die Organisation, von der du sprichst, existiert? Woher wissen wir, dass du die Krankheit nicht mitgebracht hast?« Rowan wirft einen verstohlenen Blick auf Stanislav, als sie diese letzten Worte sagt: »Am wichtigsten ist: Was wollt ihr?«

Valerian schaut zu Stanislav, dann zu dem gerade stehenden Riesen. »Ich möchte, dass ihr die Icelus-Agenten gefangen nehmt und sie uns übergebt. Im Gegenzug stellen wir das Heilmittel für das Virus zur Verfügung.«

»Moment, was?«, sagt Felix. »Wollten wir die Icelus nicht selbst fangen?«

»Diese Nekros scheinen Außenseiter zu sehr zu hassen, als dass sie uns das erlauben würden«, sagt Valerian, und Rowan nickt zur Bestätigung. »Noch wichtiger ist, dass wir Stanislav so schnell wie möglich nach Gomorrha zurückbringen müssen. So sehr ich Icelus auch hasse, sie sind sein Leben nicht wert.«

»Muss schön sein, Freunde zu haben«, murmelt Rowan. Etwas lauter fragt sie: »Kann ich jetzt übersetzen?«

»Bitte«, sagt Valerian.

Rowan spricht Nekronisch.

Die Riesen beginnen eine Diskussion unter sich.

Während sie das tun, erblasst Dylan. Ich vermute,

dass uns die Übersetzung nicht gefallen wird, wenn sie kommt.

Und tatsächlich wirft uns Rowan einen unbehaglichen Blick zu, als die Riesen aufhören zu sprechen. »Einige von ihnen sagen, dein Vorschlag sei so ungeheuerlich, dass sie nicht verstehen, warum ihr hierhergekommen seid, um ihn zu unterbreiten«, sagt sie. »Keyser hingegen sagt, dass ihr entweder verrückt oder sehr clever seid – und hat eine Abstimmung verlangt, um über euer Schicksal zu entscheiden.«

»Eine Abstimmung?«, Ariel rückt sich ihre Maske zurecht.

»Wenn die Mehrheit von ihnen aufsteht, werdet ihr getötet«, sagt Rowan und schaut uns nicht in die Augen. »Sollte das nicht der Fall sein, werden sie noch mehr von eurem Deal hören.«

Wie lustig. Mein Schicksal ist wieder an die Stimme eines herrschenden Organs gebunden. Das nächste Mal bekomme ich auf jeden Fall umsonst.

Der Riese von Keyser steht auf.

Der mit dem kleinen Spitzbart folgt.

Dann noch einer. Und noch einer.

Als der fünfte aufsteht, spannt sich jeder an.

Wenn sich noch einer zu ihnen gesellt, wird das eine Mehrheit gegen uns sein.

Der sechste Riese steht auf.

Verdammter Mist.

Wir haben offiziell ein Problem.

KAPITEL EINUNDZWANZIG

JEMAND KLOPFT LAUT AN DIE TÜREN, die in den Sitzungssaal führen. Das Muster der Schläge ist merkwürdig, so etwas wie *Da-Da-Da-DUM*.

Die Riesenzombies und der Rest von uns schauen zur Tür.

Das Klopfen wiederholt sich, wieder geht *Da-Da-Da-DUM*.

Moment mal. Ist das nicht so, wie das *Leitmotiv* aus Beethovens Sinfonie? Meine Arme kribbeln vor Gänsehaut. Das muss die kryptische Vorhersage von Nostradamus sein, die endlich ins Spiel kommt. Was bedeutet, dass ich den Detektiv spielen soll – was auch immer das bedeutet.

Keyser bellt einen Befehl Richtung Rowan, und einen Moment später lässt sie ihre Zombies die Türen öffnen.

Ein Mann stürmt in den Raum. Er sieht abgemagert aus, mit schwarzen Tränensäcken unter den Augen.

Vor allem seine Haut ist purpurrot, und auf seinem Gesicht sind Rinnsale aus Blut.

Rowan zieht sich weise von dem Kerl zurück. Ohne eine Maske ist sie durch ihn in Lebensgefahr.

Uns ignorierend, hält der Neuankömmling stockend Monologe auf Nekronisch.

Legobuchstaben erscheinen vor mir in der Luft:

Spielst du den Detektiv?

Valerian hat also auch die Verbindung zu den Worten von Nostradamus bemerkt. Gut. Für eine Sekunde war ich besorgt, dass der Adrenalinschub mich Dinge hören ließ, die nicht da waren.

Ich nicke ihm zu, dann schließe ich die Augen und tue mein Bestes, um *Detektiv zu spielen.*

Nur weiß ich nicht, wo ich anfangen soll, und die Anwesenheit eines weiteren Opfers des Virus bringt mich dazu, schreiend weglaufen zu wollen.

Moment einmal.

Das Virus.

Ich wette, den Detektiv zu spielen impliziert, dass ich herausfinden sollte, wer oder wo die Icelus sind.

Vorausgesetzt, sie sind überhaupt auf dieser Welt.

Nein. Das müssen sie sein. Nulen war krank, als wir ihn trafen, also muss er sich vor unserer Ankunft von jemandem angesteckt haben, was die Präsenz von Icelus auf dieser Welt beweist. Es braucht nicht viel detektivisches Geschick, um *das* herauszufinden.

Obwohl ... als wir ihn trafen, hatte er erst das allererste Symptom. Das bedeutet, dass er sich vor kurzem infiziert hatte. Außerdem glaubt uns das

Parlament nicht, was das Virus betrifft, also können sie keine Berichte darüber gehört haben, was auch darauf hindeutet, dass er erst kürzlich auf dieser Welt angekommen ist.

Also was sagt mir Nulen als einer der ersten Fälle? Noch nicht viel – aber jetzt kommt es. Was die Icelus auf dieser Welt betrifft … Hat Nulen das Drehkreuz nicht mit einer Zombiearmee bewacht, um jegliche Ankünfte zu verhindern?

Eine weitere Runde Gänsehaut bildet sich an meiner Wirbelsäule. Das ist genau das, was er getan hat. Das kann nur eines bedeuten: Entweder Nulen hat Icelus-Agenten hereingelassen und wurde dabei von ihnen infiziert – oder jemand anderes hat sie hereingelassen, und dieser andere hat Nulen angesteckt. Angesichts der Tatsache, dass Nulen tot ist, ist die zweite Option die einzig sinnvolle. Was bedeutet …

Der Neuankömmling bricht zusammen, anscheinend mitten im Satz.

»Tot«, sagt Rowan düster. »Ich kann es fühlen.«

Die sechs ständigen Parlamentsmitglieder setzen sich wieder hin.

Einer von denen, die nicht dafür gestimmt haben, uns zu töten – ein Riese mit einer Maske, die ein cartoonhaft starkes Kinn hat – fängt an zu sprechen.

»Er will, dass ich den Boten zurückbringe«, sagt Rowan. »Wenn so etwas dich zum Kotzen bringt, schlage ich vor, du schaust weg.« Und als ich hinschaue, beschießt Rowan den toten Kerl mit einem Strom bunter Energie.

Einen Augenblick später ist der Bote wieder auf den Beinen.

Mitglieder des Parlaments greifen ihn mit Fragen an, und der Bote antwortet mit einer roboterhaften monotonen Stimme.

»Was hat er gesagt?«, zische ich Dylan zu.

Dylan scheint geschockt zu sein, also antwortet Rowan an ihrer Stelle. »Es gab einen Ausbruch des Virus in der Provinz, aus der er stammt. Menschen und Totenbeschwörer sterben scharenweise.«

»Und worüber spricht das Parlament jetzt?«, fragt Valerian.

»Shegan fragt den Boten, ob ihr acht in der Provinz gesehen worden sind«, übersetzt Rowan. Nachdem der Boten-Zombie etwas geantwortet hat, fügt sie hinzu: »Anscheinend nicht.«

»Natürlich nicht«, sage ich. »Nulen brachte uns direkt vom Drehkreuz hierher.«

Rowan kichert humorlos. »Dummer Hase – hast du erwartet, dass das Parlament Logik walten lässt?«

»Irgendwie«, sage ich. »Kannst du etwas für mich übersetzen?«

Rowan nickt.

»War Nulen die einzige Person, die das Drehkreuz gegen Neuankömmlinge bewachte?«

»Das kann ich selbst beantworten«, sagt Rowan. »Es gibt ein ganzes Team von uns, das sich diese spezielle Aufgabe teilt. Im Moment wäre ich an der

Reihe, aber ich bin dank all dem Chaos, das ihr erschaffen habt, nicht an meinem Posten. Danke dafür – und das meine ich ernst.«

Mein Puls beschleunigt sich vor Aufregung. »Wie lange verbringt jeder von euch an eurem Posten?«

»Ein paar Tage«, sagt sie. »Hängt vom Wetter und solchen Dingen ab.«

»Und wer war kurz vor Nulen an der Reihe?«

»Exozar«, sagt Rowan.

»Dann sagt die Logik, dass dieser Exozar mit Icelus arbeitet«, verkünde ich triumphierend, bevor ich meine Schlussfolgerungen erkläre.

Gerade als ich fertig bin, verlangt das Parlament zu wissen, worüber wir reden, und Rowan klärt es auf.

Während sie spricht, schaut Dylan sie bewundernd an, aber es ist unklar, warum.

Nachdem Rowan mit den Erklärungen fertig ist, spricht Shegan.

»Wenn du einen Beweis für das bekommst, was du sagst, werden sie deinen Deal annehmen«, übersetzt Dylan.

Als Nächstes spricht Keyser – und redet eine Weile.

Rowan rollt mit den Augen, als er fertig ist. »Der große Menschenfreund, der mein zukünftiger Ehemann ist, sagt, dass man dir nicht trauen kann – und dass der Beweis, was ihn betrifft, nichts beweisen würde. Er sagt auch, dass das Virus keine so große Sache ist. Er wird nur die Anzahl der verfügbaren Helfer erhöhen und damit die Lebensqualität aller verbessern. Er sagt auch, dass wir Helfer einsetzen können, um betroffene Gebiete unter Quarantäne zu stellen – was zweifelsohne ein Euphemismus für *alles niederbrennen* ist und seinem Punkt *mehr Helfer* widerspricht.«

Shegan spricht weiter.

Rowan nickt zustimmend. »Dieser vernünftigere Kerl sagt, ihre Aufgabe als Herrscher sei es, alles zu tun, um den Menschen das Heilmittel zu besorgen. Er macht sich auch Sorgen, dass sich das Virus dank dieses Boten jetzt in Nekropolis ausbreiten könnte. Schließlich sagte er, dass sie darüber abstimmen sollten.«

Hurra. Eine weitere Scheißabstimmung.

Das Parlament debattiert, und Rowan erklärt, dass wir, wenn die Mehrheit der Riesen sitzen bleibt, die Beweise besorgen dürfen, die wir brauchen. Andernfalls bleibt die Standardregel bestehen – wir werden getötet.

Wir schauen alle mit angehaltenem Atem zu.

Keyser steht auf.

Ein Kollege von ihm tut dasselbe.

Es ist so weit.

Die Geschichte ist dabei, sich zu wiederholen.

KAPITEL ZWEIUNDZWANZIG

KEINE WEITEREN RIESEN STEHEN AUF.

Die Abstimmung ist gerade zu unseren Gunsten ausgegangen.

Ein erleichtertes Ausatmen entweicht meinen Lippen, als Shegan in superschnellem Nekronisch zu Rowan spricht, die nickt und in einem respektvollen Tonfall antwortet.

»Ich soll die Untersuchung leiten«, übersetzt sie. »Lasst uns gehen, bevor sie ihre Meinung ändern.«

Wir eilen aus dem Zimmer und gehen schweigend den Korridor hinunter.

Als wir die Lobby betreten, schaut Dylan Rowan an. »Du hättest da drin nicht deinen Kopf für uns riskieren müssen.«

»Wovon sprichst du?«, fragt Felix.

»Als sie ihnen sagte, dass Exozar schuldig ist, sagte sie, dass sie auch ihm gegenüber misstrauisch war –

dass er sich in letzter Zeit seltsam benommen hat«, erklärt Dylan.

»Ich habe gelogen«, sagt Rowan. »Exozar und ich haben seit Monaten nicht mehr miteinander gesprochen.«

Dylan nickt. »Und nachdem sie das gesagt hatte, sagte Keyser ihr, sie solle sicher sein, dass sie meint, was sie sagt, und machte ihr klar, dass damit ihr Schicksal das unsere sei.«

»Langsam habe ich das Gefühl, dass er mich auch als siebte Frau nicht will«, sagt Rowan reumütig. »Ich weiß nicht, ob ich jubeln oder beleidigt sein soll.«

Ariel starrt die Nekromantin an, als würde sie sie zum ersten Mal sehen. »Das hättest du nicht tun sollen. Unsere Chancen stehen nicht gut.«

»Aber danke«, sage ich hastig. »Ich wette, du hast bei der Abstimmung geholfen.«

»Ja, nun, ich war nicht so aufopferungsvoll, wie ihr vielleicht denkt. Ich kann die Logik genauso gut anwenden wie jeder andere auch – und sie sagt, dass mein Schicksal bereits mit eurem verbunden ist.« Sie nickt Stanislav zu. »Genauer gesagt seinem.«

»Du glaubst, der Bote hat dich krank gemacht, also willst du das Heilmittel«, sagt Stanislav und wischt sich die leicht blutenden Augen ab.

Rowan nickt. »Bingo.«

»Der Raum war riesig und du standest weit weg vom Boten«, sagt Dylan beruhigend. »Deine Viruslast war gering, und die Wahrscheinlichkeit einer Infektion ist unbedeutend.«

Stanislav streckt seine blutigen Finger aus. »Ist es nicht das, was du mir am Drehkreuz gesagt hast?«

»Und ich lag nicht falsch«, sagt Dylan. »Wenn man bedenkt, wie lange es gedauert hat, bis du dein erstes Symptom entwickelt hast, *war* die Viruslast, die du eingeatmet haben musst, gering.«

Er starrt sie an. »Trotzdem bin ich krank.«

Rowan bückt sich und kratzt ihr totes Haustier unter seinem schnurrbärtigen Kinn. Für einen Zombie sieht Frank zu sehr danach aus, als würde er die Zuneigung genießen – aber was weiß ich schon von solchen Dingen?

»Es gibt etwas Wichtigeres, das wir besprechen sollten«, sagt Rowan, nachdem sie mit ihrer Haustiertherapie fertig ist. »Wie sollen wir herausfinden, ob Exozar schuldig ist oder nicht?«

Alle tauschen verblüffte Blicke aus. Alle außer Valerian, der mich gezielt ansieht.

»Wenn du mir Zugang zu ihm verschaffen könntest, könnte ich seine Schuld feststellen«, sage ich und tue mein Bestes, um selbstbewusster zu klingen, als ich mich fühle.

Felix und Ariel sehen immer noch verwirrt aus, also sage ich: »Ich sollte jetzt eigentlich den Detektiv spielen, und in der Vergangenheit hat das immer mit meinen Kräften zu tun gehabt.«

Rowan lässt ihre Zombies die Türen aufhalten, während wir hinausgehen. Als wir draußen sind, fragt sie: »Was ist deine Kraft?«

Ich erkläre ihr das Traumwandeln, während wir

uns mit Rowans Helfern auf den Weg nach Süden machen, die wie Statisten in einem Horrorfilm hinter uns hertorkeln.

»Neue Frage«, sagt Rowan, als wir neben einem tristen Gebäude anhalten, das genauso unheimlich aussieht wie das, in dem wir eingesperrt waren. »Wie willst du seine Träume verstehen, wenn du kein Nekronisch sprichst?«

Ich grinse unter meiner Maske. »Gutes Argument. Du oder Dylan müssen sich freiwillig melden, um mit mir reinzugehen.«

»Rowan meldet sich freiwillig«, sagt Valerian mit Nachdruck. »Sie kennt sich besser mit den lokalen Bräuchen und so weiter aus, also wird sie eine bessere Übersetzerin sein.«

Legobuchstaben tauchen in der Luft auf, während er spricht, und sie sagen:

Außerdem können wir auf diese Weise zwei Nekromanten zum Preis von einem überprüfen.

Ich nicke. »Ich nehme Rowan mit.«

»Und ich schätze, Rowan stimmt dem zu«, sagt sie trocken. »Obwohl das Wort *Freiwilliger* im Englischen eindeutig etwas anderes bedeutet als auf Nekronisch.«

»Ist dies das Zuhause unserer Zielperson?«, frage ich und schaue auf die eintönige Struktur vor uns.

»Ja, das ist Exozars Quartier«, sagt Rowan. »Was jetzt?«

Valerian schaut zur Tür. »Kannst du ihn dazu bringen, sie für dich zu öffnen«, fragt er Rowan.

»Sicher«, sagt sie.

Valerian dreht sich zu mir um. »Und könntest du diesen Fernschlaf-Trick machen, den Maxwell neulich bei Dylan vorführte?«

Ich beiße mir auf die Lippe. »Vielleicht. Als ich Ariel damals in den REM-Schlaf stieß, berührte ich ihre Haut. Aber das war vor dem Energieschub …«

»Ich verstehe nicht«, sagt Rowan.

»Klingt, als ob wir einen Plan B brauchen«, sagt Dylan und ignoriert sie.

»Plan B wird sein, dass ich den Kerl k. o. schlage«, sagt Stanislav. »Und ihn dann fessle, damit Bailey ihn so viel anfassen kann, wie sie muss.«

»Ihn wo anfassen?«, fragt Rowan mit einem Grinsen, wird aber wieder ignoriert.

»Ich hoffe wirklich, dass wir nicht zu Plan B greifen müssen«, murmele ich vor mich hin. »Ich bin nicht darauf erpicht, einen Fremden zu berühren, der das Virus verbreiten könnte.« Oder irgendeinen Fremden, wenn wir schon dabei sind. Oder sogar Leute, die ich kenne.

»Ich werde seine Haut mit Hygieia desinfizieren, sollten wir diesen Weg gehen müssen«, sagt Valerian. »Das wird alles töten.« Er sieht Dylan an, die energisch nickt.

Ich will immer noch niemanden anfassen, also werde ich mein Bestes tun, um Plan A zum Funktionieren zu bringen.

»Brauchen wir nicht einen Weg, um sicherzustellen, dass er unser Team nicht als Bedrohung sieht?«, fragt Felix.

»Wir können euch alle als Helfer verkleiden.«
Rowan deutet auf ihre Zombies.

»Ich setze keine Maske auf, die auf einer Leiche
war«, sage ich mit einem Schaudern. »Es gibt eine
Grenze.«

»Das musst du nicht tun«, sagt Rowan. »Folgt mir.«
Sie führt uns ein paar Blocks weiter, wo wir einen
leeren Laden betreten, der bis zum Rand gefüllt ist mit
nagelneuen Masken und verschiedenen
Kleidungsstücken, die alle als Zombiekleidung gedacht
sind. Wir wählen Masken, die groß genug sind, um
über unsere jetzigen zu passen, und robenähnliche
Kleidungsstücke, um unsere nicht-nekronische
Kleidung zu verbergen.

Nachdem Valerian meine ausgewählte Kleidung
sterilisiert hat, ziehe ich sie an.

Der Rest des Teams macht das Gleiche, und am
Ende sehen wir wie ein Haufen Zombies aus – eine
ziemlich unheimliche Entwicklung.

»Die Helfer tragen diese Masken, um der Familie
des Verstorbenen den Schmerz zu ersparen, den
geliebten Menschen herumlaufen zu sehen«, erklärt
Rowan, während wir zurückgehen. »Ich bin mir nicht
sicher, wer entschieden hat, dass das Design so
verstörend sein sollte – oder warum.«

Während wir wieder an unserem ursprünglichen
Ziel ankommen, gibt uns Rowan einen gründlichen
Überblick. »Zieht keine Aufmerksamkeit auf euch«,
sagt sie. »Wenn Exozar es sich in den Kopf setzt,
könnte er herausfinden, dass ihr keine Helfer seid.«

Ich schätze, ich werde meinen Part schnell erledigen müssen.

»Bereit?«, fragt Rowan.

Ich nicke, und sie klopft an die Tür.

Die Sekunden vergehen.

Die Tür öffnet sich. Ein bleicher, zerzauster Kopf schaut hervor und sagt etwas auf Nekronisch. Rowan antwortet ebenso. Der Typ tritt heraus, und sie beginnen, sich zu unterhalten.

Ich schließe die Augen und konzentriere mich. Ich mache mir nicht die Mühe, mir zu wünschen, dass mein Ziel schläft, oder irgendwelche Fantasieübungen zu machen. Stattdessen versuche ich instinktiv, zu wiederholen, was ich bei Ariel getan habe.

Nichts passiert.

Vielleicht hilft das Wünschen und Vorstellen?

Ich versuche beides, während ich das Gefühl der Zungenspitze suche. Immer noch keine Ergebnisse. Währenddessen kann ich hören, wie sich das Gespräch der Nekromanten seinem Ende nähert.

Ich öffne die Augen und sehe Rowan kurze Blicke auf Stanislav werfen, der in der Nähe von Exozar steht.

Als Stanislav versteht, was sie will, rammt er Exozar seine Faust gegen das Kinn.

Bumm.

Stanislavs starke Arme fangen Exozar auf, bevor er fällt.

»Endlich«, sagt Rowan. »Mir gingen ernsthaft die Dinge aus, die ich dem Kerl sagen konnte.«

Grunzend zieht der Chort den Nekromanten ins Innere, und der Rest von uns folgt.

»Lasst meine Helfer den Rest erledigen«, sagt Rowan. Sie lässt ihre Zombies Exozar auf sein Bett legen, ein Seil suchen und seine Arme und Beine fesseln. »Du bist dran«, sagt sie zu mir, als er fertig gefesselt ist.

Getreu seinem früheren Versprechen sterilisiert Valerian einen Hautfleck am Handgelenk von Exozar.

Ich berühre den Bereich behutsam und tue mein Bestes, um ein starkes Verlangen, zu würgen, zu unterdrücken, während ich nach diesem bestimmten Gefühl suche.

Ich brauche ein paar Minuten, aber dann verspüre ich es.

Ich drücke mich metaphysisch hinein.

Endlich. Exozar befindet sich im REM-Schlaf.

Ich schalte um und falle in seinen Traum. Sobald ich in meinem Palast erscheine, verlasse ich meine Trance.

Es gibt noch einen Schritt zu tun, bevor ich richtig eintauchen kann.

»Du bist dran«, sage ich mit leiser Stimme zu Rowan. »Oh, und dafür möchtest du vielleicht nicht neben scharfen Gegenständen stehen.«

Rowan streckt sich auf dem Boden am Fußende des Bettes aus. Sie wirft Valerian einen bösen Blick zu, als er ihr Handgelenk mit dem Hygieia-Stab reinigt.

Ich nähere mich und stelle wieder Hautkontakt her. Rowan macht ein albernes Gesicht und schließt die

Augen. Auch ich schließe die meinen und suche in mir selbst. Das Gefühl ist diesmal etwas leichter zu lokalisieren … Übung macht den Meister und so. Als ich es einfange, benutze ich es, und Rowan ist sofort im REM-Schlaf.

Ich grinse. Ich habe offiziell eine neue Traumwandler-Kraft gemeistert. Zumindest die Anfass-Version davon.

Ohne meine Hand zu entfernen, betrete ich Rowans Traum.

Es ist Zeit, um zu sehen, ob unsere angebliche Verbündete vertrauenswürdig ist.

KAPITEL DREIUNDZWANZIG

ALS ICH MICH in der Lobby meines Traumpalastes wiederfinde, starre ich mit einer Mischung aus Angst und Verwirrung auf den Anblick vor mir.

Einen halben Meter vor mir steht ein eingefrorener Nussknacker, mit einem pechschwarzen Pom, der ihn anstarrt.

Was zum Teufel ...?

»Pom!«, rufe ich. »Geh weg von ihm.«

Der Nussknacker verschwindet, und Pom dreht sich zu mir um, und das Fell an seinen Ohrenspitzen wird von schwarz zu Rote Bete. »Das hättest du nicht sehen sollen.«

»Was sehen?«, frage ich, obwohl ein Teil von mir es schon weiß.

»Das war nicht der echte Nussknacker«, sagt Pom und bestätigt meinen Verdacht. »Er macht mir einfach so viel Angst, dass ich mir dachte, ich würde eine Expositionstherapie anwenden, um mutiger zu werden.« Die Farbe der Rübe wandert von seinen Ohren zum Rest seines Körpers.

Ich lächele und zerzause sein Fell. »Es ist mutig von dir, es überhaupt zu versuchen. Vor allem auf eigene Faust.«

Poms Ohren nehmen eine braune Färbung an. »Meinst du das ernst?«

»Sicher. Normalerweise muss ich meine Klienten bedrängen, um eine Expositionstherapie auszuprobieren, und wenn sie einverstanden sind, muss ich bei jedem Schritt ihre Hand halten.«

Er umarmt mein Bein und grinst. »Danke. Vielleicht schließe ich mich dem an, wozu auch immer du hierhergekommen bist – egal wie furchterregend.«

»Gute Idee.«

Ich sage ihm nicht, dass meine Untersuchung wahrscheinlich keine beängstigenden Träume aufdecken wird. Er soll ruhig in dem Glauben bleiben, dass er mutig ist. Außerdem weiß man nie, was aus dem Unterbewusstsein anderer Menschen kommt.

Pom sitzt auf meiner Schulter, und ich mache uns unsichtbar, bevor ich mich in den Turm der Schlafenden teleportiere. Ich suche die Nischen meiner beiden neuen Nekromantenverbindungen auf und betrete Rowans »Wir fangen mit ihr an.«

EIN MANN, der eine nekronische Zombiemaske trägt, jagt Rowan durch die Straßen von Manhattan. Obwohl dies keine Erinnerung ist, beweist es doch, dass sie in New York City gewesen ist.

Ich lasse den Verfolger verdampfen, eher Pom zuliebe als für Rowan.

Als Rowan aufhört zu rennen und sich verwirrt umsieht, überlege ich, wie es weitergehen soll. Was ich vorhabe, funktioniert am besten, wenn ich so etwas wie ein Alibi zu überprüfen habe. Eine Frage wie *Ist diese Person ein Teil von Icelus?* zu beantworten ist viel schwieriger und daher zeitaufwändiger. Im Grunde genommen muss ich Rowan – und später Exozar – in verschiedene Traumszenarien versetzen, und während sie die Details aus ihren Erinnerungen ausfüllen, könnte ich etwas Belastendes entdecken.

Oder ich könnte zusehen, wie sie Socken stricken.

Das Schlimmste daran ist, dass ich niemals etwas mit hundertprozentiger Sicherheit beweisen kann. Selbst wenn ich Tage damit verbringe, ohne eine belastende Erinnerung zu entdecken, könnte es einfach nur Pech sein.

Na gut. Alles, was ich tun kann, ist mein Bestes.

Ich beginne mit dem einfachsten Trick, den ich kenne. Ich bringe einen zufälligen Fremden auf der Straße dazu, das Wort *Icelus* zu flüstern, und beobachte Rowans Gesichtsausdruck.

Sie sieht für eine Sekunde verwirrt aus. Dann übernimmt ihr Verstand, und sie schlendert direkt in ein nahegelegenes Kino, um eine Karte für einen Film der *The Fast and the Furious* zu bekommen.

Ich wechsele zur mentalen Kommunikation und sage zu Pom: *Bis jetzt sieht das nicht verdächtig aus.*

Ich glaube nicht, dass diese Frau böse ist, antwortet Pom als Stimme in meinem Kopf. *Und meine Intuition irrt sich nie.*

Ich setze unsere Sicherheit in der realen Welt nicht wegen der Intuition von irgendjemandem aufs Spiel, also verändere ich die Umgebung in ein Lagerhaus, eine Umgebung, in der ich mir vorstelle, dass zwielichtige Unterhaltungen stattfinden könnten.

Rowans Verstand erzeugt daraufhin nichts Verdächtiges.

Ich versetze sie an ein paar schattigere Orte, mit einem ähnlichen Mangel an Ergebnissen.

Nach weiteren vergeblichen Grabungen erinnere ich mich an einen zusätzlichen Hinweis, den ich in diesem Fall habe. Der Nussknacker ist jemand, der weiß, wie ich aussehe – und wenn er der Traumwandler aus Icelus ist, kennen ihn die Icelus vielleicht in der realen Welt.

Aufgeregt lasse ich Rowan Traumversionen von jedem treffen, den ich mir vorstellen kann, von den Krankenschwestern in Mamas Krankenhaus bis hin zu all meinen Reha-Klienten.

Nichts.

Dann kommt mir eine Idee. Wenn Rowan mit Exozar in Icelus ist, könnte das Zusammenfügen der beiden in einem Traum Erinnerungen an ihre Verschwörung hervorrufen.

Als Rowan nicht aufpasst, wechsele ich ihre aktuelle

Umgebung von einer Hintergasse zu Exozars Haus und füge dann Exozar selbst hinzu.

Rowans Unterbewusstsein übernimmt die Macht, und plötzlich sieht der Raum anders aus, obwohl wir eindeutig immer noch auf Nekronia sind.

Meine Vermutung ist, dass es sich um Rowans eigenes Wohnzimmer handelt. Ihr Haustier, Frank, ist auch hier, und Exozar lächelt und zeigt auf die Kreatur.

Sie sprechen ein bisschen Nekronisch.

Verdammter Mist. Valerian und ich hatten das nicht durchdacht. Im Nachhinein betrachtet, hätte ich Dylan auch einbeziehen sollen. Obwohl es ziemlich klar ist, dass es in dem Gespräch um das Haustier geht … sie schauen nirgendwo anders hin.

Während ich zuschaue, hockt Exozar sich hin und füttert die Kreatur mit ein paar einheimischen Nüssen. Er wird mit einem Lecken von Frank und einem Grinsen von Rowan belohnt.

Das muss aus einer Zeit stammen, als Frank noch am Leben war – oder ich habe gerade etwas Neues über die Zombie-Diät gelernt.

Ich glaube, sie ist clean, informiert mich Pom in Gedanken.

Du hast wahrscheinlich recht, antworte ich.

Da wir immer noch in einem Erinnerungstraum sind, lasse ich ihn ablaufen.

Exozar geht, und Rowan spielt noch eine Weile mit Frank.

Wir sollten mehr spielen, sagt Pom in meinem Kopf.

Ich streichele seinen pelzigen Fuß. *Du hast recht.*

Sobald ich aus der tödlichen Gefahr heraus bin, werden wir das Spielen zu einer regelmäßigen Sache machen.

Die Tür, durch die Exozar gegangen ist, öffnet sich wieder, und eine neue Person tritt ein.

Die falkenartige Nase und die anderen Gesichtszüge stimmen mit denen auf der Maske überein, die ein riesiger Zombie trug, als wir vor dem Parlament standen.

Natürlich. Das ist Keyser, Rowans Verlobter.

Und er sieht nicht erfreut aus. Ganz im Gegenteil.

Rowan dreht sich um und fragt ihn etwas in einem verspielten Tonfall.

Er schreit sie an.

Ihre Augen verengen sich, sie schreit zurück.

Seine Nasenlöcher beben, und er knirscht etwas hervor – ganz klar eine Beleidigung.

Rowan sieht aus, als wäre sie geohrfeigt worden.

Frank geht auf Keyser zu und zeigt seine sehr scharfen Zähne.

Keyser schreit wieder und tritt die arme Kreatur wie einen Fußball, während Rowan sich mit einem Schrei nach vorne stürzt.

Frank kracht gegen die Wand und rutscht in einem schlaffen Haufen hinunter.

Poms Füße graben sich schmerzhaft in meine Schulter.

Rowan eilt zu ihrem pelzigen Freund hinüber, und ihr Gesicht ist eine Maske von solcher Trauer, dass ich mich fast sichtbar mache und sie umarme. Ich kann mir nicht einmal vorstellen, was sie fühlt. Wenn ich jemals Pom ...

Nein, ich kann nicht einmal daran denken.

Ganz ohne Reue zu zeigen, schreit Keyser noch einmal und knallt auf dem Weg nach draußen die Tür zu.

Rowan kniet neben ihrem Haustier, und Tränen laufen über ihr Gesicht.

»Bitte, bitte, bitte«, flüstert sie auf Englisch. »Sei nicht tot.«

Es gibt keine Antwort von der Kreatur, und so traurig, wie Rowans Gesicht aussieht, ist es offensichtlich, dass ihre Bitte nicht erhört wurde. Sie beugt sich über das Haustier, schluchzt, schaukelt hin und her und murmelt eine Mischung aus englischen Flüchen und harsch klingenden nekronischen Worten.

Dann hört ihr Schluchzen auf, und ihr Kiefer spannt sich stur an. »Ich werde dich zurückbringen«, flüstert sie abgehackt. »Es wird unser kleines Geheimnis sein.«

Sie steht auf, streckt ihre Hände aus und zeigt auf die kleine Leiche. Ein blendender Energiestrahl schießt aus ihren Fingerspitzen, einer, der ganz anders aussieht als der, den sie benutzte, als sie den Boten vorhin wiederbelebt hat.

Frank bewegt sich.

Sie kniet sich wieder über ihn und streichelt sein Fell, und ein wässriges Lächeln erscheint auf ihrem Gesicht.

Franks Blick ist unkonzentriert, aber er ist eindeutig nicht mehr tot.

»Gott sei Dank«, ruft Pom aus. »Ich war besorgt, dass sie ihn für immer verloren hatte.«

Alter, du hast laut gesprochen, antworte ich in Gedanken.

Rowan schaut von Frank auf und wischt sich die Nässe von ihren Wangen. »Ist hier jemand?«

Ich ringe mit mir, ob ich antworten soll.

»Können die Bücher recht haben?«, fragt sie Frank. »Bestraft Mor mich schon für meine Sünde?«

Frank antwortet nicht, aber ich habe meine Entscheidung jetzt getroffen, also mache ich mich sichtbar und räuspere mich.

Sie schaut mich mit aufgerissenen Augen an. »Bei Mor, wo kommst du denn her?«

»Du träumst«, sage ich beruhigend. »Erinnerst du dich, wie ich dich in die Träume von Exozar ziehen wollte, um mir bei der Übersetzung zu helfen? Nun, ich bin hier, und ich habe dich dabei erwischt, wie du eine schmerzhafte Erinnerung durchlebt hast, das ist alles.«

Sie reibt sich die Stirn. »Du hast die ganze Sache gesehen?«

Ich nicke düster. »Tut mir leid wegen Frank.«

»Mir auch«, sagt Pom.

Ihr Blick huscht zu meiner Schulter, und ihre Augen weiten sich, bis sie komisch aussehen.

Ich erkläre in den einfachsten Worten, die ich finde, was Pom ist. Als ich fertig bin, wirft Rowan mir einen flehenden Blick zu. »Bitte erzähl niemandem, was du gesehen hast.«

»Ich bin mir eigentlich nicht sicher, was ich gesehen habe«, sage ich. »Ist Frank ein ungewöhnlicher Zombie oder so etwas?«

Rowan bückt sich und schnappt das Opossum-ähnliche Wesen vom Boden. »Er ist überhaupt kein Zombie.«

»Ich meinte ein Helfer«, sage ich.

»Er ist auch nicht wirklich ein Helfer.« Sie streichelt Franks Fell. »Nur die mächtigsten Nekromanten können tun, was ich getan habe, und uns allen ist verboten, es zu tun. Für gewöhnlich, wenn wir einen Körper aufrichten, ist die Seele – oder das Bewusstsein – von der entstehenden Wesenheit verschwunden, so dass der Nekromant die Kontrolle hat. Aber es *ist* möglich, mit einer sehr frischen Leiche etwas anderes zu machen. Du bringst einfach das Leben zurück, ohne die Kontrolle zu übernehmen. Es ist verboten, aber ich bin eine schreckliche Nekromantin.« Sie blickt zur Tür, und ich habe das Gefühl, das muss eines der Dinge sein, die Keyser ihr zugerufen hat.

»Soweit ich weiß«, fährt sie fort, »ist Frank das einzige Wesen, das auf diese verbotene Weise zurückgebracht wurde. Wenn die anderen das herausfinden würden, würden sie mich umbringen und Frank vernichten.«

Pom sieht Frank vorsichtig an. »Ist er noch derselbe wie vor seinem Tod?«

Rowan wendet ihren Blick ab und setzt ihr Haustier zurück auf den Boden. »Er *hat* sich verändert. Ich möchte aber lieber nicht darüber reden.«

»Es ist in Ordnung«, sage ich, bevor Pom darauf bestehen kann. »Wir sollten in die Träume von Exozar springen.«

Ich teleportiere uns zum Turm der Schlafenden und lasse Frank zurück.

»Wow.« Rowan dreht sich an Ort und Stelle und starrt auf unsere Umgebung. »Wo ist das?«

Ich erkläre es ihr, so gut ich kann, und informiere sie darüber, wie die Untersuchung voranschreiten wird.

»Warte«, sagt sie. »Das hast du mir angetan, nicht wahr?«

»Wir haben uns gerade erst kennengelernt«, sage ich ohne Schuld in der Stimme.

»Schön und gut. Aber wird Exozar mich nicht sehen? Oder hören, wenn ich für dich übersetze?«

Ich sage in Gedanken: *Wie wäre es, wenn wir so reden?*

Sie sieht nicht so schockiert aus, wie ich erwartet hatte.

»Das ist cool« ist alles, was sie sagt. »Hörst du mich?«

Pom kichert. »Du redest immer noch laut.«

»Ich habe etwas versucht«, sagt Rowan defensiv. »Wie wäre es, wenn du mir sagst, was ich tun soll?«

»Versuch, einen Traum zu haben, in dem du telepathisch mit mir reden kannst«, sage ich. »Ich werde dir helfen.«

Sie strengt sich an, bis ihr Gesicht rot wird, und Pom informiert sie hilfsbereit, dass sie wie jemand aussieht, der eher vom Kacken träumt, als in Gedanken zu sprechen.

Wie ist es jetzt?, fragt Rowan in Gedanken.

Perfekt, antworte ich auf die gleiche Art und Weise. *Im Traum wird das Unmögliche möglich.*

Ich war der Erste, der das zum Laufen brachte, mischt sich Pom ein.

Das warst du. Ich kitzele seine Pfote. *Aber du wirst die ganze Zeit schweigen, wenn wir in Exozars Träumen sind, oder du musst zurückbleiben. Okay?*

Abgemacht. Pom springt auf meine andere Schulter.

Ich greife Rowans Hand, mache uns alle unsichtbar und berühre Exozars Stirn.

Einen Moment später befinden wir uns im Traum des Nekromanten.

KAPITEL VIERUNDZWANZIG

IGITT! Exozar hat einen feuchten Traum.

Das ist nicht beängstigend, aber ich bin raus, informiert Pom mich, und ich kann seine Pfoten auf meiner Schulter nicht mehr spüren.

Nun, das ist schräg, meint Rowan.

Definitiv. Die Frau, die sich vor Exozar bückte, ist niemand anders als Rowan selbst.

Sie muss das erst jetzt merken, denn sie fügt hinzu: *Das ist nie wirklich passiert, aber es gibt dem Satz ›in deinen Träumen‹ eine neue Wendung.*

Ja. Ich kann bestätigen, dass dies keine Erinnerung ist.

Da Exozars Aufmerksamkeit auf die nackte Rowan gerichtet ist, verändere ich die Umgebung von einem Schlafzimmer in ein schattiges Lagerhaus.

Vielleicht träumt er das, weil du die letzte Person warst, die er vor dem Einschlafen gesehen hat?, frage ich.

Ich glaube, er steht schon seit einer Weile auf mich.

Deshalb hat er die Tür so bereitwillig für uns geöffnet. Und das ist zum Teil der Grund, warum Keyser so eifersüchtig war, als er uns an diesem schicksalhaften Tag überraschte. Er muss auf der Straße an Exozar vorbeigekommen sein und er muss erraten haben, wo er herkam.

Ich ignoriere, was sie als Nächstes sagt, denn Exozar stöhnt lustvoll, zieht sich von seiner Geliebten zurück und beginnt, sich anzuziehen.

Als er von der nackten und glückseligen Traum-Rowan wegschaut, tausche ich sie gegen eine zerbrochene Holzpuppe.

Ich kann nicht glauben, dass er diesen Wechsel nicht bemerkt hat, beschwert sich die echte Rowan. *Vielleicht mag er mich nicht so sehr, wie ich dachte.*

So funktionieren Träume, beruhige ich sie.

Ich warte ein paar Sekunden, aber Exozars Unterbewusstsein füllt keine Details aus. Wenn er zwielichtige Gespräche mit Icelus führte, geschah das nicht an einem Ort wie diesem.

Dann fällt mir etwas ein. Anders als bei Rowan kenne ich tatsächlich einen Ort, an dem Exozar Icelus mindestens einmal hätte treffen müssen. Vorfreudig lächelnd, wechsele ich die Umgebung in die Nekronia-Nabenschlucht, Zombies und so weiter.

Jetzt kommt der knifflige Teil.

Um Exozars Unterbewusstsein wirklich zu erschüttern, lasse ich eine Gestalt aus dem Tor treten, aus dem wir gekommen sind. Ich gebe dieser mysteriösen Person keine ausgeprägten Gesichtszüge oder irgendetwas anderes – die Hoffnung ist, dass Exozar es tun wird.

Heureka. Der Neuankömmling entwickelt plötzlich ein blasses, dünnes Gesicht, ein spitzes Kinn und pechschwarze Augen.

Eine andere Person folgt ihm aus dem Tor, dann noch ein paar weitere.

Alle sind in schwarze Lederoutfits gekleidet, und alle sehen erleichtert aus, als Exozar sich ihnen nähert.

»Percival«, sagt Exozar zu dem Spitzkinnigen, gefolgt von einem Satz auf Nekronisch.

Percival muss der Name des Typen sein, übersetzt Rowan. *Exozar freut sich, ihn ›wieder‹ zu sehen.*

Percival nimmt einen Rucksack von seinen Schultern und stöbert darin herum. Er nimmt einen eimergroßen Flachmann heraus und reicht ihn Exozar mit ein paar Worten auf Nekronisch.

Percivals Akzent ist kaum wahrnehmbar, kommentiert Rowan. *Er sagt, dass das Fläschchen Vampirblut enthält und dass Exozar jeden Tag ein Glas trinken muss, um das Virus in Schach zu halten.*

Hm. *Könnte diese Icelus-Zelle aus Vampiren bestehen?,* frage ich und betrachte den Flachmann misstrauisch.

Ich bezweifele, dass ein Vampir auf dieser Welt auftauchen würde, besonders wenn sie versuchen, inkognito zu bleiben, antwortet Rowan in Gedanken. *Jeder Nekromant, der den Titel wert ist, würde sie aus einer Meile Entfernung spüren. Ganz zu schweigen davon, wie sehr Vampire unsere Fähigkeit fürchten, sie zu übernehmen und sie dazu zu bringen, unseren Befehlen zu folgen. Es gibt* einen Grund, warum sie dafür gesorgt haben, dass wir auf Welten wie der Erde nicht willkommen sind.

Exozar nimmt den Flachmann und sagt etwas.

Er fragt, ob Vampirblut die Art und Weise ist, wie der Rest von Percivals Team sich selbst am Leben erhalten kann, während sie Menschen infizieren, übersetzt Rowan.

Percival macht auf Nekronisch weiter und wühlt wieder in seinem Rucksack.

Er sagt, sein Team sind alles Pre-Vampire, sagt Rowan. Ihr Immunsystem kann dieses Virus auf unbestimmte Zeit in Schach halten, weshalb sie ausgewählt wurden, ihn zu verbreiten.

Pre-Vampire. Ich war gar nicht so weit von der Wahrheit entfernt. Ich betrachte die bleichen Gesichter der Ankommenden. Ich nehme an, dass deine Art einen von ihnen nicht entdecken oder kontrollieren kann.

Nein, antwortet Rowan. Erst, wenn sie sich verwandeln.

Percival reicht Exozar etwas, was wie eine Kreuzung zwischen einer Spritze und einem Wurfpfeil aussieht. Nachdem der Nekromant den Gegenstand untersucht hat, zieht Percival einen Haufen weiterer davon heraus, und sie unterhalten sich kurz.

Percival sagt, dass das Vampirblut den Schlaf zu einem Problem machen wird, aber dass es für Exozar missionskritisch sei, mittags nach einer Vollmondnacht zu träumen, erklärt Rowan. Anscheinend ist in diesen Dingern eine Droge, die dies erleichtern kann – das einzige Problem ist eine alptraumartige Nebenwirkung.

Ah, es ist also wieder Koshmar, das jemanden einen

Alptraum sehen lässt, basierend auf dem, was passiert ist, kurz bevor man es genommen hat. Es wurde mir von dem verstorbenen Dr. Cipactli verabreicht, auch bekannt als der Hohepriester der gomorrhischen Icelus-Zelle. Valerian erwähnte, dass Icelus viele Verwendungsmöglichkeiten dafür hatte, und hier ist eine. Ich schätze, sie haben jetzt eine schnell wirkende Version und nutzen sie ein bisschen so, wie ich plane, meine neu gewonnene Kraft zu nutzen, um Leute in den REM-Schlaf zu versetzen.

Percival schreit etwas zu einem seiner Pre-Vampir-Kameraden. Der Typ kommt herüber und legt sich auf den Boden. Percival zielt mit dem Ding auf sein Gesicht, drückt auf die Oberseite des Gerätes, und ein geruchloses Spray entweicht zischend.

Es scheint sofort zu wirken. Die Augen des Pre-Vampirs beginnen sich schnell hinter den Lidern zu bewegen.

Du weißt schon, meint Rowan, *dass letzte Nacht Vollmond war, und es jetzt gegen Mittag ist.*

Verdammter Mist. Wenn sie ihn aus dem Grund zum Schlafen brauchten, an den ich denke …

Als ob ich meine Bedenken bestätigen wollte, höre ich die gefürchtete Musik aus dem *Tanz der Zuckerfee*.

Sofort und ohne Erklärung rüttele ich Rowan wach. Dann mache ich dasselbe mit mir selbst – und verschwinde, gerade als der Nussknacker mitten in Exozars Traum auftaucht.

KAPITEL FÜNFUNDZWANZIG

WIR SIND ZURÜCK in Exozars Schlafzimmer.

Rowan sieht desorientiert aus und setzt sich auf.

»Der Nussknacker. Er ist jetzt gerade in seinen Träumen.« Ich zeige auf den Kopf von Exozar.

Valerian verengt seine Augen. »Das deutet an, dass er schuldig ist.«

»Wir brauchen keine Hinweise«, sagt Rowan, und alle Anzeichen von Schläfrigkeit sind aus ihrem Gesicht verschwunden. »Wir sahen, wie er sich mit der Pre-Vampir-Icelus-Gruppe traf. Er ist so schuldig wie …«

»Wartet«, sage ich und halte eine Hand hoch.

Etwas stimmt nicht, aber ich kann nicht sagen, was.

Fabians Ohren kribbeln. »Ich höre schlurfende Schritte im anderen Zimmer.«

Gleichzeitig verstehe ich genau, was mich stört.

Es ist ein bestimmtes Gefühl – oder ein Mangel daran.

»Exozar ist aufgewacht«, rufe ich, als ich es endlich verstehe.

Obwohl die Augen des Nekromanten noch immer geschlossen sind, kann ich ihn nicht mehr im REM-Schlaf spüren. Der Nussknacker muss ihn mit einem Ruck aufgeweckt haben.

Als ob sie darauf warten würden, dass ich das sage, stürmt eine Handvoll Zombies in den Raum, zweifellos unter Exozars Kontrolle.

Stanislav schwingt eine Faust auf Exozars Gesicht, aber der Totenbeschwörer rollt vom Bett, schreit vor Schmerzen, als er auf den Boden schlägt, und rollt sich unter das Bett, bevor jemand an ihn herankommt.

Ariel tritt kräftig gegen den Bettrahmen. Die Holzkonstruktion stürzt auf Exozar zusammen, und wir hören den Nekromanten vor Schmerz grunzen.

»Das ist nicht gut«, sagt Felix mit verängstigter Stimme.

Ich folge seinem Blick.

Verdammter Mist. Das ist eine ordentliche Untertreibung.

Einer der angreifenden Zombies ist mit Dynamit bewaffnet, und ein anderer hat gerade die Lunte angezündet.

Bevor mein Leben vor meinen Augen vorbeiziehen kann, schießt Rowan vielfarbige Energie auf die Zombie-Bombe. Der Zombie bleibt abrupt stehen und weicht schnell von uns zurück. Doch ein Zombie-Kollege tritt gegen das Bein des Dynamitträgers, bricht es wie einen Zweig, und ein anderer Zombie bricht das andere Bein, während zwei weitere den verwundeten Bomben-Zombie zu Boden werfen.

»Lauft!« Rowan schießt auf die Tür zu.

Fabian packt Dylan, wirft sie wie einen Sack über die Schulter und sprintet Rowan hinterher. Stanislav schnappt sich Felix und Itzel, und Ariel greift nach mir und rauscht aus dem Haus, bevor ich auch nur *Heiliger Uber* denken kann.

Sobald wir draußen sind, stellt sie mich hin und ruft mir zu, dass ich laufen soll.

Instinktiv starte ich einen Sprint, dann halte ich an und drehe mich um, und meine Augen weiten sich entsetzt, als ich das Fehlen einer großen, breitschultrigen Gestalt hinter mir registriere.

Valerian.

Er ist nicht hier.

Er ist immer noch in diesem Haus – und es kann nicht mehr viel von der Zündschnur übrig sein.

KAPITEL SECHSUNDZWANZIG

ICH STÜRZE auf das Haus zu, aber starke Arme umklammern meine Schultern und reißen mich zurück.

»Lass mich gehen!« Ich schreie und kämpfe gegen Ariel an.

Sie hört mir nicht zu.

Nach dem, was sich wie die längste Sekunde meines Lebens anfühlt, fliegt Valerian aus dem Haus.

Bumm.

Die Druckwelle lässt ihn fliegen.

Ich winde mich aus Ariels Griff und laufe auf ihn zu. Aber bevor ich bei ihm ankomme, setzt er sich auf und wischt den Dreck und Kies von seiner Kleidung.

»Geht es dir gut?«, frage ich keuchend und kauere mich neben ihn.

Er nickt und steht auf. »Ich hatte Glück.« Er sieht auf das brennende Haus und flucht vor sich hin. »Dahin geht unsere Chance, Exozar zu befragen.«

Exozar, richtig. Ich erhebe mich und versuche, meinen rasenden Herzschlag unter Kontrolle zu bekommen. Valerian ist in Ordnung. Er hat es geschafft. Wir alle haben es. Trotzdem ist meine Hand unruhig, während ich meine Haare zurückschiebe und meine Maske zurechtrücke. In der Sekunde, als ich dachte, er würde es nicht schaffen …

Nein, nicht daran denken. Ich muss mich auf die aktuelle Situation konzentrieren. Exozar muss dies mit Absicht getan haben, indem er sich für die Sache mit Icelus geopfert hat – oder um zu vermeiden, dass er für Informationen gefoltert wird.

»Vielleicht können wir seine Leiche befragen?«, frage ich Rowan, als sie auf uns zuläuft. Wow. Meine Stimme ist endlich ruhig.

Sie schüttelt den Kopf. »Ich brauche etwas, was von ihm übrig bleibt, um auferstehen zu können.«

Ein rot gekleideter Totenbeschwörer eilt an uns vorbei in Richtung des Hauses. Hinter ihm läuft eine Gruppe von etwa zwanzig Zombies, die ebenfalls Rot tragen.

»Die Feuerwehr«, sagt Rowan, und in der Tat, die Zombies werfen bereits Eimer mit Wasser und Säcke mit Sand auf das brennende Haus.

Sobald das Feuer aus ist, gehen wir hinüber, um den Schaden zu begutachten.

Es sind keine erkennbaren Stücke von Exozar übrig geblieben, auch können wir das Fläschchen mit dem Vampirblut oder die Koshmar-Sprüher oder irgendwelche anderen Beweise nicht finden.

Rowan tritt gegen einen verkohlten und verstümmelten Suppentopf. »Ich denke, wir müssen hoffen, dass das Parlament uns das glaubt.«

Stanislav umklammert seine Brust. Als er bemerkt, dass ich ihn anstarre, nimmt er die Hand weg.

Verdammter Mist.

»Hast du Herzklopfen?«, frage ich vorsichtig.

»Haben wir das nicht alle?«, antwortet er schroff. »Wir wurden fast in Stücke gesprengt.«

Dylan schaut ihn besorgt an, aber lässt es unkommentiert durchgehen.

»Lasst uns zurück ins Parlament gehen«, sagt Valerian. »Je eher wir erklären, was passiert ist, desto eher können wir zurückgehen.«

Angenommen, wir *können* zurückgehen. Ich sage es aber nicht, weil es aus den grimmigen Gesichtern aller klar ist, dass sie das Gleiche denken.

———

ALS WIR ZUM PARLAMENTSGEBÄUDE GEHEN, erzähle ich allen, was Rowan und ich entdeckt haben.

»Es überrascht mich nicht, dass Icelus-Pre-Vampire hinter der Verbreitung des Virus stecken«, sagt Valerian. »Vampire und Pre-Vampire hassen Nekromanten, also haben sie ein zusätzliches Motiv, diese besondere Welt zerstören zu wollen.«

»Hoffen wir, dass der Hass gegenseitig ist«, sagt Ariel. »Es könnte die Chancen erhöhen, dass das

Parlament für uns die Icelus verfolgt, auch wenn wir keine Beweise vorlegen können.«

»Oh, das beruht auf Gegenseitigkeit«, sagt Rowan. »Aber kann ich eine dumme Frage stellen? Was genau sind die Icelus?«

Valerian erzählt ihr von Collywobbles und dass die Icelus eine Organisation sind, die ihn verehren, während die verlorenen Menschen diejenigen sind, die von ihm übernommen wurden, während sie einen ganz bestimmten Alptraum träumten. Dann warnt er sie davor, die Menschen ihre Träume mit ihr teilen zu lassen.

»Wir sollten diesen Rat in so vielen Otherlands verbreiten, wie wir können«, sagt Felix. »Über Alpträume zu reden könnte genauso unhöflich werden wie mit deinem Zehennagelpilz am Esstisch anzugeben.«

Dylan kichert. »Ich werde dies Maxwell gegenüber erwähnen, wenn ich ihn das nächste Mal in meinen Träumen sehe. Vorausgesetzt, er ist nicht unabhängig davon zum selben Schluss gekommen.«

Wir betreten den Decagon Square und marschieren in das Parlamentsgebäude.

»Nehmt die Helfermasken ab und zieht auch deren Kleidung aus«, sagt Rowan. »Vielleicht mögen sie die Verkleidungen nicht.«

Wir gehorchen und lassen alles im Korridor liegen, bevor wir den Sitzungssaal betreten.

Rowan schlendert in die Mitte des Raumes und beginnt selbstbewusst mit ihrer Rede.

Sofort beginnt Keyser zu schreien, während Shegan mit ruhigerer Stimme spricht. Der Rest des Parlaments fällt irgendwo in die Mitte. Als die lautstärksten Parlamentsmitglieder schweigen, spricht Rowan noch etwas weiter, und die Reaktionen wiederholen sich.

»Mein zukünftiger Ehemann hat offensichtlich seinen Mittagsschlaf noch nicht gemacht«, sagt Rowan zu uns, als das Parlament wieder Ruhe gibt. »Er ist stacheliger als ein Igelkaktus.«

Dylan rollt mit den Augen. »Was sie zu sagen versucht, ist, dass er uns nicht glaubt, und ihr auch nicht.«

»Shegan aber schon«, sagt Rowan. »Einige der anderen vielleicht auch.«

Mir gefällt nicht, wohin das führt.

»Warum sollten wir lügen?«, fragt Ariel verärgert. »Wichtiger noch: Warum eine solche Geschichte aushecken?«

»Vergiss das gesprengte Haus nicht«, sagt Felix.

Rowan seufzt. »Ich habe all diese Punkte angesprochen. Lasst uns hoffen, dass uns das bei der Abstimmung hilft.«

Ich wusste es.

Eine weitere Abstimmung.

Erschießt mich jetzt.

KAPITEL SIEBENUNDZWANZIG

KEYSER STEHT von seinem Stuhl auf.

Ich beiße die Zähne zusammen.

Eine lange Sekunde vergeht.

Keyser schaut sich verwirrt um.

Nicht ein einziges anderes Parlamentsmitglied steht auf.

Rowan grinst von Ohr zu Ohr und sagt etwas auf Nekronisch.

Keysers Riese sinkt wieder in seinen Thron und hält einige Sekunden lang einen Monolog. Dann hängen seine Glieder leblos herab, als hätte ein Puppenspieler die Kontrolle über eine Marionette aufgegeben.

Rowan rollt mit den Augen und spricht die anderen Riesen an.

Shegan gibt ihr eine knappe Antwort, und so geht es ein paar Minuten hin und her.

»Gehen wir«, sagt Rowan zu uns und schreitet zur Tür.

»Wir werden nicht getötet, richtig?«, fragt Itzel.

Rowan wartet, bis wir im Korridor sind. »Nicht nur, dass wir nicht getötet werden«, sagt sie stolz, »sondern nachdem Keyser seinen Wutanfall hatte und ging, bekam ich die Chance, in eurem Namen zu verhandeln.«

»Sie hat sie dazu gebracht, Icelus zu ihrer obersten Priorität zu machen.« Dylan schaut anerkennend zu Rowan. »Sie nannte ihnen dann einige vernünftige Quarantäneverfahren, die sie befolgen sollten, während sie auf das Gegenmittel warten, und sie verschaffte uns sogar Zugang zu den persönlichen Vorräten des Parlaments für unsere Reise.«

Rowan lässt ihre Zombies die Türen für uns aufhalten, und nachdem wir ausgestiegen sind, sagt sie: »Ich nehme an, wir wollen zum Drehkreuz fahren, ohne anzuhalten?«

Dylan sieht Stanislav an. »Die Zeit läuft.«

Rowan nickt und führt uns zu einem Lagerhaus, wo sie besonders stark aussehende Zombies rekrutiert und uns eine der floßähnlichen Plattformen besorgt, die aber doppelt so groß ist wie jene, mit der Nulen uns nach Nekropolis gebracht hat.

Sie legt die Plattform in einem nahegelegenen Hof ab und fragt uns nach unseren Essenswünschen. Zu meiner Erleichterung zuckt sie nicht mit der Wimper, als ich sie um reichliche Mengen der bananenähnlichen Frucht und von destilliertem Wasser bitte.

»Kannst du uns auch richtige Betten besorgen, anstatt der üblichen Zombie-Verrenkungen, die als Möbelstücke auf der Straße durchgehen?«, fragt Valerian. »Oder wenigstens ein richtiges Bett für Bailey?«

Großartig. Ich fange an, wie eine Primadonna zu klingen.

Rowan ist auch mit dieser Bitte völlig einverstanden, und dank der Zombie-Arbeitskräfte hält uns das Besorgen der Betten und Stühle nur wenige Minuten zusätzlich auf.

Am Ende haben wir alles, sogar einen Lederbaldachin, den die Zombies bei Regen über unsere Köpfe halten können.

Rowan wirft uns einen vielsagenden Blick zu. »Wenn ihr nicht gerne auf einen Nachttopf geht, der von einem Helfer gehalten wird, dann benutzt jetzt das Bad und versucht, nicht zu viel zu trinken.«

»Sie spricht mit dir«, flüstert Felix und zwinkert mir verschwörerisch zu.

Ich kneife ihn in die Seite, was ein lautes Aufjaulen auslöst, aber ich benutze wie empfohlen die nahegelegenen Toiletten.

Jeder setzt sich in seinen Stuhl, und wir machen uns auf den Weg.

Während wir durch die Straßen von Nekropolis reisen, verfolgen uns die neugierigen Blicke der Nekromanten. Nach ein paar Minuten entdecken wir einen toten Vogel am Straßenrand, die Art, die Zombie-Verstärkung für Nulen gebracht hatte, als wir auf Nekronia ankamen.

»Armes Ding«, sagt Rowan und beschießt die tote Kreatur mit vielfarbiger Energie.

Der Vogel fliegt hoch und setzt sich auf die Plattform an Rowans Seite, direkt neben Frank.

Ich muss zugeben, dass ihre Kraft ziemlich nützlich ist.

»Du hast da hinten ganze Arbeit geleistet«, sagt Valerian zu Rowan, als wir durch die Tore von Nekropolis gehen und uns einen Weg durch die Zombiemauer bahnen, die die Stadt umgibt.

Sie lächelt. »Danke. Ich muss zugeben, dass ich versucht habe, einen Stein bei euch im Brett zu haben, bevor ich euch um einen Gefallen bitte.«

Wir alle sehen sie mit unterschiedlicher Vorsicht an.

»Ihr habt alle Keyser kennengelernt.« Sie springt aus ihrem Stuhl und beginnt, auf der hölzernen Plattform auf und ab zu gehen.

Ich rümpfe die Nase. »Wir hatten das Missfallen, seine Bekanntschaft zu machen, ja.«

»Nun, ihn nicht zu heiraten ist keine Option für mich«, sagt sie. »Auch nicht, in eine andere Welt mit Totenbeschwörern ziehen. Sie sind alle mit Nekronia befreundet und würden mich für ein hohes Tier wie Keyser ausfindig machen.« Sie hört auf, herumzulaufen, und sieht mich flehend an. »Ich hatte gehofft, ihr könntet bei den Behörden auf der Erde ein gutes Wort für mich einlegen, damit ich einwandern darf.«

Ah, okay. Ich sehe Valerian an. »Wenn das jemand ermöglichen kann, wärst du es.«

Er runzelt die Stirn. »Das ist keine kleine Bitte. Warum hast du nicht über die Freiheit von Keyser verhandelt, als du das Parlament auf deiner Seite hattest?«

Sie betrachtet das Holz zu ihren Füßen. »Es geht nicht nur um die Ehe. Ich wurde verwöhnt, als ich auf der Erde lebte. Ich könnte dich stundenlang langweilen, wenn ich über all die Freiheiten rede, die ich gerne hätte, aber wenn ich ehrlich bin, möchte ich einfach dorthin, weil ich alles an der Erde liebe – ihre menschlichen Kulturen, das Internet, Musik, Filme, Videospiele …«

»Keinem einzigen Nekromanten ist es je erlaubt worden, das zu tun, wovon du sprichst«, sagt Valerian. »Vampire haben unter den Cogniti der Erde viel zu sagen. Und sie leben ein so langes Leben, dass einige von ihnen aus persönlicher Erfahrung ein Problem mit deinesgleichen haben.«

Sie seufzt. »Ich wusste, dass es zu viel verlangt ist.«

Ich behalte im Hinterkopf, noch etwas mehr mit Valerian im Namen von Rowan zu sprechen. Ich mag sie, und ihre Bitte scheint mir nicht allzu unvernünftig zu sein – bis auf den Teil, wo sie auf die Erde will, statt zu einer zivilisierteren Welt, wie Gomorrha.

Rowan setzt sich wieder hin, und wir bewegen uns eine Weile auf der schönen Straße, ohne zu reden.

Meine Gedanken müssen ein wenig abschweifen, denn als ich mich wieder auf den vor mir liegenden Weg konzentriere, sehe ich in der Ferne eine Gruppe von Menschen.

Ich springe von meinem Stuhl auf und nähere mich Rowan. »Was glaubst du, was da los ist?«, frage ich und nicke in Richtung der Menge.

Unser Zombie-Vogel fliegt los und stürzt sich hinunter, um einen Blick auf die Neuankömmlinge zu werfen – und während er das tut, runzelt Rowan die Stirn.

»Es ist Keyser«, sagt sie. »Er wartet dort mit einem Krieger-Helfer-Kontingent. Wir könnten versuchen ihn zu umgehen, aber es wäre vielleicht klüger, zu hören, was er zu sagen hat.«

Valerian ist schon auf den Beinen und schaut aufmerksam auf das Hindernis. »Denkst du, dass das Parlament seine Meinung geändert hat?«

»Das bezweifle ich.« Rowan lässt den Zombie-Vogel zu ihren Füßen landen. »Vielleicht geht es hier nur um mich – in diesem Fall gehe ich freiwillig mit ihm mit und dränge dann das Parlament, euch postwendend einen anderen Nekromantenführer zuzuweisen.«

Ich will sie diesem tierquälerischen Rohling nicht zurückgeben, aber eine Verzögerung könnte Stanislav das Leben kosten.

Den Gesichtsausdrücken meiner Freunde nach zu urteilen, haben sie ähnliche Gedanken.

Wir gehen weiter zu Keyser und seinen Helfern,

und erst als wir direkt neben ihnen stehen, merke ich, dass er gar nicht wegen Rowan hier ist.

Mir ist schlagartig klar, dass wir in großen Schwierigkeiten stecken.

Es sind Keysers Augen.

Sie haben dieses verräterische Magma in sich, wie die der anderen Verlorenen.

KAPITEL ACHTUNDZWANZIG

VERDAMMTER MIST. Er muss das Nickerchen gemacht haben, das Rowan kurz erwähnte, und ist nie richtig davon aufgewacht. Exozar – oder einer der Icelus – muss den viralen Alptraum mit ihm geteilt haben, und nun haben wir den Salat.

»Vielleicht kann er in diesem Zustand seine Kräfte nicht nutzen?«, fragt Felix mit zitternder Stimme.

Dieses Glück haben wir nicht. Seine Krieger-Zombies – große, kräftige Individuen – setzen sich in Bewegung und eilen auf uns zu.

Valerian tritt vor und schirmt mich mit seinem Körper ab. »Meine Illusionen funktionieren nicht«, sagt er angespannt. »Er sieht durch Zombie-Augen, wie ein normaler Totenbeschwörer.«

Rowans Zombies lassen unsere Plattform auf den Boden herab und stürzen sich auf Keysers Truppen.

Es wird schnell klar, dass wir mit dieser Form der Verteidigung ein zweifaches Problem haben: Wir haben weniger Zombies, und jedes von Keysers kräftigeren Exemplaren ist zwei, wenn nicht sogar drei von unseren wert.

Zombie-Arme werden aus den Gelenken gerissen, und Zombie-Köpfe werden damit eingeschlagen. Die Geräusche von reißendem Fleisch und brechenden Knochen sind ekelhaft, ebenso wie der Anblick all des Blutes.

Dylan erhebt ihre Stimme, um über das Geschrei hinweg gehört zu werden. »Keyser auszuschalten ist unsere einzige Option.«

Rowan verzieht ihr Gesicht und murmelt: »Mrs. Oberschlau trifft den Nagel mal wieder auf den Kopf.« Aber sie lässt ihren toten Vogel fliegen und sich auf Keysers Kopf stürzen.

Ich beobachte es mit angehaltenem Atem. Wenn das funktioniert, gewinnen wir.

Unglücklicherweise beschießt Keyser den Vogel mit seiner nekromantischen Energie, und das Ding fliegt zu uns zurück. Rowan schießt wieder auf den Vogel und übernimmt ihn. Keyser erringt die Kontrolle zurück – und so geht es immer wieder hin und her.

»Wir müssen ihn ablenken«, sagt Dylan.

Fabian zieht seine Hose aus, bevor er sich in einen riesigen Wolf verwandelt. Sein Hemd zerreißt dabei in Stücke, aber er springt bereits mit anmutigen Wolfu-Bewegungen in den Zombie-Nahkampf.

Die bulligen Zombies schwärmen um ihn herum aus – und bezahlen teuer.

»Er wird zu lange brauchen, um durchzukommen«, sage ich. »Itzel, kannst du dein Ding machen?«

Eine Blitzkugel bildet sich in Itzels Handflächen und fliegt auf Keyser zu.

Ein fleischiger Zombie wirft sich vor seinen Meister und fängt das Geschoss mit seiner Brust ab.

Itzel schleudert einen weiteren Blitzball.

Ein weiterer Zombie opfert sich.

In der Ferne versammelt sich eine Menschenmenge. Ihrer Kleidung nach zu urteilen sind sie Menschen, also bezweifele ich, dass sie uns helfen würden, selbst wenn sie es wollten. Angesichts der Tatsache, dass unser Feind im Parlament sitzt, ist die Chance größer, dass sie *ihm* helfen würden, wenn sie könnten.

Itzel schießt wieder vergeblich.

Fabians Klauen reißen durch Keysers Zombies wie durch recyceltes Seidenpapier, aber es gibt nur einen von ihm, und von den anderen gibt es jede Menge.

»Kannst du kämpfen?«, fragt Valerian Stanislav.

Mit einer Reihe russischer Flüche eilt der Chort vorwärts. Er richtet nicht annähernd so viel Schaden an wie der Werwolf, aber immer, wenn ein Zombie ihm eins überzieht, finden sie die Körperlosigkeit dort vor, wo Fleisch sein sollte.

»Kannst du dich um den Mordamned-Vogel kümmern?«, ruft Rowan Ariel zu.

Ariel nickt grimmig.

Rowan stoppt das nekromantische Hin und Her um

den Vogel und richtet ihre Finger auf einen besonders muskulösen Zombie in der Nähe von Keyser.

Ihr Plan ist klar: Sie wird versuchen, dass Keysers eigener Zombie ihn ausknockt.

Der Vogel bewegt sich auf Rowan zu.

Ariel springt mit überwältigender Geschwindigkeit und Kraft in die Luft und fängt den Vogel am Schwanz.

Verdammter Mist. Die Federn trennen sich vom Körper des Vogels und bleiben in Ariels Hand, während der Schnabel des Vogels gegen Rowans Stirn schlägt.

Ariel flucht bitterlich, als Rowans Augen in ihren Kopf rollen und sie zusammenbricht.

Dylan sprintet hinüber und kniet sich neben die Nekromantin. Frank, Rowans Zombie-Haustier, faucht Dylan an, lässt sie aber in die Nähe seines Frauchens.

Keyser lässt den Vogel wieder auffliegen, aber Ariel springt hoch und ergreift ihn erneut, diesmal an den Seiten. Unfähig, mit den Flügeln zu schlagen, bleibt der Vogel an Ort und Stelle. Der Aufschub währt nur eine Sekunde. Keyser beschießt nach und nach unsere Zombies, und sie beginnen, die Seiten zu wechseln.

»Gib mir das Ding«, bellt Valerian Ariel an, und das tut sie auch – aber der Vogel ist so groß und stark, dass ich Valerian helfen muss, ihn bewegungsunfähig zu machen. Keuchend ringe ich mit seinen Klauenfüßen, während er seine Flügel einschnürt und ihn am Fliegen hindert.

In der Zwischenzeit wirft Itzel eine weitere Blitzkugel ab, die ein Zombie für seinen Meister abfängt. Itzel selbst bricht zusammen, weil sie ihre Kraft überstrapaziert hat.

Ariel springt von der Plattform in den Kampf, aber als immer mehr unserer Zombies die Seiten wechseln, fällt es ihr, Fabian und Stanislav schwerer, sie in Schach zu halten.

Zehn Zombies springen auf unsere Plattform.

Felix stürzt mit erhobenen Fäusten auf sie zu und wird sofort niedergeschlagen.

Valerian und ich tauschten einen grimmigen Blick aus, lassen den dummen Vogel los und nehmen Kampfstellungen ein.

Der Vogel fliegt in Richtung Keyser. Ein Zombie rückt zu uns vor und schnappt nach meinem Kopf. Ich ducke mich und führe einen makellosen Aufwärtshaken zum Kiefer meines Gegners aus. Meine Knöchel brennen, aber der Zombie zeigt keine Anzeichen, dass er den Schlag gespürt hat.

Ein weiterer Zombie schließt sich dem bereits hoffnungslosen Kampf an. Ich weiche seinem Schlag aus und trete dem ersten Zombie die Beine weg. Er springt über mein ausgestrecktes Bein und ergreift meine rechte Hand. Sein Freund macht dasselbe mit meiner Linken.

Nicht gut.

Ein dritter Zombie stürzt sich auf mich und reißt mir die Maske ab. Ich atme ein, nur um festzustellen, dass die Maske den Gestank des Kampfes stark gedämpft hat. Würgend versuche ich, nicht zu hyperventilieren, während der Zombie meine Maske auf den Boden wirft und darauf herumtrampelt, bis sie nutzlos ist.

Ich schlage und trete meine Kidnapper. Zwei Zombies bücken sich nach meinen Beinen, greifen sie und halten sie an Ort und Stelle. Zu meiner Linken schlägt Valerian einem Zombie mit einem Arm, den er wohl einem anderen Angreifer abgerissen hat, auf den Kopf. Ein armloser Zombie – vermutlich der Besitzer von Valerians provisorischer Keule – schlägt mit seiner verbliebenen Hand auf Valerian ein.

Ein Dutzend weitere Zombies verbünden sich gegen Valerian, und ich verliere ihn für ein paar schreckliche Sekunden aus den Augen. Alles, was ich höre, sind dumpfe Schläge von Fleisch auf Fleisch. Ich kämpfe energischer. Aus irgendeinem Grund ist der Gedanke, dass er umkommt, unendlich schlimmer als der Gedanke, dass ich in diesem verfaulten Chaos sterbe.

Einige der Zombies schieben sich zur Seite, und ich sehe ihn – verletzt, aber lebendig. Ich atme erleichtert aus. Zwei Zombies halten seinen linken Arm und drei seinen rechten fest, und an jedem seiner Beine hängen ebenfalls ein paar der Gestalten.

Für jemanden ohne übernatürliche Schnelligkeit und Kraft hält er sich definitiv gut.

Der Zombie, der meine Maske zerstört hat, stürzt sich auf Valerian und macht das Gleiche mit seiner Maske. Verdammter Mist. Dieser Maskendiebstahl ist zielgerichtet.

Von dort, wo Dylan über Rowan steht, gibt es eine

schnelle Bewegung, aber bevor ich erkennen kann, was dort passiert, verdunkelt ein Schatten den Himmel und zieht meine Aufmerksamkeit auf sich.

Ich schaue so weit wie möglich nach oben und verrenke mir fast etwas im Nacken.

Es ist der Vogel, und er hält Keyser in seinen Krallen.

Verdammter Mist. Er hat einen Weg gefunden, Fabian, Stanislav und Ariel zu umgehen.

Der Vogel setzt Keyser vor mir ab, und wir schauen uns in die Augen.

Mein Herzschlag schießt in die Höhe.

Seine Augen sind nicht nur feurig. Sie sind umrandet von blutigen Tränen.

Wer auch immer ihn zum Verlorenen machte, stellte auch sicher, dass er mit dem Virus infiziert war.

Ich reiße an den Zombiehänden, die mich mit neuem Elan halten, aber ich könnte genauso gut versuchen, eine Betonwand zu bewegen.

Keyser kommt noch dichter an mich heran, macht ein ekelhaftes, hustenähnliches Geräusch und spuckt mir dann einen großen Schleimpfropfen direkt ins Gesicht.

Reflexartig zucke ich zusammen, schließe die Augen und fühle, wie zähflüssiger Schleim jeden Zentimeter meines Gesichts bedeckt. Mein Magen zieht sich zusammen, und meine Haut kribbelt, als wolle sie von meinem Körper wegkriechen. Das ist schlimmer als der Sprung in die Kanalisation des Wassergrabens, wo ich fast gefressen wurde. Ich bin so angeekelt, dass ich glaube, ich könnte in einen Schockzustand geraten, wie ihn die Leute bekommen, wenn sie ein Körperteil verlieren.

Ich öffne die Augen rechtzeitig, um zu sehen, wie Keyser mich wieder anspuckt. Der Speichel landet auf meinem Kinn, tropft herunter und schickt eine Woge von Galle in meine Kehle.

»Ein qualvolles Ende für dich, Kind von Soma«, sagt Keyser mit schadenfroher Stimme und lässt die kleine Hoffnung, die ich noch hatte, sterben, dass der Blutspritzer unter seinen Augen nicht das Symptom des Virus war.

KAPITEL NEUNUNDZWANZIG

BEVOR ICH MICH von dem groben Angriff erholen oder seine Worte verarbeiten kann, dreht sich Keyser zu Valerian um, der einen handfesten Kampf mit den Zombies austrägt, die versuchen, ihn festzunageln. Als ich Keysers Absicht erkenne, fließt alles Blut aus meinem Gesicht.

»Nein!«, schreie ich – gerade als Keyser das gleiche schreckliche Hustengeräusch macht und Valerian ins ungeschützte Gesicht spuckt.

»Dich habe ich auch nicht vergessen«, sagt der Nekromant schadenfroh.

Mein Herzschlag nähert sich der Lichtgeschwindigkeit, und mein Sichtfeld ist rot vor Wut. Ich kämpfe stärker gegen die Zombiehände an, die mich festhalten, aber ohne Erfolg.

Wenn ich frei wäre, würde ich Keyser mit meinen bloßen Händen in kleine Stücke reißen. Das würde ich wirklich tun.

Durch den Schleier der Wut hindurch sehe ich in der Nähe von Dylan ein weiteres Zeichen von Bewegung.

Es ist Rowan. Sie setzt sich auf, schaut sich um, und ihr Blick ist verwirrt.

Als sie Keyser entdeckt, schießt sie vielfarbige Energie auf einen der Zombies, die Valerians rechten Arm halten. Dieser Zombie lässt Valerian frei und schlägt Keyser eine Faust ins Gesicht.

Der Vogel fliegt und stürzt sich auf Rowan. Sie schießt mit nekromantischer Energie darauf, während ihr Zombie Keyser in den Magen schlägt. Luft rauscht hörbar aus Keysers Lungen.

In der Zwischenzeit reißt Valerian an seinem teilweise befreiten rechten Arm und dreht ihn aus dem Griff der anderen Zombies. Mit einem mörderischen Blick in den Augen schlägt er Keyser auf die Schläfe.

Der Vogel stürzt herab, schnappt Keyser mit seinen Krallen und fliegt weg. Als sie etwa sechs Meter über dem Boden sind, schießt Keyser mit seiner Energie auf den Vogel. Als Verlorener scheint er schmerzunempfindlich zu sein, was ihm erlaubt, sich unmöglich schnell zu erholen.

Rowan schießt auch auf den Vogel und übernimmt die Kontrolle lange genug, um den Vogel zu zwingen, seine Krallen zu öffnen. Keyser stürzt ab. Mit einer verzweifelten Wendung in der Luft übernimmt er den Vogel und lässt ihn hinter sich herfliegen, aber Rowan stiehlt den Vogel zurück und lässt ihn hochfliegen.

Sie machen so lange Pingpong, bis Keyser mit

einem lauten Platschen auf dem Rücken landet, und mit Armen und Beinen in unnatürlichen Stellungen gespreizt liegen bleibt.

Schockierenderweise ist er irgendwie noch am Leben und hat seine Zombies unter Kontrolle.

Zum ersten Mal seit Beginn des Kampfes verlässt Frank Rowans Seite, huscht zu Keyser hinüber und bedeckt das Gesicht des Nekromanten mit seinem pelzigen Körper. Keysers Arme müssen zu sehr gebrochen sein, um sich bewegen zu können, denn er liegt einfach nur da, während die opossumähnliche Kreatur ihn langsam erstickt.

Da Keyser nichts tun kann, übernimmt Rowan die Zombies um uns herum. Sie beginnt mit denen, die Valerian halten. Sobald er frei ist, eilt er an meine Seite und nimmt die Hände der Zombies, die mich festhalten, weg.

»Danke«, sage ich keuchend, als der letzte Zombie von mir entfernt ist.

»Hier.« Valerian reißt sich den Ärmel ab, wischt mir die eklige Spucke vom Gesicht und hält den Hygieia-Stab dreimal länger als üblich darüber.

Am Rande meines Blickfeldes sehe ich, wie Rowan die Zombies übernimmt, gegen die unsere Freunde kämpfen. Meine volle Aufmerksamkeit gilt allerdings Valerian. Er reinigt sich auf die gleiche Weise, dann zieht er mich zu sich und hält mich fest, und seine starken Hände streicheln meinen Rücken, als wäre ich seine Hauskatze.

Ich bin dankbar für die Freundlichkeit. Obwohl ich

größtenteils betäubt bin, spüre ich, wie sich das Grauen allmählich einschleicht, und ich schlinge meine Arme um Valerians Taille und drücke fester gegen ihn.

Ein Blitz fesselt meine Aufmerksamkeit, und ich drehe mich in Valerians Umarmung um, um Fabian wieder in seiner menschlichen Gestalt zu sehen – und völlig nackt. Beiläufig legt er seine Hose auf die Plattform und kommt herüber, um nach dem Rest von uns zu sehen.

Ich verlasse Valerians Umarmung und gehe auf Felix zu, aber Ariel schaut schon nach ihm.

»Es geht ihm gut«, sagt sie, als sie mein besorgtes Gesicht sieht.

»Ihr auch«, berichtet Stanislav, der über der noch bewusstlosen Itzel kniet.

Ariel, Fabian und Stanislav scheinen auch unverletzt zu sein, abgesehen von einigen kleinen Schnitten und Prellungen.

Fabian blickt mit einem Stirnrunzeln in die Ferne. »Wir sollten besser gehen. Die Zuschauer kommen näher.«

Definitiv kommen die Menschen, die den Kampf aus der Ferne beobachtet haben, immer näher.

Rowan, die sich von einem Zombie helfen lässt, wieder auf die Beine zu kommen, blickt den herannahenden Mob mit einem düsteren Ausdruck an. »Frank«, ruft sie. »Genug!«

Als es sich von Keysers Gesicht löst, huscht ihr Haustier mit einem scheinbar selbstgefälligen

Ausdruck auf seinem pelzigen Gesicht zu Rowan hinüber.

»Ist er tot?«, fragt Ariel und sieht Keyser an.

Anstelle einer Antwort erschießt Rowan Keyser mit ihrer nekromantischen Energie, und seine Augen öffnen sich wieder.

Die feurige Glut ist verschwunden.

»Oh, gut«, sagt Ariel. »Es wäre zum Kotzen, wenn eine Leiche verloren bliebe, auch nachdem sie ein Zombie geworden ist.«

Rowan sieht angestrengt aus, aber Zombie-Keyser scheint nicht aufstehen zu können.

»Zu kaputt«, sagt sie durch ihre Zähne, dann lässt sie ein paar Zombies Keysers Leiche einsammeln und auf die Plattform legen, wo wir alle versammelt sind. Der Rest ihrer Helfer hebt unsere Plattform an, beginnt zu rennen und lässt den Mob der Menschen hinter uns.

Nach ein paar Minuten kommt Itzel zu sich, Felix auch, und Ariel und Dylan leisten Erste Hilfe, so gut sie können.

Während ich das alles beobachte, steht Valerian an meiner Seite und streichelt mir den Rücken – was vielleicht der einzige Grund ist, warum ich nicht ausraste.

»Ich verstehe etwas nicht«, sagt Ariel und schaut von Keyser zu Frank. »Warum hat er dein Haustier nicht übernommen, um sich selbst zu retten?«

Rowan sieht unbehaglich aus, aber teilt dennoch das Geheimnis über Frank, wie sie das heiligste Tabu ihrer Art gebrochen und einen atypischen Zombie mit freiem Willen erschaffen hat.

»Oh, jetzt verstehe ich es«, sagt Felix mit einem schwachen Lächeln. »Frank ist die Abkürzung für Frankenstein, nicht wahr?«

»Das würde bedeuten, dass ich meine Schöpfung fürchte und hasse«, sagt Rowan. »Aber ich liebe mein Fuzzy-Wuzzy.«

»Bitte haltet das geheim«, sage ich allen. »Wenn der Rest der Nekromanten das herausfindet, ist Rowan am Arsch.«

»Oh, dafür ist es sowieso zu spät«, sagt Rowan. »Ich habe meinen Verlobten getötet. Ein Mitglied des Parlaments. Vor Zeugen. Ich bin schon jenseits von am Arsch.«

»Du hast seinen Körper.« Ariel nickt der wiederbelebten Keyser-Leiche zu. »Keine Leiche, kein Verbrechen.«

»Nein, ich bin so gut wie tot«, sagt Rowan, geht dann zu ihrem Stuhl hinüber und lässt sich hineinfallen.

»Ich will dir nicht noch mehr Kummer bereiten, aber du solltest dich besser von Bailey und Valerian fernhalten«, sagt Dylan mit leiser Stimme zu Rowan. »Sie könnten infiziert sein.«

Könnten infiziert sein. Mein Herz schlägt wie wild, und meine Beine beginnen zu zittern, während ich flach atme. Ich habe verzweifelt versucht, nicht über die Auswirkungen nachzudenken, die das Verschwinden meiner Maske und der Spuckeklumpen, der auf meinem Gesicht landete, haben, aber ich kann es nicht länger ignorieren.

»Psst, keine Panik.« Valerian zieht mich zu sich, aber mein Zittern wird nur noch stärker, und nach einem Augenblick hebt er mich auf und trägt mich zu dem Bett, das am weitesten von Rowans entfernt ist.

Ich rolle mich auf meiner Seite zu einem Ball zusammen.

»Es wird alles gut werden«, sagt Valerians Stimme in meinen Ohren. Er muss seine Kraft einsetzen, damit es klingt, als käme es über Kopfhörer.

Wenn ich den Willen zum Sprechen beschwören könnte, würde ich ihm sagen, dass es verdammt nochmal nicht gut werden wird.

Er könnte infiziert sein.

Ich könnte infiziert sein.

Diese zwei Gedanken schwirren um meinen Kopf herum wie wütende Bienen.

Valerian murmelt noch weitere beruhigende Worte, die ich ignoriere. Irgendwann wird er des Redens müde, legt sich neben mich und schlingt seine Arme um mich.

Irgendwann reiße ich mich genug zusammen, um aufzustehen und mich zu zwingen, etwas Obst zu essen. Ich glaube, ich bin immer noch wie betäubt, und ich hoffe, dass das auch so bleibt.

Als ich zurück zu meinem Stuhl gehe, sehe ich Stanislav. Er umklammert seinen Bauch und wirft ein Stück getrocknetes Fleisch von der Plattform.

»Was ist los?«, frage ich.

Er zuckt mit den Schultern. »Nekromantennahrung ist nicht gut für meine Verdauung.«

Bevor ich nachfragen kann, dreht er mir den Rücken zu und stürmt zur anderen Seite der Plattform hinüber.

Ich lasse ihn gehen, obwohl ich ihm nicht abkaufe, was er gesagt hat. Nicht, nachdem ich ihn schon vorher dabei gesehen habe, wie er seine Brust umklammerte. Die Symptome des Virus sind der Reihe nach Blutstränen, Herzklopfen, Magenverstimmung und purpurrote Haut.

Er scheint drei von den vier gehabt zu haben.

In der Tat – bilde ich mir das nur ein oder ist seine Haut schon ein bisschen violett?

Ich eile hinüber zu Valerian. »Kannst du deine Kräfte einsetzen, um uns Privatsphäre zu verschaffen?«

»Setz dich in deinen Stuhl«, sagt er, und ich gehorche.

Er sagt Itzel, dass sie sich weit von uns fernhalten soll, und lässt sich dann auf seinen eigenen Stuhl fallen. Plötzlich verändert sich unsere Umgebung. Ich befinde mich im selben Stuhl, aber inmitten eines wunderschönen Gartens, der mit Pflanzen von Gomorrha und der Erde gefüllt ist.

»Jetzt können uns die anderen nicht mehr hören«, sagt er. »Nur wenn du willst, dass ich jemanden einbeziehe.«

Ich mache einen beruhigenden Atemzug. »Sieht Stanislav für dich purpurrot aus?«

Valerian blickt in Richtung des Kirschblütenbaums, und seine Stirn ist gerunzelt. »Vielleicht.«

»Kannst du Dylan einbeziehen?« Ich bücke mich und hebe eine Narzisse auf. Die Blume hat die Textur und den Duft der echten Pflanze. Manchmal vergesse ich, wie beeindruckend Valerians Kraft wirklich ist. Wenn ich diese Blume in einem Traum nachbilden würde, wäre ich mir nicht sicher, ob ich sie so detailliert darstellen könnte.

Eine Sekunde später taucht Dylan mit uns im Garten auf, und ihr Stuhl steht direkt neben mir, obwohl er in der realen Welt etwa vier Meter entfernt ist.

Ich erzähle Dylan von meinen Beobachtungen bei Stanislav, und sie sieht immer düsterer aus, während ich alle Symptome auflliste, die ich bemerkt habe.

»Ich fürchte, du hast recht«, sagt sie. »Seine Infektion scheint fortgeschritten zu sein.«

Valerians Hände umfassen die Armlehne seines Stuhls fester. »Wie lange hat er noch?«

»Das hängt vom Immunsystem der Chorts im Allgemeinen und seinem im Speziellen ab«, sagt sie. »Ich bin mir sicher, dass die Anstrengung unseres letzten Kampfes nicht geholfen hat.«

»Sprechen wir von Stunden, Tagen oder Wochen?«, will Valerian wissen.

Dylan fummelt an ihrer Maske. »Ich glaube nicht, dass er es nach Gomorrha schaffen wird. Meine Hoffnung ist, dass das Heilmittel einfach herzustellen ist, damit ich es in der Welt, in der wir Maxwell getroffen haben, verabreichen kann. Das Krankenhaus neben dem Drehkreuz dort hat ein rudimentäres Labor.«

Poms Fell ist pechschwarz an meinem Handgelenk, während ich ihn streichele, um mich selbst zu beruhigen. »Ich dachte, das Heilmittel sei noch nicht entwickelt worden«, sage ich leise und versuche, dem panischen Klopfen in meiner Brust nicht nachzugeben.

Sie seufzt. »Sie haben Fortschritte gemacht. Die besten Köpfe sind dabei. Hoffentlich haben sie es, bis wir es brauchen.«

Das sind eine Menge lebenswichtiger Ergebnisse, die auf bloßer Hoffnung beruhen.

Obwohl ich es auf einer gewissen Ebene lieber nicht wissen möchte, formt mein Mund die Worte: »Was ist mit uns?«

Valerian blickt mich scharf an. »Bist du sicher, dass du darüber reden willst?«

»Ich wüsste es lieber«, lüge ich.

»Dann sag es uns direkt«, sagt Valerian zu Dylan. »Ich habe deinen Gesichtsausdruck gesehen, als du Rowan erzählt hast, dass wir vielleicht infiziert sind. Dein Pokerface ist scheiße.«

Dylan errötet. »Es tut mir leid. Ich wollte einfach nicht, dass jemand in Panik gerät. Die traurige Wahrheit ist, dass ihr eine massive Viruslast erhalten habt. Wenn euer Immunsystem nicht wie das eines Pre-Vampirs ist, werdet ihr bald Symptome zeigen.«

Ich bedecke mein Gesicht mit den Händen,

während meine sorgfältig genährte Taubheit einer ungezügelten existentiellen Angst weicht.

Ich bin nicht bereit, zu sterben.

Und noch weniger bin ich bereit, dass Valerian stirbt.

»Danke, Dylan«, sagt er, und seine Stimme klingt wie aus der Ferne. »Geh jetzt schlafen, okay? Wir wollen den Moment nicht verpassen, wenn Maxwell versucht, in dir zu träumen.«

»Ich gehe schon«, antwortet sie, und als ich die Hände sinken lasse, ist Dylan weg, und Valerian steht mit einem unleserlichen Gesichtsausdruck neben mir.

Wut, gleißend und irrational, durchströmt mich. »Wieso geht es dir so gut damit?«, will ich wissen und springe auf. »Warum flippst du nicht aus?«

Er schenkt mir ein schiefes Grinsen. »Ich flippe offensichtlich auch aus. Die Macht der Illusion zu haben hilft mir jedoch dabei, cool auszusehen.« Wie um seine Worte hervorzuheben, erscheint eine stylische Sonnenbrille auf seinem Gesicht, und sein unscheinbares Reise-Outfit verwandelt sich in einen hautengen Körperanzug.

Ein widerstrebendes Lächeln zerrt an meinen Lippen. »Dieses Outfit ist eher sexy als cool, weißt du?«

Er grinst mich wieder an. »Solange es dich von den Keimsorgen ablenkt … wen kümmert es?«

Zu meiner Überraschung *lenkt* es mich ab. Sein Gesicht ist schon so lange von der Maske bedeckt, dass ich vergessen hatte, welche Wirkung es auf mich hat. Jetzt kommt alles mit voller Wucht wieder hoch.

Moment, was denke ich gerade? Geht mein Körper in eine Art *Fortpflanzung-vor-dem-Tod*-Modus über? Ganz klar, so sexbesessen zu sein, wie ich bin, wirft meine Prioritäten aus dem Gleichgewicht.

»Es gibt noch mehr, was wir tun können, um dich abzulenken«, sagt er, als ob er meine Gedanken lesen würde.

Ich starre auf seine Lippen, dann lecke ich langsam über meine.

Sein Blick verdunkelt sich, und er umklammert meine Hand und zieht mich näher heran.

Ich schaue zu ihm auf und fahre mit meinem Finger über seine sinnlichen Lippen. »Ist das dein wahres Ich?«

»Eine Illusion«, sagt er heiser. »Trotz dem, was Dylan gesagt hat, gibt es immer eine kleine Chance, dass ich krank bin und du nicht. Ich würde es mir nie verzeihen, wenn ich dich anstecken würde.«

Ich bin auf perverse Art enttäuscht.

Er beugt sich herunter und küsst mich. Heftig.

All meine beunruhigenden Gedanken verdampfen, als ich den Kuss erwidere, mein Inneres verwandelt sich in eine geothermische Quelle, während seine Zunge über meine Lippen streicht.

Keuchend lasse ich meine Zunge mit seiner tanzen.

Tue ich das wirklich?

Ich ziehe mich zurück. »Du fühlst das nicht wirklich, oder?«

Seine sexy Lippen wölben sich. »Es macht Spaß, *dich* Dinge fühlen zu lassen. Außerdem könnte meine Fähigkeit, die Illusion aufrechtzuerhalten, beeinträchtigt werden, wenn ich dich *wirklich* schmecken würde.«

Ist das ein Kompliment? Es fühlt sich jedenfalls so an.

»Warum verlegen wir das nicht in die Traumwelt?« Ich beiße mir auf die Unterlippe. »Ich möchte, dass du auch Dinge fühlst.«

Seine Nasenlöcher beben. »Heißt das, dass du mir vergeben hast?«

Ich erstarre, weil ich bis jetzt alles über den Groll vergessen hatte.

Habe ich ihm verziehen? Ich schätze, das habe ich. Es scheint belanglos, an der Wut festzuhalten, angesichts der Gefahr, in der unser Leben gerade ist – und all dem, was er getan hat, um mich zu beschützen. Eigentlich, wenn ich ehrlich bin, habe ich ihm wahrscheinlich schon das erste Mal verziehen, als er den Hygieia-Stab für mich benutzt hat.

Ein anderer Gedanke kommt mir in den Sinn. Habe ich meinen Groll benutzt, um nicht über meine Gefühle für ihn nachzudenken? Und was genau sind diese Gefühle?

Nein, ich bin zu überwältigt, um über *diese* lästige Frage nachzudenken.

Als ich merke, dass er auf meine Antwort wartet, sage ich leise: »Ich glaube, ich habe dir vergeben.« Als ich sein großspuriges Lächeln sehe, füge ich schnell hinzu: »Aber ich möchte immer noch etwas über Soma erfahren, vor allem angesichts der Tatsache, dass ...«

»... Keyser diesen Teil über Kind von Soma sagte?« Sein Gesicht ist jetzt ernst. »Darüber habe ich auch schon nachgedacht.«

»Und, hast du es herausgefunden?«, frage ich und mache mir nicht die Mühe, die Aufregung in meiner Stimme zu verbergen.

»Ich durfte nur sehr wenige meiner Erinnerungen behalten.« Er sieht aus, als ob ihn jedes einzelne Wort beim Aussprechen schmerzt. »Alles, was mit Soma zu tun hat, ist geheim. Wenn man es also verlassen und in die Otherlands gehen will, so wie ich es getan habe, ist der Preis die Erinnerung an Soma selbst. Nur ein mächtiger Traumwandler kann ein schwarzes Fenster einschlagen, und die Mächtigsten eurer Art leben auf Soma, was dies zu einem perfekten Sicherheitssystem macht.« Er hält inne und schaut mich an. »Na ja, fast.«

»Also ist eines der Fenster all deine Erinnerungen an Soma?«, frage ich entsetzt. »Also deine ganze Kindheit?«

»Auch das junge Erwachsenenalter«, sagt er und zuckt zusammen. »Aber denk doch mal darüber nach, wie effektiv das System ist. Selbst wenn ich gefoltert würde, wäre ich nicht in der Lage, irgendetwas über mein Zuhause zu enthüllen – nicht, dass ich das tun würde. Ich darf mich daran erinnern, wie sehr ich es geliebt habe ... und wie sehr ich es in Sicherheit bewahren möchte.«

Er sieht aus, als hätte er Schmerzen, also drücke ich

seine Hand, das heißt, bis ich merke, dass er auch das nicht fühlen kann.

»Ich sah zwei schwarze Fenster«, sage ich leise. »Wenn eines Soma ist, was ist dann mit dem anderen?«

Er zieht seine Hand weg. »Ich weiß es nicht. Offensichtlich ist es ein wichtiges Geheimnis, aber ich habe keine Hinweise hinterlassen, was es ist.«

»Vielleicht wüsstest du mehr, wenn du deine Erinnerungen an Soma zurückbekommst?«

»Möglicherweise. Ich habe wirklich keine Ahnung.«

Ich berühre ihn – oder seine illusionäre Form – wieder. »Wie wäre es, wenn du die Illusion entfernst und ich dich wirklich berühre und dich in den REM-Schlaf versetze?«

Er seufzt. »Du musst dich ausruhen. Also warum einigen wir uns nicht auf das: Ich gehe schlafen, und du auch. Dann, wenn du natürlich träumst, zerbrechen wir das Soma-Fenster.«

»Ich weiß nicht, ob ich mit allem, was passiert ist, einschlafen kann«, sage ich.

Er lächelt reumütig. »Deshalb wollte ich dich richtig motivieren, dich auszuruhen.«

»Böse. Wo ist mein Bett?«

»Dort.«

Das Bett materialisiert sich in der Mitte einer Blumenwiese, umgeben von zweiundvierzig verschiedenen Dahlienarten. Ich schleiche auf Zehenspitzen über die Blumen, so als ob ich sie tatsächlich zerbrechen könnte. Als ich mich auf das

Bett lege und die Augen schließe, ertönt das Geräusch einer sanften Meeresbrandung in meinen Ohren.

»Was ist, wenn der Nussknacker kommt und mich dieses Mal tötet?«, frage ich, ohne meine Augen zu öffnen.

»Ich habe schon mit Fabian gesprochen«, antwortet der Wind mit Valerians Stimme. »Er wird dich in Schach halten, wenn nötig.«

Gut. Ich gebe mein Bestes, um meine Atmung auszugleichen. Der Duft der salzigen Meeresluft vermischt sich mit dem süßen Duft von Blumen, um mich zu beruhigen.

Es dauert eine gefühlte Stunde, aber irgendwann bin ich weggedämmert.

KAPITEL DREISSIG

MIT AUSGESTRECKTEN ARMEN fliege ich am Himmel über Gomorrha und weiche Wolkenkratzern aus, die mir im Weg stehen.

Moment einmal. Wann habe ich das Fliegen gelernt? Dies muss ein Traum sein.

Ich kontrolliere mein Handgelenk. Ja. Pom fehlt.

Ich beende meinen Flug und bringe mich in meinen Traumpalast.

Pom ist hier, und sein Fell zeigt ein glückliches Violett.

»Hey, Kumpel«, sage ich. »Wie geht es dir?«

Ich sage ihm nicht, dass unser Leben in Gefahr ist, aber es besteht die Möglichkeit, dass er es durch ein unautorisiertes Schnüffeln in meinem Kopf weiß.

»Ich habe gerade eine Expositionstherapie abgeschlossen.« Sein Fell wird braun. »Es geht jedes Mal besser und besser.«

Wow. Er hat die Gefahr noch nicht begriffen.

»Ausgezeichnet. Wie wäre es, wenn du noch etwas daran arbeitest, während ich einen Ausflug in Valerians Träume mache?«

»Du willst Privatsphäre?«, fragt er, und die Spitzen seiner Ohren werden grün vor Eifersucht.

»Es ist nicht so, wie du denkst«, sage ich, obwohl ich hoffe, dass wir Zeit für das finden, worauf Pom anspielt. »Ich versuche, ein Geheimnis von Valerian zu erfahren, und wenn er dich sieht, wird er vielleicht nervös.«

Sein Fell nimmt einen hellen Orangeton an. »Du wirst mir doch das Geheimnis verraten, oder?«

»Das werde ich«, sage ich feierlich.

»Es sei denn, es ist eklig oder beängstigend«, erwidert er.

»Sicher. Ich bezweifle allerdings, dass es das sein wird.«

Er nickt, lässt seine Ohren hängen, und ich teleportiere mich in den Turm der Schlafenden, direkt in Valerians Nische.

Er ist hier. Das heißt, jetzt oder nie.

Ich lege meine Lippen auf seine, um Kontakt herzustellen und einzutauchen.

VALERIAN MACHT mit einer Traumversion von mir herum. Sie steht wirklich darauf, und er auch. Wir sind in seinem Schlafzimmer, und beide Fenster sind schwarz – deshalb bin ich hier.

»Tolle Arbeit mit dem Traum«, sage ich, nachdem ich genug gesehen habe. »Man sagt, wenn man etwas im Schlaf praktiziert, wird man in der wirklichen Welt besser darin.«

Er sieht mich an – eine zweite Version von mir aus seiner Perspektive – und erholt sich mit Rekordgeschwindigkeit von der Überraschung. »Denkst du, ich muss darin besser werden?«

»Nein. Du bist ein Sexgott«, sagt seine Traumversion von mir mit einer verführerischen Stimme.

Obwohl das Gefühl der Eifersucht in diesem Fall aus mehreren Gründen keinen Sinn macht, habe ich immer noch ein perverses Vergnügen daran, sie verschwinden zu lassen.

Valerian sieht vage enttäuscht aus. Mit einem Seufzer zeigt er auf das schwarze Fenster in unserer Nähe. »Das ist das mit den Erinnerungen an Soma. Das ist eines der wenigen Dinge, die ich weiß.«

Ich gehe auf das fragliche Fenster zu.

»Warte«, sagt er. »Wir wollen es aufbrechen, damit ich die Erinnerungen zurückbekomme, wenn du fertig bist.«

»Ich habe keine Ahnung, wie man das macht.«

»Aber ich.« Er kommt auf mich zu, nimmt meine Hand, und seine Berührung löst sogar in der Traumwelt ein warmes Kribbeln aus. »Nimm mich einfach mit, wenn du gehst.«

Oh. Das kann ich tun. Glaube ich.

Ich lasse uns beide in das Fenster fliegen, und er

drückt meine Hand fester, als ich mit dem schwarzen Glas in Kontakt komme.

———

ICH TAUCHE in eisiges schwarzes Wasser.

Zwei Probleme sind sofort offensichtlich.

Erstens, dass ein Seil um meine Taille gewickelt ist. Es ist an einem klapprigen Boot befestigt, in dem sich ein bewusstloser Valerian befindet. Das muss der Nebeneffekt sein, weil ich ihn mit mir genommen habe.

Was noch beunruhigender ist, ist die Größe des Gewässers um uns herum. Es ist entweder ein Meer oder ein kleiner Ozean – ich kann in keiner Richtung ein Ufer sehen. Das letzte Mal, als ich versucht habe, durch so etwas zu schwimmen, bin ich ertrunken, und jenes Mal musste ich kein Boot mit Valerian mitschleppen.

Andererseits sollte ich jetzt aber auch mächtiger sein. Vielleicht könnte mir das einen Vorteil verschaffen?

Ich versuche, meine Kräfte einzusetzen, um leichter als Wasser zu werden, damit ich treiben kann. Das hat vorher nicht funktioniert und funktioniert jetzt auch nicht. Ich will, dass das Boot wie ein Ballon fliegt, aber das tut es nicht.

In Ordnung. Ich werde auf die altmodische Weise schwimmen.

Ich schwimme eine gefühlte Stunde lang in einem

Freestyle-Stil, dann wechsele ich zum Brustschwimmen und schwimme so weiter. Ich kann weiterhin nicht einmal das Ufer sehen. Das Seil macht Rückenschwimmen unangenehm, also wechsele ich zu Schmetterling und schwimme eine Weile auf diese Weise.

Nach einem gefühlten Tag tut mir jeder Muskel weh, und die Reizung durch die Reibung des Seiles stört meine Konzentration.

Ich schwimme weiter. Es wird zu einer Meditation, mit meinen Bewegungen als Mantra. Ein Arm nach dem anderen. Ich denke nur an das Schwimmen. Und schwimme. Und schwimme. Meine Atmung wird immer mühsamer, doch das Ufer ist noch immer nirgends in Sicht.

Ein Teil von mir will aufgeben und untergehen, aber ich kann es nicht. Wenn ich das tue, werde ich mit erschöpften Kräften aus der Traumwelt hinausgeworfen. Viel wichtiger ist, dass ich etwas über Soma lernen und Valerian seine fehlenden Jahre zurückgeben möchte.

Irgendwann werden die Erschöpfung und der Schmerz unerträglich, aber dann, zu meiner Überraschung, bekomme ich einen Kraftschub.

Fangen meine neuen Kräfte an zu wirken? Vielleicht habe ich das Sauerstoffgleichgewicht in meinem Körper manipuliert, um der Ansammlung von Milchsäure in meinen Muskeln irgendwie entgegenzuwirken. Oder vielleicht habe ich gerade einen Weg gefunden, die Endorphinproduktion in meinem Gehirn anzukurbeln. Was auch immer es ist – ich beschwere mich nicht.

Ich schwimme und schwimme und schwimme und schwimme, und schließlich entdecke ich in der Ferne das Ufer.

Ich bewege mich schneller und ignoriere die Tatsache, dass die Distanz, die ich noch zurückzulegen habe, größer ist als jede, die ich in früheren schwarzen Fenstern zu schwimmen versucht habe.

Genau wie vorher erinnere ich mich an eine einfache Wahrheit: Meine Muskeln zerreißen nicht wirklich. Mir fehlt kein Sauerstoff. Es gibt keine Milchsäure in meinen Muskeln, und das Seil, das in meine Taille schneidet, ist nicht echt. Dies ist nur ein Traumkonstrukt, das es für schwächere Traumwandler schwierig macht, auf die verschlossenen Erinnerungen zuzugreifen.

Das letzte bisschen hilft mir, mich aufzumuntern. Sicherlich bin ich nicht schwach mit dem Boost, den ich bekommen habe.

Der zweite Schwung hält die halbe Strecke meines verzweifelten Sprints zum Ufer an. Der Schmerz kehrt zurück, unendlich schlimmer, und meine Kraft lässt nach. Trotzdem weigere ich mich, aufzugeben. Ich schwimme einfach, als ob mein Leben davon abhinge.

Als ob ich ertrinken würde, um genau zu sein.

Dann verschiebt sich etwas. Meine Arme und Beine bewegen sich ohne meine bewusste Kontrolle. Ich fange an, das Wasser wie ein Hai zu durchschneiden, und halte das bis zum Ufer durch.

Meine Füße berühren den Sand, und der Ozean um mich herum verschwindet.

———

ICH BEFINDE mich auf einer vertrauten Lichtung im Wald, die von außerirdischen Bäumen bevölkert ist. Einige ähneln Korallenriffen, andere Affenbrotbäume. Der surreale, waldreiche Himmel ist ebenfalls vertraut und impliziert, dass dieser Planet – oder das Raumschiff – eine Brezelform statt einer Kugel ist. Oder, wie Itzel es ausdrückte, es ist eine Struktur aus zwei gegenläufigen Zylindern, die als O'Neill-Kolonie bekannt ist.

Diese Lichtung ist auch der Ort, an dem Mama Asha getötet hat.

Wenn ich irgendwelche Zweifel hatte, dass ich auf Soma geboren wurde, dann sind sie jetzt verschwunden.

Abgesehen davon gibt es hier zwei Valerians, und einer von ihnen sieht deutlich jünger aus als meiner. Der junge Valerian trägt kein Shirt – ein toller Anblick – und kämpft mit einem großen, beeindruckenden Fremden, während der normale Valerian neben mir steht und die Szene mit Ehrfurcht betrachtet.

»Ich kann nicht glauben, dass ich das vergessen habe«, murmelt er. »Ich weiß, dass schwarze Fenster so funktionieren, aber jetzt, wo ich hier bin, ist es schwer.

zu glauben, dass ich mich nicht daran erinnern konnte.«

»Warum kämpfst du gegen diesen Typen?«, frage ich.

»Ich würde nie gegen Kojo kämpfen«, sagt er mit einem schwachen Lächeln. »Wir machen nur Sparring.«

Kojo. Wo habe ich diesen Namen schon einmal gehört? Ich bekomme keine Gelegenheit, zu fragen, weil sich die Erinnerung ändert.

―――――

DIESMAL SIND Valerian und Kojo junge Teenager, die beide auf einen affenbrotbaumähnlichen Baum klettern.

Aha. Genau wie in Mamas schwarzem Fenster kommen die Erinnerungen ungeordnet auf uns zu. Der Unterschied ist, dass diese Erinnerung schnell abläuft, wie ein leicht beschleunigtes Video. Oder vielleicht sind die Jungs nur schnelle Kletterer?

»Ist es nicht gefährlich, so schnell zu klettern?«, sage ich zum erwachsenen Valerian, der wieder neben mir steht. »Oder geht hier etwas anderes vor?«

»Die Erinnerungen werden sich beschleunigen, da meine Anwesenheit die Integrität des schwarzen Fensters kompromittiert«, sagt er. »Was ich wissen möchte, ist: Wie kann ich mich schon an diese Situation erinnern? Ich glaube nicht, dass ich das konnte, bevor wir anfingen.«

»Integrität?«, frage ich, als Kojo und Teen-Valerian oben ankommen und sich auf einen dicken Ast setzen.

»Irgendwann wird das schwarze Fenster zerspringen«, sagt mein Valerian. »Danach werden wir rausgeschmissen, und ich habe die Erinnerungen zurück.«

Ich beginne zu antworten, aber die Erinnerung ändert sich wieder.

––––––

VALERIAN SIEHT AUS, als wäre er zwei oder drei Jahre alt, und ist so süß, wie ein Kleinkind nur sein kann. Seine ozeanblauen Augen sind doppelt so groß wie jetzt, und sein cherubisches Gesicht zeigt bereits einen Hauch der markanten Züge des erwachsenen Valerian.

Eine Frau hält das Kleinkind, und man muss kein Genie sein, um zu erkennen, dass es seine Mutter ist. Ihr liebevoller Ausdruck und ihre Ähnlichkeit machen das deutlich.

»Das ist meine früheste Erinnerung an sie«, flüstert mein Valerian ehrfürchtig. »Ich glaube, sie wird gleich singen.«

Das tut sie, sogar noch schneller, und das Lied ist schön und heiter. Bald beginnen die Augenlider des Kleinkindes Valerian sich zu schließen, und die Erinnerung verändert sich wieder.

––––––

WIR SIND in einem schmerzhaft vertrauten Raum.

Der erwachsene Valerian starrt die Menschen hier an, und ich auch.

Der junge Valerian ist ungefähr sechs Jahre alt, genau wie Kojo. Zu meinem Schock erkenne ich die beiden in diesem Alter wieder. Ich habe sie in einem anderen schwarzen Fenster gesehen – dem meiner Mutter.

Aber was mich am meisten verblüfft, ist der Anblick der beiden Mädchen, die mit den Jungs spielen.

Zwei eineiige Zwillinge.

Bailey und Asha.

Mein kleines Ich und meine tote Schwester.

KAPITEL EINUNDDREISSIG

MEINE ELTERN SIND AUCH DORT. Tatsächlich glaube ich, dass ich Mamas Erinnerung an genau dieses Ereignis gesehen habe. Der junge Valerian war da. Ich wusste nur noch nicht, dass er das ist. An diesem Punkt dachte ich einfach, dass der Junge mir bekannt vorkam.

Der Atem stockt mir in der Brust.

Valerian und ich kannten uns schon als Kinder. In Mamas Erinnerungen habe ich viel mit ihm gespielt.

Ich nehme an, ich hätte vorhersehen müssen, dass dies der Fall sein könnte. Er ist aus Soma. Ich habe vermutet, dass ich aus Soma komme. Die Möglichkeit, dass wir uns in der Vergangenheit kannten, bestand.

Ich wende mich an den erwachsenen Valerian, der mit offenem Mund auf die Szene starrt. »Als wir uns das erste Mal trafen, kamst du mir bekannt vor.«

Er nickt und sieht immer noch wie betäubt aus. »Ich fühlte dasselbe. Ich habe es dir sogar gesagt, erinnerst du dich?« Er richtet seinen Blick auf mein kleines Ich. »Ich muss dich erkannt haben, auch wenn das schwarze Fenster die Erinnerungen blockiert.«

Ich schaue auch auf unsere jüngeren Versionen.

Warum kann *ich* mich nicht daran erinnern?

Ich schaue meine Mutter an, um Antworten zu bekommen, aber das ist nutzlos. Wie in ihrer Version dieses Ereignisses hält sie einfach die Hand meines Vaters.

Ich widme meine Aufmerksamkeit den anderen Erwachsenen im Raum. Ein Mann kommt mir besonders bekannt vor, genau wie damals, als ich das zum ersten Mal in Mamas Fenster sah.

Jetzt verstehe ich, warum das so ist.

»Das ist dein Vater, nicht wahr?« Ich zeige auf den Mann. »Davu?«

Valerian nickt, und sein Kiefer ist angespannt. »Das ist er.«

»Es tut mir leid, Davu. Ich glaube nicht, dass es eine Wahl gibt«, sagt mein Vater, während ich mich auf das Gespräch der Erwachsenen konzentriere. »Die Prophezeiung …«

»War vage«, sagt Davu abweisend. »Wenn …«

Der kleine Valerian zieht an seinem Ärmel. »Papa, können Bailey und ich in den Garten gehen?«

Davu nickt, und ich und der kleine Junge rennen aus dem Zimmer und beenden die Erinnerung.

———

DIESE NEUE ERINNERUNG ist von einer Geburtstagsfeier.

Valerian, Kojo, mein Zwilling, und ich spielen zusammen mit einem weiteren Dutzend Kinder.

Ich verfolge die Ereignisse kaum, zum Teil, weil ich immer noch von dem, was ich gerade gelernt habe, erschüttert bin, und zum Teil, weil die Erinnerung sich noch schneller wiederholt.

»Ich dachte, du wärst älter als ich«, sage ich zum erwachsenen Valerian, als eine neue Erinnerung beginnt, eine, in der er seinen Vorderzahn verliert und ihn in eine kleine Schachtel legt, wie einen Schatz.

»Die Zeit vergeht auf Soma schneller als auf Gomorrha«, sagt er. »Weil ich dort länger geblieben bin als du, lebe ich schon länger.«

Eine weitere Erinnerung beginnt, und jetzt bewegen sich alle eigenartig schnell. Darin spielen Kojo, Valerian, Asha und ich Verstecken und brüllen mit beschleunigten Streifenhörnchenstimmen.

Dann huscht die Erinnerung an eine Beerdigung vorbei. »Meine Eltern«, erklärt Valerian, als ich ihn fragend anschaue. »Das Einzige, woran ich mich über meine Familie erinnern durfte, war der Name der Gruppe, die für ihren Tod verantwortlich war.« Seine Stimme wird rau. »Icelus.«

Die nächste Erinnerung geht im Bruchteil einer Sekunde vorbei und zeigt Kojo, Valerian, Asha und mich, wie wir draußen barfuß laufen.

»Das Fenster geht gleich kaputt«, sagt Valerian, und zwei Erinnerungen blitzen in der Zeit, die er braucht, um diesen Satz zu beenden, auf. In einer züchtigt ihn sein Vater für etwas, in der anderen treiben er und Kojo einen Sport, dessen Regeln in dieser Geschwindigkeit unmöglich zu verstehen sind.

Das nächste Dutzend Erinnerungen vergeht so schnell, dass ich nur Schnappschüsse ausmachen kann. In einer küsst er mein fünfjähriges Ich auf die Wange, in einer anderen hält er ihre Hand.

Kein Wunder, dass ich so auf ihn reagiere, wie ich es tue. Er war wahrscheinlich mein erster Schwarm.

Die Welt explodiert um uns herum und rüttelt mich wach.

———

ICH ÖFFNE die Augen in der realen Welt. Ich muss eine Weile geschlafen haben. Es war noch Tag, als ich einschlief, aber jetzt geht die Sonne auf.

Ich erinnere mich an das, was ich gerade entdeckt habe, und springe auf.

Valerian kommt bereits mit zerzausten Haaren und aufgerissenen Augen auf mich zu. »Ich erinnere mich an alles.«

Irgendwas an seinen Augen lässt mich abrupt innehalten.

Er hat Tröpfchen von roter Feuchtigkeit in der Nähe seiner Tränenkanäle.

Bluttränen.

Ich möchte schreien, aber kein Laut kommt über meine Lippen.

Valerians Gesicht wird aschfahl.

Kann er die schreckliche Nachricht auf meinem Gesicht sehen?

Aber nein. Er zeigt auf meine Augen, und ich weiß, was er ansieht, ohne dass er etwas sagt.

Ich reibe mich an der Feuchtigkeit, die sich in den Augenwinkeln sammelt, und schaue auf meine zitternde Hand.

Es ist Blut an meinen Fingern. Wie Valerian habe ich blutige Tränen.

Der Schrei, den ich unterdrücke, wird lauter.

Valerian dreht sich, um auf die andere Seite der Plattform zu blicken. »Dylan!«

Sie eilt herbei, bemerkt dann unsere Augen und erstarrt. »Die massive Viruslast«, flüstert sie. »Ich hatte gehofft, dass ich mit den Auswirkungen falschlag.«

»Das Heilmittel«, fährt Valerian sie an. »Weißt du, wie man das macht?«

Sie zuckt zusammen. »Maxwell sagt, sie sind nah dran, aber haben es noch nicht ganz.«

»Geh wieder schlafen und sag ihm, ein Vampir soll uns in der nahen Welt treffen«, befiehlt Valerian. »Das – oder eine Person mit einem Krug Vampirblut.«

Dylan beißt sich auf die Lippe. »Ich glaube, ich weiß, worauf du hinauswillst, und ich habe schlechte Nachrichten. Die Experten von Gomorrha haben viele Tests an Tieren durchgeführt, die mit dem Maxwell-Virus infiziert sind. Wenn Vampirblut vor den Symptomen gegeben wird, verzögert sich das Einsetzen der Symptome. Aber wenn es nach dem

Auftreten der Symptome eingenommen wird, beschleunigt das Vampirblut das Fortschreiten der Krankheit. Es gibt einen Grund dafür, dass sie extrem teure Heiler haben, die Maxwell am Leben erhalten.«

Valerians Hände ballen sich zu Fäusten. »Wir hätten Isis oder einen anderen Heiler dazu bringen sollen, sich dieser Expedition anzuschließen.«

Dylan weicht zurück. »Isis weigerte sich, erinnerst du dich?«

»Ich hätte sie mit Gewalt mitschleifen können«, knurrt er. Tief durchatmend, sagt er in einem ruhigeren Tonfall: »Hast du irgendwelche Tipps, wie man das Fortschreiten der Krankheit verlangsamen kann?«

Dylan sieht unsicher aus. »Eine Sache, die helfen könnte, ist, es ruhig angehen zu lassen. Wie wir bei Stanislav gesehen haben, senkt die Anstrengung die Abwehrkräfte des Körpers.«

»Richtig«, sagt er und klingt jetzt noch ruhiger. »Wann wirst du wieder einschlafen können?«

»Ich bin gerade aufgewacht«, sagt sie. Als sich seine Augen verengen, fügt sie schnell hinzu: »Bailey kann aber jederzeit ihre Kräfte einsetzen, um mich in den REM-Schlaf zu bringen.«

»Bailey wird es ruhig angehen lassen«, sagt Valerian mit Nachdruck. »Wie wäre es, wenn du ein paar Übungen machst, um dich müde werden zu lassen, dann eine schwere Mahlzeit isst und eine Siesta versuchst?«

»Klar, das kann ich machen«, sagt Dylan. »Ich warnte Maxwell davor ...«

»Es tut mir leid, dass ich störe«, sagt Felix und nähert sich mit einem ernsten Gesichtsausdruck. »Es gibt da etwas, was ihr sehen müsst.«

Er geht auf Stanislavs Bett zu.

Ich schaue es an – und wünsche mir sofort, ich hätte es nicht getan.

Stanislavs Haut ist ein tiefes Violett mit einem Hauch von Rot. Mit geschlossenen Augen schlägt er um sich, wie ein Mann, der von einem Dämon mit ADHS besessen ist. Leise murmelt er etwas auf Russisch, aber das einzige Wort, das ich erkenne, ist Murzik, der Name seines Kätzchens.

»Wie lange ist er schon so?«, fragt Valerian, und seine Stimme wird rauer, als er zu dem unglücklichen Chort hinübergeht.

Auf bleiernen Beinen folge ich ihm.

»Ich weiß es nicht«, antwortet Felix und schließt sich uns an. »Ich habe es gerade erst bemerkt.«

Rowan, Ariel, Fabian und Itzel eilen ebenfalls herbei und beteuern, nichts zu wissen, als Valerian sie dasselbe fragt.

Stanislavs Schläge werden langsamer, und er fängt an, etwas auf Russisch zu wimmern.

»Es tut weh«, übersetzt Felix, und seine Stimme klingt schmerzerfüllt. »Er kann sich nicht mehr festhalten.«

Ariel greift Stanislavs Handgelenk. »Bekämpfe es.

Du bist ein Chort. Was ist für dich ein schäbiger Virus?«

»Kann sie krank werden, wenn sie ihn berührt?«, flüstere ich in Dylans Ohr.

»Nicht laut den gomorrhischen Experten«, flüstert Dylan zurück. »Ihre Maske wird sie beschützen.«

Stanislav hört auf, um sich zu schlagen. Nach ein paar Sekunden hört er auch auf zu wimmern.

»Es tut mir leid«, sagt Rowan mit einem ernsten Gesicht. »Es ist vorbei. Ich kann es fühlen.«

Ariel scheint das nicht zu akzeptieren. Sie prüft Stanislavs Puls – aber sein toter Körper wird geisterhaft und verschwindet in ihrem Griff, lässt nichts zurück, nicht einmal die Kleidung.

Sie zieht sich erschrocken zurück, und Felix legt eine Hand auf ihre Schulter, die sie leicht drückt. »Die Chorts wechseln ein letztes Mal ihre Erscheinung, wenn sie sterben.«

KAPITEL ZWEIUNDDREISSIG

VALERIAN WIRBELT ZU DYLAN HERUM, und sein Gesicht ist eine Maske des Zorns. »Es geschah über Nacht. Du hast gesagt, er würde es in die nächste Welt schaffen!«

Dylan taumelt zurück. »Ich hatte es gehofft. Es tut mir leid.«

Fabian tritt zwischen Valerian und Dylan, und sein Gesichtsausdruck ist grimmig. »Wir sind alle verärgert«, knurrt er. »Wir sollten nicht vergessen, dass es die Icelus sind, über die wir verärgert sind.«

Valerian öffnet seine Fäuste. »Ich wollte nicht … Das ist eine Menge zu verarbeiten.«

Das kannst du laut sagen. Während unserer Reise war mir Stanislav immer mehr ans Herz gewachsen. Er war ganz und gar nicht so, wie ich es von den berüchtigten Chorts erwartet hatte – auf eine positive Art und Weise.

»Felix«, sage ich unsicher und denke an mein

Traumwandeln in Stanislav zurück. »Du musst es seiner Freundin sagen.«

»Natürlich«, murmelt Felix.

Ein Tröpfchen von irgendetwas rutscht mir über die Wange – wahrscheinlich Blut –, aber ich sehe nicht nach. »Sage ihr unbedingt, dass sie sich um das Kätzchen kümmern soll. Sie wird verstehen, was das bedeutet.«

Felix nickt finster.

»Es wird für sie gesorgt werden«, sagt Valerian. »Für beide.«

Ariel schaut sich um. »Möchte jemand etwas sagen?«

Fabian wendet sich dem nun leeren Bett zu. »Ich werde anfangen. Ich kenne Stanislav schon seit …« Und während er weitermacht, stürzt die Realität von allen Seiten auf mich ein.

Dies ist eine Grabrede.

Stanislav ist verschwunden.

Mein Herz drückt sich schmerzhaft in meiner Brust zusammen, meine Gefühle sind in Aufruhr. Trauer erfüllt mich, ganz sicher, aber auch eine ordentliche Dosis Schuldgefühle. Es gibt einen egoistischen Teil in mir, den Stanislavs Ableben aus den falschen Gründen betrübt: Jetzt sehen wir, wie prekär Valerians Situation ist. Und meine.

»Du solltest dich ausruhen«, drängt sich Valerians Stimme in meinen gedanklichen Nebel.

Er nimmt mich am Ellenbogen und führt mich von der behelfsmäßigen Beerdigung weg. Sobald mein

Hintern über der Bettkante schwebt, geben meine Knie nach. Ich lande gebückt in einer unangenehmen Position, aber das ist mir egal.

Valerian setzt sich zu mir und umarmt mich fest.

Sein Duft und seine Wärme verschaffen ein kleines bisschen Erleichterung – das heißt, bis ich mir erlaube, meine Situation wirklich einzuschätzen.

Trotz eines Lebens, in dem ich wie besessen Hygieia und Handdesinfektionsmittel benutzte, Berührungen, Küsse und sogar Umarmungen opferte, wurde ich krank. Und nicht nur krank. Infiziert mit einem tödlichen Virus, für das es noch kein Heilmittel gibt.

Phobetor ist wahrlich der Gott der Alpträume. Er fand einen Weg, meine schlimmste Angst Wirklichkeit werden zu lassen.

Und was für ein Alptraum das ist. Ich kann fast fühlen, wie das Virus seine unheiligen genetischen Instruktionen in meinen Zellen freisetzt, ich kann fühlen, wie meine Zellen überwältigt werden und anfangen, für den Feind zu arbeiten, indem sie Enzyme erzeugen, die dem Eindringling helfen, mehr Kopien seines ekelhaften Selbst zu machen. Ich kann mir neue Kopien des Virus vorstellen, die wie alptraumhafte Kreaturen aus dem *Alien*-Film aus den Zellen reißen. Sogar während ich dies denke, fallen dem noch mehr Zellen zum Opfer. Und noch mehr. Bis …

»Sieh mich an«, verlangt Valerian.

Gehorsam richte ich meinen Blick auf sein Gesicht.

»Es wird dir gut gehen.« Die Worte klingen eher

wie ein Befehl als eine Beruhigung.

Ich schlucke den dicken Klumpen in meiner Kehle herunter. »Wie könnte es uns wohl gut gehen?«

»Dylan wird das Rezept für das Heilmittel in ihrem nächsten Traum bekommen«, sagt er zuversichtlich. »Es wird leicht zu beschaffen sein. Wir eilen in die nächste Welt, und sie wird dort das Heilmittel herstellen, kein Problem.«

Ich starre in seine ozeanfarbenen Augen. »Wenn du versuchst, als Seher durchzugehen, muss deine Wahrsagerei verschlüsselter sein.«

Er legt einen Finger an seine Schläfe und sagt mit vorgetäuschter Konzentration: »Ich sehe dich in einem anderen Bett. Ich höre Stöhnen. Es gibt einen Teich in der Nähe.«

Ich lächele schwach. »Diese Vision ist nicht allzu mysteriös. Es gibt einen Teich in deiner Wohnung auf Gomorrha.«

Er beugt sich vor, und seine Augen leuchten. »Das ändert nichts an der Tatsache, dass es in deiner Zukunft ein Stöhnen gibt.« Und den verbleibenden Abstand überwindend, drückt er seine Lippen an meine.

Verdammter Mist. Ich küsse in der realen Welt – und es ist wunderbar. Erstaunlicherweise könnten Bakterien und Viren nicht weiter aus meinen Gedanken entfernt sein. Stattdessen sind alle meine Sinne auf Valerian gerichtet, auf die Art und Weise, wie seine Lippen sich anfühlen, wie sein Atem warm und leicht süß ist … wie die eben noch ängstlichen

Schmetterlinge jetzt in meinem Bauch in einem Paarungstanz mit ihren Flügeln schlagen.

Den Kuss vertiefend, ergreife ich seine Hand und schiebe sie unter mein Shirt.

Er versteift sich und zieht sich zurück.

Ich schaue ihn verletzt und verwirrt an.

»Das können wir nicht«, sagt er abgehackt.

»Du kannst uns mit deinen Kräften Privatsphäre verschaffen«, protestiere ich.

»Das ist es nicht. Du brauchst Ruhe, und weiterzugehen wäre genau das Gegenteil.«

Weiterzugehen.

Ist es das, was ich will?

Unglaublicherweise ja. Ganz und gar ja.

»Warum legst du dich nicht hin?«, sagt er. »Ich werde mal nachsehen, ob Rowan ihre Zombies noch etwas schneller machen kann.«

»Aber …«

Doch er ist schon aufgestanden und entfernt sich.

Pfui Teufel. Die dumme Dylan und ihr *Lasst-es-ruhig-angehen*-Ratschlag. Wenn das Virus mich tötet, werde ich wirklich sauer sein, dass ich diesen Moment gerade nicht genutzt habe.

Mein Herz flattert immer noch wie ein Blatt in einem Tornado, und ich atme ein paar beruhigende Atemzüge – obwohl das, was ich eigentlich brauche, eine kalte Dusche ist.

Mein Puls rast trotz des Versuchs, mich zu entspannen, weiter.

Moment einmal. Sind Herzklopfen nicht ein

Symptom?

Nein. Auf keinen Fall. Zu früh. Außerdem liegt in diese Richtung ein weiterer Ausraster.

Ich lenke mich besser ab – und ich kenne genau das Richtige.

Auf dem Bett ausgestreckt, berühre ich Poms Fell und gehe in die Traumwelt.

———

SOBALD ICH IN meinem Traumpalast erscheine, verlasse ich meinen Körper, gleiche meinen Puls aus und springe wieder hinein.

Pom erscheint vor mir, und sein Gesichtsausdruck ist bedrückt.

Ich bin hierhergekommen, um ihn auf den neuesten Stand zu bringen, aber er könnte schon etwas wissen.

»Ist alles in Ordnung?«, fragt er statt seines sonst so fröhlichen Hallos.

»Nein«, sage ich und erzähle ihm von dem Virus-Problem.

Während ich rede, wird sein Fell schwarz.

»Es tut mir leid«, sage ich, als ich fertig bin. »Im Nachhinein betrachtet bin ich ein schrecklicher Wirt.«

Die Spitzen von Poms Ohren röten sich. »Das ist dumm. Selbst mit dem Virus im Hinterkopf würde ich nicht der Symbiont eines anderen sein wollen.«

»Danke.« Ich hebe ihn vom Boden hoch und drücke ihn gegen meine Brust. »Auf der positiven Seite hat mir dieser Virus gezeigt, was ein echter Parasit ist. Ich hätte dich nie etwas anderes als einen Symbionten nennen dürfen.«

Pom wackelt mit den Ohren. »Ich habe versucht, dir das klarzumachen.«

»Das hast du«, sage ich. »Und jetzt sage ich dir, dass ich es auch so empfinde.«

Er windet sich aus meinem Griff und landet anmutig auf dem Boden. »Was ist mit Valerian? Hast du *ihm* gesagt, was du für ihn empfindest?«

Ich zögere, dann schüttele ich den Kopf. »Ich bin mir sicher, dass er es weiß.«

»Woher? Ich glaube, nicht einmal du weißt es.«

Ich seufze verärgert. »Was macht es schon, wenn wir beide …«

»Du kannst manchmal so dumm sein.« Sein Fell ist jetzt tiefrot. »Manchmal mache ich mir Sorgen, dass ich zu viel von deinem Gehirn benutze.«

Ich verenge meine Augen. »Was meinst du damit, *mein Gehirn zu benutzen?*«

Sein wütender roter Farbton verwandelt sich in ein schuldiges Rote-Rüben-Rot. »Nun ja. Ich habe nicht gerade meinen eigenen Kopf in der realen Welt, oder?«

»Du nicht, aber …«

»Als Teil unserer symbiotischen Verbindung mit den Moofts leihen wir Loofts uns einige Gehirnzellen, um unser Bewusstsein erweitern zu können. Später stimulieren wir die Neurogenese, um das zu kompensieren …«

»Weißt du was? Ich glaube nicht, dass ich es wissen will.« Ich verschränke meine Arme vor der Brust. »Sag mir nur eine Sache … Wenn ich mit dir rede, rede ich dann mit mir selbst?«

»Meine Neuronen haben eine sehr begrenzte Interaktion mit deinen eigenen.« Sein Fell ist ein Kaleidoskop von Farben. »Ich bin eine separate Einheit, eine, die zufällig Dinge mit dir teilt.«

»Ja«, sage ich sarkastisch. »Dinge wie mein Blut, und, wie sich herausstellt, auch mein Gehirn.«

»Ich dachte, du wüsstest es. Wie dachtest du, dass ich deine Kräfte nutzen konnte? Oder deine Gedanken aufnehmen kann?«

Ich massiere mir den Nasenrücken. »Du musst den Teil meines Gehirns gestohlen haben, der dafür verantwortlich war, genau diese Fragen zu stellen.«

»Wie ich schon sagte, Neurogenese …«

»Und wie ich schon sagte, ich möchte die Details lieber nicht wissen. Wie wäre es, wenn wir stattdessen ein Spiel spielen?«

Als ich sehe, wie schnell er sich glücklich lila färbt, fühle ich einen Anflug von Schuldgefühlen, weil ich ihm das nicht öfter angeboten habe.

Besser spät als nie.

Wir spielen jedes Spiel, von dem ich je gehört habe, dann erfinden wir ein paar eigene und spielen diese.

»Ich bin müde«, sagt er, nachdem ich ihn bei unserer neuesten Erfindung dreimal geschlagen habe: Drei gewinnt, aber auf einer dreidimensionalen Anordnung von Zellen, mit Kätzchen und Welpen anstelle von Nullen und Kreuzen.

»Wie wäre es, wenn du dich ausruhst?«, sage ich.

»Ich dachte mir, ich gebe eine kostenlose Therapiesitzung für alle meine Klienten.«

»Klug«, sagt Pom weise. »Man sagt, wenn man anderen hilft, kann man sich besser fühlen.«

»Schön. Altruismus ist also selbstsüchtig.«

Er grinst und lässt seine Grinsekatze verschwinden.

»Ich könnte ein besseres Gefühl gebrauchen, das ist sicher«, murmele ich und teleportierte mich zum Turm der Schlafenden.

Natürlich. Gerade als ich in Geberlaune bin, schläft kein einziger meiner Patienten.

Gut.

Ich gehe in die Erinnerungsgalerie und stelle meinen ersten Kuss in jedem saftigen Detail nach. Wenn ich das Virus überlebe, ist dies eine Erfahrung, die ich immer und immer wieder genießen möchte.

Da ich hier bin, lasse ich einige meiner anderen Lieblingserinnerungen abspielen – besonders die mit Mama.

Arme Mama. Unglück hat einen Sinn für Ironie. Obwohl ich vielleicht die Kraft bekommen habe, sie aus ihrem komatösen Zustand herauszuholen, wird ein Virus mich davon abhalten, dies zu tun.

Nein, nicht daran denken. Auf schlechten Ergebnissen zu beharren ist nicht Teil von *die Dinge leicht angehen lassen.*

Mama zuliebe schaffe ich die beruhigendste Umgebung um mich herum, die ich mir ausdenken kann, um dann gefühlte Tage zu meditieren. Irgendwann wird es mir sehr, sehr langweilig, die

Dinge entspannt anzugehen. Wenigstens ist zumindest die Traumwelt irgendwie entspannend.

Auf jeden Fall sollte ich nachsehen, wie es Valerian geht.

Zu diesem Zweck rüttele ich mich wach.

———

NOCH BEVOR ICH die Augen öffne, wird mir klar, dass dies eine schlechte Idee war.

Hier draußen, in der realen Welt, hämmert mein Herz unregelmäßig in meiner Brust.

Jetzt gibt es keinen Zweifel mehr.

Es ist ein Symptom des Virus.

Als ich meine Augen öffne, sehe ich Valerian ausgestreckt auf seinem Bett liegen. Jemand hat es verschoben, damit es neben meinem steht.

Valerian bemerkt, dass ich ihn anschaue, und setzt sich mit einem Stöhnen auf.

Ich betrachte seinen Brustbereich. »Ist dein Herz …«

»Deines auch?«, fragt er besorgt.

Ich nicke. »Außerdem glaube ich, dass ich verhungere.«

Sein Gesicht verdunkelt sich weiter. »Bist du sicher, dass es Hunger ist?«

Ich achte auf das nagende Gefühl in meinem Bauch.

Verdammter Mist. Es könnte durchaus das dritte Symptom sein. Wenn dem so ist, ist die lilafarbene Haut als Nächstes dran, und danach das Ende.

»Es gibt gute Nachrichten«, sagt Valerian und deutet in die Richtung, in die wir uns bewegen. »Wir sind fast da.«

Ich setze mich auf.

Ja. In der Ferne erkenne ich den Bergkamm.

Trotzdem, wenn man bedenkt, wie schnell das Virus mit der wahnsinnigen Viruslast, die wir abbekommen haben, voranschreitet, schaffen wir es vielleicht nicht bis zu den Toren. Und selbst wenn wir es schaffen, hat Dylan, soweit ich weiß, das Heilmittel nicht.

Wenn man vom Teufel spricht. Dylan kommt herüber, mit einem aufgeregten Gesichtsausdruck. »Ich bin gerade aufgewacht. Maxwell hat mir erklärt, wie man das Heilmittel herstellt. Es ist ganz einfach. Ich kann es in diesem Labor im Krankenhaus auf der nächsten Welt machen.«

Okay. Jetzt haben wir eine Chance. Eine kleine, aber wenigstens etwas.

»Was denkst du, wie hoch sind die Chancen, dass wir so lange durchhalten?«, fragt Valerian und spricht damit meine Bedenken aus.

»Es ist schwer, das mit Sicherheit zu sagen«, sagt Dylan. »Meine Hoffnung ist, dass ihr es schafft.«

Sie hoffte auch, dass Stanislav es schaffen würde, und das ging nicht so gut aus.

»Ich will mehr als nur Hoffnung«, sagt Valerian. »Rowan«, schreit er. »Kannst du hierherkommen?«

Rowan eilt mit einem neugierigen Gesichtsausdruck herbei.

»Gibt es eine Möglichkeit, diese Reise noch etwas zu beschleunigen?«, fragt Valerian.

»Ich habe alle Helfer von den Feldern gestohlen, an denen wir vorbeigekommen sind«, sagt Rowan. »Abgesehen davon, ihnen selbst beim Tragen zu helfen, bin ich mir nicht sicher, was ich sonst noch tun könnte.«

»Sollten da nicht ein paar Zombies am Tor sein?«, frage ich.

Rowan reibt sich die Stirn. »Einen Punkt für Dornröschen. Lass mich nachsehen.«

Der tote Vogel, den Rowan vorhin gefunden hat, fliegt hoch und erkundet den Weg vor uns.

Während ich warte, betrachte ich sorgfältig Valerians Haut.

Da ist ein Hauch von purpurrot – obwohl es der Stress sein könnte, der meinen Augen einen Streich spielt.

Ein Blick auf meinen Handrücken ergibt das gleiche Ergebnis. Ich glaube, mein Hautton entspricht fast Purpurrot, aber ich bin mir nicht sicher.

Rowan runzelt die Stirn, und ihr Blick ist distanziert.

»Was ist los?«, fragt Dylan.

Rowans Tonfall ist düster. »Lass mich den Vogel hinabfliegen, um sicher zu sein.«

Sie konzentriert sich für die nächste Minute, dann schaut sie uns gequält an. »Es sind die Icelus. Sie versperren uns den Weg zum Drehkreuz.«

KAPITEL DREIUNDDREISSIG

WIR FANGEN AN, sie mit Fragen zu überschütten, aber sie zuckt zusammen und ruft etwas auf Nekronisch aus.

»Mor vernichte sie«, knurrt sie auf Englisch. »Anscheinend sind Pre-Vampire erfahrene Springer. Der Hilfsvogel wurde gefangen.«

»Ganz ruhig«, sagt Valerian. »Bist du sicher, dass wir hier über Icelus reden?«

»Percival, der Pre-Vampir, ist derjenige, der gesprungen ist«, sagt Rowan. »Die anderen sind auch aus Exozars Traum. Ich war mir noch nie sicherer.«

»Und sie haben deinen Vogel?«, frage ich und fühle mich krank. Abgesehen von der Gefahr, die von Icelus ausgeht, verheißt die Verzögerung nichts Gutes für Valerian und mich. »Also wissen sie, dass wir kommen?«

»Sie wissen vielleicht nicht, dass der Vogel ein Helfer war«, sagt Rowan, ohne wirklich daran zu glauben. »Sobald sie ihn gefangen hatten, habe ich die Kontrolle zurückgezogen, so dass sie denken könnten, dass er aus Angst, gefangen zu werden, gestorben ist.«

»Kommt alle her«, ruft Valerian. »Wir müssen reden!«

Fabian, Ariel, Felix und Itzel eilen herbei, und Rowan erzählt ihnen, was sie gerade herausgefunden hat.

Einige derselben Fragen wie vorher werden gleichzeitig gestellt.

»Leute, haltet die Klappe«, sage ich streng. »Wir brauchen einen Plan, nicht ein Spiel mit zwanzig Fragen – und ich glaube, ich habe einen. Felix, wie ist die Reichweite deiner Kräfte?«

Er sieht aus, als hätte gerade eine Glühbirne über seinem Kopf geleuchtet. »Ich bin schon dabei«, sagt er und schießt einen Bogen magentafarbener Energie in die Ferne.

Bald schimmert Metall aus dieser Richtung, was beweist, dass Felix und ich den gleichen Gedanken hatten.

Rowan neigt ihren Kopf. »Gehört es zum Plan, heimlich zu agieren?«

»Felix ist dabei, sich wieder mit seinem Roboteranzug zu vereinen«, erkläre ich ihr. »Im Inneren des Anzugs sind unsere Waffen, darunter auch Giftgranaten. Mein Plan ist inspiriert von dem, was Exozar uns angetan hat. Du schickst einen Zombie mit einer Granate rein, und ...«

»Wenn Pre-Vampire sterben, verwandeln sie sich in

Vampire«, sagt Ariel mit Abneigung. »Wir werden einfach mächtigeren Feinden gegenüberstehen.«

»Aber wir haben eine Nekromantin.« Ich nicke Rowan zu. »Sie kann Vampire übernehmen und sie dazu bringen, ihren Befehlen zu folgen. Das kannst du doch, oder nicht?«

»Das ist ein guter Plan«, sagt Rowan. »Es sei denn, der Wind bläst uns das Gift entgegen.«

»Die Masken halten das Gift ab«, wirft Itzel ein.

»Das ist toll für diejenigen mit Masken«, sagt Rowan. »Was ist mit mir, Dornröschen«, sie sieht mich an, »und deinem Verehrer?«

Meinem Verehrer?

»Wir haben Ersatzmasken, die für Mitglieder des Teams gedacht waren, die es nicht geschafft haben«, sagt Itzel. »Diese Masken passen euch dreien vielleicht nicht gut genug, um sie lange zu tragen, aber wenn ihr eine fest an euer Gesicht haltet, haltet ihr das Gift draußen.«

»Warum sollten wir den Icelus so nahe kommen, dass wir überhaupt von dem Gift bedroht sind?«, fragt Felix.

Rowan kratzt die gebleichte Seite ihres Kopfes. »Ich habe nur einmal einen Vampir übernommen. Es war zur Selbstverteidigung, als ich auf der Erde war. Ich bin mir ziemlich sicher, dass ich dafür in der Nähe sein muss.«

»Das macht nichts«, sagt Valerian. »Pre-Vampire oder Vampire – ich kann uns für ihre Augen unsichtbar machen.«

Rowan schaut skeptisch, aber Valerian muss ihr eine schnelle Demonstration seiner Macht zeigen, denn ihre Augen weiten sich, und sie pfeift beeindruckt.

»Ich finde den Plan gut«, sagt Fabian. »Besonders wenn Rowan einen oder mehrere der Icelus dazu bringen kann, mit uns nach Gomorrha zum Verhör zu kommen.«

»Scheint machbar zu sein«, sagt Rowan. »Zumindest in der Theorie.«

»Mir gefällt der Plan auch«, sagt Valerian und wirft mir einen anerkennenden Blick zu.

Etwas flattert als Antwort in meinem Bauch und lässt die virusbedingte Magenverstimmung fast verschwinden.

»Das sieht nicht nach Technologie der Erde aus«, sagt Rowan und schaut auf die vier Gliedmaßen des sich nähernden Roboters.

»Ich habe Felix geholfen, das zu bauen«, sagt Itzel stolz. »Viele der Teile sind aus Gomorrha.«

»Bitte«, sagt Felix. »Ich hätte ihn auf der Erde bauen können, wenn …«

»Mach das Ding auf und lass uns zur Sache kommen«, sagt Valerian streng.

Felix sieht verlegen aus, hält den Roboter an und lässt ihn seine Ummantelung öffnen.

Ariel eilt herbei und ergreift ehrfürchtig den Griff des Torschwertes, das Chester ihr gegeben hat. Dann untersucht sie die Waffen und wirft sie in den

Rucksack, während sie etwas über einen Mangel an Munition murmelt.

Fabian zieht eine gomorrhische Pistole und Stanislavs Säbel heraus und gibt beides Dylan. Als ihre Finger sich berühren, errötet Dylan.

Valerian nimmt seine Sai wieder in Besitz, und ich bekomme mein Katana und die gomorrhische Waffe zurück.

»Du hättest nicht aufstehen sollen«, sagt Valerian, während ich meine Waffen befestige. »Lass es ruhig angehen.«

Ich hebe mein Kinn an. »Du bist aufgestanden, also bin ich auch aufgestanden.«

Er schüttelt den Kopf, geht hinüber zu seinem Stuhl und lässt sich demonstrativ darauffallen.

Ich ahme ihn nach, und sobald ich das tue, wird mir klar, wie schwach mich das Virus bereits gemacht hat.

Sitzen ist eine Erleichterung.

Felix nimmt den Rucksack aus dem Roboter und legt ihn auf den Boden, bevor er sich vom Anzug umhüllen lässt.

Itzel stöbert im Rucksack, bis sie drei Masken findet, die ungefähr die erforderliche Größe zu haben scheinen, zusammen mit einem Satz Werkzeuge.

Als wir die Masken anprobieren, passt keine einzige.

»Dafür sind die Werkzeuge da«, sagt Itzel unbeirrt und fängt an, mit den Masken herumzuspielen.

In der Zwischenzeit holt Fabian eine Giftgranate

aus dem Rucksack und gibt sie Rowan, die sie einem Zombie mit besonders muskulösen Beinen gibt.

»Hier«, sagt Itzel und reicht mir nur die Vorderseite einer Maske. »Halte sie fest an dein Gesicht.«

Ich tue es, und die Ad-hoc-Gerüche der Bergluft verschwinden.

Zustimmend nickend, gibt Itzel auch Valerian und Rowan die zerhackten Masken. Wie ich drücken sie die Masken gegen ihr Gesicht, halten sie dort fest, und ihre Muskeln sind angespannt.

Fabian zieht sich aus, verwandelt sich aber nicht in seine Wolfsform, was eine Ablenkung für den weiblichen Teil des Teams, besonders für Dylan, darstellt.

Den Rest des Weges zum Canyon reiten wir in angespannter Stille. Schließlich kommen wir am Eingang an, wo Felix den Roboter vorher zurückgelassen hat.

»Die Icelus sind gleich da drüben«, flüstert Rowan und zeigt auf den kleineren Canyon.

»Ist das nah genug für dich, um sie zu übernehmen?«, fragt Valerian mit leiser Stimme.

»Das sollte gehen«, antwortet sie. »Kannst du uns von hier aus unsichtbar machen?«

»Nein«, sagt er. »Aber ich denke nicht, dass wir ihnen näher kommen sollten.«

Rowan nickt, und der Zombie mit der Granate eilt in die Schlucht. Der Rest der Zombies setzt unsere Plattform ab, und wir bereiten für alle Fälle unsere Waffen vor.

Rowans Augenbrauen ziehen sich zusammen. »Percival fehlt, aber der Rest von ihnen ist da.«

Wir überblicken den Canyon, in dem wir uns befinden. Er ist groß genug für jemanden, um sich hinter den Felsen zu verstecken.

Unsere Zombies zerstreuen sich.

»Ich werde sie nach ihm suchen lassen«, erklärt Rowan.

»Vergiss nicht, die Granate zu werfen«, sagt Valerian. »Wenn du die frischen Vampire übernimmst, hast du mehr Ressourcen, um nach dem verschwundenen Percival zu suchen.«

»Schon erledigt«, sagt sie. »Sie ersticken, während wir sprechen.«

Ein paar Minuten später stürmt ein Geschwader von Vampiren aus dem Canyon – ganz klar unter ihrer Kontrolle.

Ein Schatten verdunkelt den Himmel für eine Sekunde.

Ich schaue steil nach oben und erwarte einen weiteren Vogel, aber es ist eine Person, die auf uns zustürzt.

»Percival!«, rufe ich und zeige auf ihn.

Alle Köpfe legen sich in die Nacken und folgen meinem Blick. Sie müssen sich dasselbe fragen wie ich: Wo ist er hergekommen? Ist er von der Klippe über uns gesprungen? Oder ist er hinter einen Felsen zwölf Meter entfernt hervorgesprungen?

In jedem Fall hat Rowan nicht übertrieben.

Diese Pre-Vampire können springen.

Ich ziele mit meiner Waffe und schieße.

Ich muss ihn verfehlt haben. Percival landet, seine Beine sind auf wundersame Weise ungebrochen, und bevor jemand auch nur blinzeln kann, schleudert er etwas auf Valerian und Rowan.

Rowan bricht zusammen, und die Maske in ihrer Hand rollt zur Seite.

Die Vampire, die sie kontrollierte, blinzeln und schütteln verwirrt den Kopf.

Nicht gut.

Valerian schlägt ebenfalls auf den Boden, und seine Maske rollt weg.

Verdammter Mist.

Ich ziele mit meiner Waffe, gerade als Fabian sich in seine Werwolfform verwandelt. Schnell ändere ich die Einstellung auf nicht-tödlich – wenn ich Percival töte, mache ich einen weiteren Vampir aus ihm, mit dem wir es dann zu tun haben.

Ich schieße.

Ich muss wieder danebengeschossen haben.

Percival schleudert etwas auf mich, gerade als Fabians Klauen an seinem Hals kratzen.

Ich fühle einen scharfen Stich in meinem Nacken, dann Schwärze.

KAPITEL VIERUNDDREISSIG

ICH KOMME ZUR BESINNUNG, gerade als Fabians Klauen den Hals von Percival verfehlen. Entweder hat sich ihr Kampf wiederholt – oder was auch immer Percival gegen mich eingesetzt hat, hat nicht gewirkt.

Ich habe allerdings keine Zeit, lange darüber nachzudenken, denn die neu erschaffenen Vampire sind da und beginnen ihren Angriff.

Vier springen mich an, und ich schwinge mein Katana in weiten Kreisen, um sie in Schach zu halten. Ein Vampir aus der Kerngruppe stürzt sich auf Itzel, bekommt aber eine Blitzkugel in die Brust.

Zwei greifen Ariel an. Sie schlägt den einen, aber das verschafft dem zweiten eine Gelegenheit – und er versenkt seine Reißzähne in Ariels Hals.

Verdammter Mist, nein.

Ariel fällt auf die Knie, und ihre Haut erblasst mit jedem halben Liter Blut weiter, den ihr der Vampir stiehlt.

Ich schwinge mein Katana auf die Vampire, die mich angreifen, und im Augenwinkel entdecke ich einen Vampir, der einen Arm von Felix' Anzug abreißt.

Der Schrei von Felix lässt mein Blut gefrieren. Dieser Metallarm muss seinen eigentlichen Arm enthalten haben – anders kann man die Blutfontäne, die aus dem kaputten Anzug sprudelt, nicht erklären.

Das darf nicht wahr sein.

Aber das ist es. Ein anderer Vampir bohrt ein Loch in Dylans Brust, reißt ihr das Herz heraus und saugt ihr Blut aus.

Die Vampire, die mich angreifen, werden immer dreister, und ich schwinge mein Katana in immer größeren Kreisen, in dem verzweifelten Bemühen, die Angreifer fernzuhalten. Aber meine Arme ermüden, und ich weiß nicht, wie lange ich das durchhalten kann.

Dann bemerke ich etwas anderes am Rande meines Blickfelds. Valerian schlägt um sich, genau wie Stanislav kurz vor seinem Ende. Seine Haut ist ein tiefes Violett mit nur einem Hauch von Rot.

Nein. Bitte nicht. Alles andere, aber nicht das.

Ich verdoppele meine Anstrengungen gegen die Vampire, auch wenn meine Kraft mit jeder Sekunde abnimmt. Ich kann Valerian nicht sterben lassen. Ich weigere mich. Er muss leben. Er muss es schaffen, auch wenn ich es nicht schaffe. Er darf nicht so schrecklich sterben, so …

Ein pechschwarzer Pom taucht zwischen mir und dem Vampir in meiner Nähe auf.

»Du wolltest, dass ich eingreife, wenn du einen Alptraum hast«, sagt er, und lässt seine Ohren hängen. »Hier bin ich. Das ist ein besonders übler.«

Ich schaue auf mein Handgelenk.

Pom ist nicht da.

Aber wie …?

Dann verstehe ich es. Das Ding, das mir in den Hals gestochen hat, war ein Injektionspfeil mit diesem Schlafmittel. Natürlich. Ich sah, wie Percival Exozar eine Menge davon gab. Er hat offensichtlich einige davon für den eigenen Gebrauch behalten.

In der Hitze des Kampfes erkannte ich die verfluchten Spritzen nicht als das, was sie waren.

Ich atme erleichtert aus. Ariel und Dylan wurden nicht getötet. Valerian ist nicht in das letzte Stadium des Virus eingetreten und Felix hat seinen Arm nicht verloren – das war alles ein Alptraum.

Andererseits … Wer weiß, was in der Außenwelt passiert. Es ist möglich, dass sie tot *sind*, nur auf eine andere Art und Weise, als das Mittel mich sehen ließ.

»Solltest du dich nicht selbst aufwecken?«, fragt Pom, meine Gedanken aussprechend.

»Noch nicht«, sage ich und teleportiere mich zum Turm der Schlafenden. »Ich muss Rowan und Valerian aufwecken. Er kann uns für die Vampire unsichtbar machen, und sie kann sie komplett übernehmen.«

Wow. Rowan und Valerian sind hier. Für eine Sekunde war ich besorgt, dass sie mit etwas anderem als Koshmar geschlagen wurden – oder schlimmer noch, dass sie getötet wurden, während ich träumte.

»Was ist das?«, fragt Pom und spitzt seine Ohren. »Machst du diese Musik?«

Verdammter Mist.

Es ist wieder der *Tanz der Zuckerfee.*

»Der Nussknacker«, sage ich zähneknirschend.

KAPITEL FÜNFUNDDREISSIG

WAS FÜR EIN MIST. Der feindliche Traumwandler hätte zu keinem schlechteren Zeitpunkt angreifen können und das ist wahrscheinlich der Punkt.

Da es das letzte Mal so aussah, als würde mir ein zufälliger Schauplatz auf der Erde helfen, ihn zu bekämpfen, tue ich es wieder und teleportiere mich zum Eingang des insektoid aussehenden Opernhauses in Sydney in Australien.

Gleichzeitig versuche ich, mich wachzurütteln.

Es funktioniert nicht, und der Grund dafür ist klar. Der Nussknacker erscheint vor mir, und sein clownhaft bemalter Mund ist höhnisch verzogen.

Verdammter Mist. Er ist immer noch in der Lage, mich am Aufwachen zu hindern.

Als wir uns das erste Mal gegenüberstanden, war das vor dem Boost, und wir waren gleich stark. Dann, als wir kämpften, nachdem ich den Boost bekommen hatte, blieb alles beim Alten. An diesem Punkt dachte ich, dass ich den Boost vielleicht einfach noch nicht verinnerlicht hatte. Jetzt ist genug Zeit dafür gewesen, und ich muss eine Theorie in Betracht ziehen, die ich beim letzten Mal verworfen habe: dass er irgendwie einen Boost wie ich bekommen hat.

Eine Bazooka erscheint in seinen Händen.

Ich verändere das Schießpulver.

Irgendwie muss er das einkalkuliert haben, denn als er den Abzug drückt, zischt eine Rakete heraus.

Ich weiche aus.

Die Rakete trifft das Opernhaus, und eine riesige Explosion macht den Ort dem Erdboden gleich.

Pom, der es bis jetzt geschafft hat, bei mir zu bleiben, verschwindet, ohne auch nur das Wort *gruselig* gesagt zu haben.

Ich fliege in Richtung der Sydney Harbour Bridge. Ein Orca springt aus dem Wasser. Es ist unmöglich, dass etwas so Großes so hoch springen kann, also normalisiere ich die Schwerkraft unter dem Orca gerade so weit, dass seine Zähne mich um einen Nanometer verfehlen.

Als ich die Brücke erreiche, ändere ich auch hier die Schwerkraft und verwandele die Sohlen meiner Schuhe in Magnete, so dass ich an der Seite der Brücke parallel zum Wasser laufen kann.

Keine meiner Spielereien hält den Nussknacker auf. Er hat entweder seit Ewigkeiten Traumkampf geübt oder hat eine Ausbildung, die ihm dabei hilft, wie mir Videospieldesign.

»Je mehr Zeit du verschwendest, desto höher sind

die Chancen, dass Percival dich in der echten Welt tötet«, sagt der Nussknacker mit seiner gruselig-melodischen Stimme. »Das heißt, nachdem er mit all deinen Freunden fertig ist.«

Ich drehe mich um und manifestiere einen massiven Amboss direkt über seinem Kopf, als wären wir in einem Roadrunner-Cartoon. »Ich bin mir ziemlich sicher, dass Fabian und sein Wolfu schon Hackfleisch aus diesem Pre-Vampir gemacht haben.«

Er weicht dem Amboss aus und wirft eine Wolke von Spinnen auf mich. »Ein Pre-Vampir? Davon träumst du wohl. Percival ist einer der ältesten Vampire. Dein Werwolf ist so gut wie tot.«

Oh Mist. Das erklärt diesen Sprung mit Superkräften. Mit einem Schauder erinnere ich mich daran, wozu Edith, eine andere alte Vampirin, fähig war. Wenn Percival so mächtig ist, ist Fabian tatsächlich in Schwierigkeiten.

Wir alle sind es.

Wenn es das Ziel des Nussknackers war, mich mit dieser Enthüllung aus der Bahn zu werfen, dann funktioniert es eindrucksvoll. Ich verpasse meine Chance, die Spinnen zu vernichten, und jetzt krabbeln sie unheimlich über mich hinweg – und beißen.

Rein instinktiv tauche ich in das Wasser unter mir und verwandele meinen Körper unterwegs in Metall. Der Nussknacker weiß, wie ich aussehe, und kann mich zurückverwandeln, aber hoffentlich nicht, bevor ich seine Spinnentierfreunde losgeworden bin.

Mit einem lauten Platschen schlage ich ins Wasser und versinke wie der Klumpen Metall, der ich bin.

Die Spinnen ertrinken, wie ich gehofft hatte, aber meine Gnadenfrist ist kurz. Der Nussknacker taucht auf und steht trotz seines Holzkörpers inkongruent auf dem Meeresboden.

Mit einem Schnipsen seiner Hand bringt er meinen Körper wieder in seine Fleisch- und Blutform zurück.

Ich beginne wieder an die Oberfläche zu kommen, also justiere ich schnell die Dichte des Wassers um mich herum, so dass ich an Ort und Stelle bleiben kann.

Mit einem Grinsen erzeugt der Nussknacker eine riesige Luftblase um uns, manifestiert dann ein Schwert in seiner Hand und stürzt sich auf mich.

Mein Katana taucht gerade rechtzeitig in meiner Hand auf, um zu parieren.

Das ist nicht gut. Unser Schwertkampf lief das letzte Mal weniger schön. Zumindest nicht, bis ich meine Geheimwaffe – die Mehrkörpertechnik – eingesetzt habe.

In einem Wimpernschlag verlasse ich meinen Körper, erschaffe ein Duplikat von mir selbst und springe in beide. Ich erhebe zu zweit unsere Katanas – und werde mit zwei Säbeln in den Händen von zwei Nussknackern aufgehalten.

»Täusche mich einmal, Schande über dich«, sagen die Nussknacker unisono. »Täusche mich zweimal …«

Den Rest höre ich mir nicht an. Ich lasse das eine meiner Ichs die Stöße der beiden Nussknacker parieren, während das andere Ich den Körper verlässt und eine dritte Kopie von mir erschafft.

Es funktioniert – aber der Nussknacker macht dasselbe, und jetzt kämpfen drei von ihm gegen drei von mir.

Verzweifelt erstelle ich eine vierte Kopie.

Er tut es auch.

Na dann.

Jede Version von mir teleportiert an einen anderen Ort auf der Erde – eine zum Big Ben, eine zum Eiffelturm, eine dritte zum Schiefen Turm von Pisa und die vierte zum Brandenburger Tor.

Der Nussknacker schließt sich uns an jedem Ort an, sein Säbel prallt in einem wütenden Angriff mit unseren Katanas zusammen.

Jedes Ich hat das gleiche Problem: Unsere Scheiben verletzen seinen hölzernen Körper nicht so sehr, wie er unser normales Fleisch verletzt.

Trotzdem kämpfen wir weiter.

Das heißt, bis der Big-Ben-Nussknacker sagt: »Scheiß drauf.« Er verwandelt sich selbst in eine Atombombe und explodiert mit einer Pilzwolke über ganz London.

Verdammter Mist.

Die Big-Ben-Version von mir ist jetzt verschwunden.

Der Rest von uns kämpft verbissener, aber dem Nussknacker gefällt seine Nuklearstrategie, also sprengt er den Eiffelturm und den Schiefen Turm auf genau dieselbe Art und Weise in die Luft.

Wir sind wieder eine gegen einen.

Wenn er noch einmal Selbstmord begeht, werden wir beide in der realen Welt verrückt werden. Vielleicht wäre es keine so große Veränderung für ihn, aber mir gefällt diese Option nicht.

Ich rufe meine letzte verbleibende Kraft auf und beschleunige meinen Angriff. Der Plan ist, ihn zu sehr zu beschäftigen, als dass er sich selbst in eine Bombe verwandeln könnte.

Sein Säbel schneidet in mein Handgelenk. Blut spritzt heraus, aber ich kämpfe zu sehr, um meinen Körper zu verlassen und die Wunde zu heilen. Nach vorne ausholend, schneide ich seine rechte Schulter auf, aber meine Klinge verletzt das verfluchte Holz nicht.

Wenn ich nicht herausfinde, wer er ist, werde ich verlieren. Bald.

Er ist nicht Maxwell, aber er *ist* jemand, der mich kennt. Vielleicht jemand, den ich nicht als Traumwandler kenne. Jemand, der vielleicht kürzlich seine Kraft verstärkt hat und ...

Die Puzzleteile fügen sich krachend zusammen.

Indem ich eine Säbelscheibe pariere, erlaube ich mir einen Moment der Ablenkung und lasse meinen Gegner die Form annehmen, von der ich gerade vermutet habe, dass sie seine echte ist.

Zu meinem Schrecken funktioniert es.

Das alptraumhafte Gesicht wird attraktiv, mit symmetrischen männlichen Zügen und starken dunklen Augenbrauen. Nur die Augen bleiben dieselben.

Ich hätte diese Augen erkennen müssen, als wir uns das erste Mal trafen.

Der Nussknacker ist Ratridevi Bhairava, Valerians Entwicklungsleiter.

Oder, wie er gerne genannt wird, Rattie.

KAPITEL SECHSUNDDREISSIG

»WAS HAT MICH VERRATEN?«, fragt Rattie mit seiner eigenen Stimme und pariert gekonnt meinen nächsten Angriff.

»Ich hätte es früher erkennen müssen.« Ich rede weiter, in der Hoffnung, dass ich ihn genug ablenke, um sein Fleisch zu durchbohren. »Dein Entwicklerteam hat dich gehänselt, weil du Spinnen und Clowns überstrapaziert hast, und das Gesicht des Nussknackers ist sehr clownhaft. Ganz zu schweigen davon, dass ich nicht mehr weiß, wie viele Spinnen du mir in den Weg geworfen hast.«

Während ich spreche, pariere und schlage ich zu, aber er ist zu schnell.

»Jetzt, wo ich darüber nachdenke«, fahre ich fort, »eine wichtige Figur in der Nussknacker-Geschichte heißt *der Rattenkönig* – nicht weit entfernt von Rattie.«

Ich wehre seinen Gegenangriff ab und schneide ihm

ins Handgelenk, das spiegelbildlich zu meiner eigenen Verletzung blutet.

Strike. Sprechen als Ablenkung funktioniert.

Ermutigt, mache ich weiter. »Der Kraftschub ist das, was dich *wirklich* verraten hat.« Ich gleite wie ein Kendo-Meister aus seinem Angriff heraus. »Du magst es, die Bösewichte in deinen Spielen so aussehen zu lassen wie dich, und der große Böse in dem *Lucid-Dreamer*-Projekt – der auch der Rattenkönig genannt wird – hatte dein Gesicht in der Demo, die ich ausprobiert habe.«

Ich sehe, wie er wegen seiner Wunde langsamer wird, also ignoriere ich meinen eigenen Blutverlust und greife mit neuer Kraft an. »Du hast so getan, als würdest du dich selbst zu einem spielbaren Charakter im Spiel machen ›für die Wiederspielbarkeit‹, aber in Wirklichkeit war es, um so viel Macht zu bekommen wie ich.«

Ich erinnere ihn nicht an den anderen Hinweis, wie sein Videospiel-Design-Hintergrund ihn in der Traumwelt so beeindruckend macht. Warum sein Ego stärken? Stattdessen führe ich eine wahrhaft ehrfurchtgebietende Reihe von Bewegungen aus, die damit enden, dass die Spitze meines Katanas gegen seine Kehle drückt. »Dein Problem ist, dass ich besser bin als du.«

»Bist du das?«, spöttelt er, und ich merke, dass sein Säbel in der gleichen Position an meinem Hals liegt.

Verdammter Mist.

Wenn ich die Spitze meiner Klinge tiefer in seinen Hals drücke, macht er dasselbe mit mir.

Wir sind zurück bei dem gegenseitigen Selbstmord-Szenario – und ich sehe Entschlossenheit in seinen Augen.

Er könnte tatsächlich bereit dafür sein, zusammen verrückt zu werden.

KAPITEL SIEBENUNDDREISSIG

TÖDLICHE SPANNUNG AUFBAUEND, starren wir uns an wie zwei Revolverhelden.

Plötzlich taucht Pom hinter Rattie auf und versenkt seine Zähne in dem Ohr des Traumwandlers.

Wow. Ich schätze, all diese Mutproben sind nicht umsonst gewesen.

Ratties Augen weiten sich, und sein Kopf peitscht herum, aber Pom ist schon weg. Es gibt mutig und es gibt selbstmörderisch, und mein kleiner Symbiont kennt den Unterschied.

Aber das spielt keine Rolle. Wer zu spät kommt, den bestraft das Leben.

Mit tiefer Befriedigung vergrabe ich mein Katana in Ratties Hals.

Er gibt ein gurgelndes Geräusch von sich.

Ich mache mir nicht die Mühe, herauszufinden, was er zu sagen versucht. Ich reiße das Katana heraus und trenne Ratties Kopf sauber ab.

Als das Leben seinen Körper verlässt, trifft mich eine Schockwelle, wie die Nachwirkungen einer massiven Explosion. Es ist rohe Traum-Manipulations-Energie – und sie verdreht alles um mich herum und droht die Struktur dieser Welt zu zerreißen.

Aber das tut sie nicht.

Stattdessen zwingt sie mich zum Aufwachen.

KAPITEL ACHTUNDDREISSIG

ICH WACHE mit einem nagenden Schmerz im Bauch und einem unregelmäßigen Herzschlag in der Brust auf.

Verdammter Mist. Die Viruserkrankung schreitet voran.

Andererseits gibt es großartige Neuigkeiten. Dank meines neu gefundenen REM-Erkennungssinns kann ich fühlen, dass sowohl Rowan als auch Valerian noch leben und schlafen, zweifellos mit Koshmar-induzierten Alpträumen.

Ich sammele meine Kräfte, öffne die Augen, setze mich auf und nehme so viele Informationen wie möglich in der Spanne von ein paar Augenblicken auf.

Trotz Ratties düsteren Vorhersagen hat Percival Fabian nicht besiegt. Zumindest noch nicht. Sie kämpfen so übernatürlich schnell, dass es schwer ist, dem Geschehen zu folgen. Der Vampir bewegt sich mit einer wilden Brutalität, während der Wolf anmutig aussieht, mit ausgiebigem Hüpfen von Pfote zu Pfote bei dem Tanz, bei dem es sich um seine Kampfkunst handelt.

Felix und Ariel stehen Rücken an Rücken. Er verprügelt einen Vampir mit den vier Armen seines Anzuges, während sie einen anderen Vampir mit dem Torschwert zerschmettert. Nach dem Haufen abgetrennter Vampirkörperteile in ihrer Nähe zu urteilen, geht es dort gut voran.

Itzel und Dylan, ebenfalls Rücken an Rücken nur einen Sprung von mir entfernt, halten sich ebenfalls gut.

Itzel wirft eine Blitzkugel auf einen Vampir, der versucht, sie zu ergreifen. Ihr Angreifer fliegt fast bis dahin zurück, wo ich sitze, landet auf seinem Kopf und steht nicht mehr auf. Großartiges Ergebnis, aber ich kann sehen, dass Itzel durch den Gebrauch dieser Kraft geschwächt ist.

Zur gleichen Zeit schwingt Dylan Stanislavs Säbel unkontrolliert und ohne jede Technik. Die frischgebackenen Vampire, die sie angreifen, scheinen nicht zu begreifen, dass der Säbel in Dylans Händen gar nicht so gefährlich ist, und halten sich außerhalb der Reichweite des Dings auf. Zumindest im Moment.

Mein Blick fällt auf Valerians und Rowans unbewegliche Körper.

Ich muss sie aufwecken, angefangen mit Rowan. Wenn sie wieder die Vampire übernimmt, werden unsere Probleme …

Ein Vampir stürzt sich wieder auf Itzel. Sie schießt

einen Blitzball auf ihn. Der Vampir fliegt zurück und landet neben mir. Sein Bein ist eindeutig gebrochen, mit heraushängenden Knochen, aber er wird nicht ohnmächtig wie der Typ, der auf dem Kopf gelandet ist. Stattdessen schaut er mir in die Augen – und ich sehe den Durst in seinen blutunterlaufenen Kugeln glänzen.

Verdammter Mist.

Ich taste verzweifelt den Boden nach meinem Katana ab.

Der Vampir krabbelt mit ausgefahrenen Reißzähnen auf mich zu.

Meine Hand landet auf dem Griff. Ich greife zu, springe auf die Beine und schwinge das Katana.

Der Kopf meines Angreifers trennt sich von seinem Körper, und die Welt dreht sich um mich herum, als ob mein Kopf auf dem Boden rollen würde.

Das muss die Schwäche durch diesem verdammten Virus sein.

Eine andere Vampirin stürzt sich auf Itzel, die ihr mit der Blitzkugel einen Schlag ins Gesicht verpasst – nur um daraufhin selbst zu Boden zu fallen, bewusstlos von übermäßiger Machtanwendung.

Die Vampirin, die sie abgeschossen hat, fliegt auf mich zu.

Ich weiche aus, schlage mit meinem Katana zu und enthaupte die Angreiferin im Flug.

Die Vampirin ist nicht mehr, aber meine Benommenheit wird schlimmer.

Ich reiße mich so gut ich kann zusammen. Da Itzel

auf dem Boden liegt, ist Dylans Rücken ungeschützt, und sie scheint das nicht zu bemerken.

»Dylan, hinter dir!«, schreie ich heiser.

Aber meine Warnung kommt zu spät. Eine andere Vampirin greift von hinten nach Dylans Säbelhand und dreht sie, wodurch die Waffe zu Boden fällt. Dann bedeckt sie Dylans Nase und Mund mit ihrer Hand und schneidet ihr so die Luftzufuhr ab.

Mit aufgerissenen Augen starrt sie uns an und zischt: »Wenn ihr eure Waffen nicht niederlegt, ist sie tot.«

KAPITEL NEUNUNDDREISSIG

WEDER ARIEL noch Felix legen ihre Waffen nieder, und Fabian hört nicht auf, gegen Percival zu kämpfen – nicht, dass er außer seinen Klauen noch andere Waffen hätte.

Die Vampire, die um Dylan kreisten, drehen sich um und springen auf mich zu.

Ich umfasse das Katana fester. Wenn ich es weglege, wie der Geiselnehmer es verlangt hat, werden wir sowieso alle getötet. So wie die Dinge stehen, sollte Dylan ein oder zwei Minuten Zeit haben, bevor sie erstickt. Ich muss die Gruppe der Vampire, die auf mich zustürmen, erledigen und Rowan aufwecken, bevor das geschieht.

Ich lasse mich nicht auf die Alternative ein. Denn wenn Dylan nicht überlebt, ist jede Chance, das Heilmittel rechtzeitig zu bekommen, vertan. Selbst wenn wir die Vampire besiegen, werden Valerian und ich an dem Virus zugrunde gehen.

Der erste Vampir stürzt sich auf mich, bleibt aber außerhalb der Reichweite meines Katanas.

»Feigling«, forme ich mit meinem Mund und gehe in die Offensive.

Die Wunde, die ich seinem Oberkörper verpasse, würde einen Mann umfallen lassen, aber dies ist ein verdammter Vampir, also greift er immer wieder an – und wird kurz darauf von zwei anderen begleitet.

In der Unterzahl zu sein erzeugt genug Adrenalin, um meine Benommenheit abklingen zu lassen, und ich hacke dem nächsten Vampir, der versucht, mich zu erwischen, die Hand ab und enthaupte den darauffolgenden.

»Spring auf das Katana!«, höre ich Percival aus der Ferne schreien.

Niemand würde so einem Befehl gehorchen. Es sei denn … Haben diese Vampire einen Sire-Bond mit Percival? Das passiert, wenn ein Pre-Vampir das Blut eines Vampirs trinkt, bevor er sich verwandelt.

Das muss hier der Fall sein. Der Vampir ohne Hand springt vorwärts und schiebt sich auf mein Schwert.

Verdammter Mist.

Er lässt seinen Körper schlaff werden und fällt auf den Boden, wobei er das Katana mitreißt. Bevor ich auch nur eine kämpferische Haltung einnehmen kann, hält mich der Vampir direkt hinter dem Schwertspringer am Hals fest.

»Jetzt!«, brüllt er triumphierend. »Wenn ihr eure Waffen nicht niederlegt, wird auch sie hier ersticken.«

KAPITEL VIERZIG

MEINE LUNGEN BRENNEN, und mein Kopf fühlt sich
an, als hätte jemand einen Knüppel in die Hand
genommen.

Alle meine Instinkte schreien danach, um mich zu
schlagen und zu kämpfen, aber stattdessen erschlaffe
ich und lasse meinen Angreifer glauben, dass er
gewonnen hat. Ich habe nur für einige Sekunden
Sauerstoff in meinem Körper, und ich habe vor, sie
auszunutzen.

Zuerst versuche ich, aus der Ferne in Rowans
Träume einzudringen.

Nein. Diese Technik ist zu neu für mich, um sie in
diesem Zustand auszuführen.

In der Hoffnung, dass der Vampir es nicht bemerkt
oder sich nicht darum kümmert, berühre ich Poms
Fell – und weil ich das schon eine Million Mal gemacht
habe, rieche ich einen Hauch von Ozon und stürze in
die Trance, sogar während ich gewürgt werde.

———

ICH ERSCHEINE in der Lobby des Traumpalastes und stelle fest, dass ich ein Problem habe.

Der Luftmangel zieht mich aus der Traumwelt heraus.

Ich strapaziere meine Kräfte, um in ihr zu bleiben, das Gegenteil von wachrütteln. Es scheint zu funktionieren, also teleportiere ich mich direkt in Rowans Nische im Turm der Schlafenden.

Pom taucht auf, aber ich ignoriere ihn. Ich haue mit der Handfläche auf Rowans Stirn und springe in ihren Traum.

———

ANGESICHTS DES KOSHMAR-PFEILS ist es nicht überraschend, dass Rowans Traum sich auf dem Schlachtfeld der Schlucht abspielt, dort, wo wir in der wachen Welt sind.

Jeder Einzelne von uns hier ist bereits tot, eindeutig aus schrecklichen Gründen.

»Das ist zu seltsam und beängstigend«, sagt Pom, als er sieht, was mit Rowan passiert, und verschwindet prompt.

Ich kann es ihm nicht verübeln. Mit Blut und Innereien bedeckt, liegt Rowan zwischen unseren Körperteilen, die Schädeldecke geöffnet wie mitten in der Neurochirurgie. Frank ist hier, und er isst Rowans Gehirn, während sie von Zeit zu Zeit krampft – ich schätze, wenn er an den Teilen knabbert, die für die Bewegung verantwortlich sind.

Das ist eklig und beunruhigend. Andererseits habe ich kürzlich erfahren, dass mein eigenes Haustier mir so etwas angetan hat – mir einige Neuronen gestohlen hat, anstatt sie zu fressen, aber trotzdem.

Ich lasse Frank verschwinden, heile Rowans Gehirn und Schädel und entferne all das Blut aus unserer Umgebung.

»Das ist ein Traum«, sage ich zu ihr. »Du musst aufwachen und alle retten, angefangen bei mir und Dylan.«

Sie schaut mich mit großen Augen an.

»Dies. Ist. Ein. Traum«, wiederhole ich und betone jedes einzelne Wort. »Rette mich und Dylan zuerst. Verstanden?«

Sie nickt ganz leicht, spricht aber nicht – ein schlechtes Zeichen.

Ich muss darauf vertrauen, dass sie verstanden hat, was ich gesagt habe. Wir haben keine Zeit zu verlieren.

Ich rüttele sie wach.

Nun zu Valerian.

Ich teleportiere mich wieder zum Turm der Schlafenden, aber bevor ich ihn berühren kann, reißt mich der Sauerstoffmangel aus der Traumwelt.

KAPITEL EINUNDVIERZIG

EINE SEKUNDE lang ist alles schwarz, und meine Lungen fühlen sich an, als ob sie gleich platzen werden.

Dann lassen die Hände um meinen Hals los, und während ich gierig Luft hole, werde ich sanft in eine Sitzposition sinken gelassen.

Rowan hat sich eindeutig durchgesetzt.

In einer sitzenden Position zu verharren ist ein Kampf, aber ich zwinge mich, aufrecht zu bleiben und auf das Schlachtfeld zu blicken.

Die Vampirin, die Dylan würgte, hat sie auch schon losgelassen, und jetzt liegt Dylan auf dem Boden und ruht sich hoffentlich nur aus.

Felix und Ariel »töten« die Vampire, gegen die sie gekämpft haben, ohne zu merken, dass das nicht mehr nötig ist. Dann starren sie den Rest ihrer Gegner an – die unnatürlich still stehen und bereit sind, Rowans Befehlen zu folgen.

Aber nicht alle von ihnen sind unterworfen.

Percival kämpft immer noch gegen Fabian, und Fabian wird offensichtlich müde.

»Ich kann Percival nicht übernehmen!«, schreit Rowan. »Ich habe es versucht.«

Stimmt. Edith war auch immun gegen Totenbeschwörer-Kräfte.

»Helft Fabian!«, versuche ich zurückzuschreien, aber es kommt nichts aus meinem Mund.

Percival muss erkannt haben, wie schlecht seine Aussichten sind, und versucht ein verzweifeltes Manöver. Er lässt Fabians Klaue in seine Schulter eindringen und schlägt dann eine Faust in den Kiefer des Werwolfs.

Fabian fliegt hoch und landet als regungsloses Bündel.

Percivals Wunde würde jeden anderen töten, aber er kümmert sich nicht einmal darum. Was schlimmer ist: Die Wunde heilt. Rowan hetzt die Vampire auf ihr Herrchen, und in der Ferne sehe ich ihre Zombies. Sie holt sie von ihrer Suche nach Percival zurück.

Der erste von Rowan kontrollierte Vampir erreicht Percival und wird augenblicklich in Stücke gerissen. Der zweite bekommt die gleiche Behandlung. Dem dritten wird das Genick gebrochen.

All dies geschieht wahnsinnig schnell – oder mein Gehirn wird langsamer.

Rowan lässt den Rest der Vampire und die neu angekommenen Zombies Percival en masse angreifen. Auf den ersten Blick scheint es ein leichter Sieg zu sein, aber Vampirblut und Zombie-Glieder fliegen um Percival herum, und ihm geht es nicht schlechter.

Er bewegt sich übernatürlich schnell und stürzt sich auf Felix und Ariel.

Verdammter Mist. Er wird sie in Stücke reißen. Ich muss etwas tun.

Ich konzentriere mich, wie ich es noch nie zuvor getan habe. Ich stelle mir in jedem möglichen Detail vor, wie ich Valerian berühre – und weil er es ist, hat meine Vorstellungskraft überhaupt keine Probleme damit.

Percival schlägt eine Faust auf Felix' Brust, gerade als ich mich mit Valerian verbinde und in seinen Alptraum falle.

———

VALERIAN KNIET in einer Pfütze aus Blut und Fleischfetzen und hält meinen leblosen Körper in den Händen. Blutige Tränen fließen über seine Wangen, und der Ausdruck der Trauer auf seinem Gesicht zerreißt mich innerlich.

Ich lasse meinen Leichnam verdampfen und räuspere mich lautstark.

Valerian schaut mich an, und leise Hoffnung blitzt in seinen Augen auf.

»Das ist ein Traum?« Er schaut sich um. »Diese Droge?«

»Die Zeit drängt«, sage ich schnell. »Sobald du aufwachst, hilf Felix und Ariel mit Percival.«

Er springt auf.

Ich rüttele ihn wach und verlasse die Traumwelt.

VERDAMMTER MIST.

In der kurzen Zeit, die ich brauchte, um Valerian zu wecken, muss viel passiert sein.

Felix liegt ein paar Meter entfernt und hat eine riesige Delle in der Brust des Roboteranzuges.

Ariel ist auch in Schwierigkeiten. Percivals Reißzähne stecken in ihrem Hals, und er saugt sie aus, während er gleichzeitig versucht, ihr das Torschwert aus der Umklammerung zu reißen.

Erstaunlicherweise lässt Ariel die Waffe nicht los.

Ich suche nach meinem Katana. Wenn ich vielleicht …

Valerian setzt sich auf.

Normalerweise ist es unsichtbar, wenn er seine Kraft benutzt. Aber dieses Mal strömt ein Bogen pulsierender roter Energie aus seinen Fingern in Percivals Kopf.

Zu spät wird mir klar, dass es nicht helfen wird, Ariel unsichtbar zu machen.

Aber das scheint nicht das zu sein, was Valerian tut.

Percival lässt Ariel los und wirbelt mit einem Kriegsschrei herum.

Was auch immer Valerian ihn sehen lässt, muss in der Tat beängstigend sein, denn der alte Vampir zittert, als er ihm gegenübersteht.

Ariel kommt zur Besinnung und schwingt das Torschwert.

»Warte!«, schreit Valerian.

Er muss den Anführer dieser Icelus-Gruppe für eine Befragung haben wollen – und die Art der Befragung, die Valerian im Sinn hat, ist genau das, was Percival verdient.

Entweder Ariel hört ihn nicht oder es ist ihr egal. Ihr Schwert durchschneidet den Hals des Vampirs, als ob er aus Dampf bestünde. Percivals kopfloser Körper bricht zusammen, während der Kopf zur Seite rollt.

Valerian flucht.

Ariel sieht ihn ohne ein Anzeichen von Reue an. »Du bist zu krank, um ihn sicher festzuhalten, und du weißt das.«

Valerian starrt sie wütend an, aber das Fluchen verstummt.

Sie hat recht, merke ich mit einem flauen Gefühl. Valerians Hautfarbe ist ein tödliches Purpurrot.

Ich schaue auf meine Hände.

Meine auch.

Rowan eilt zu Itzel, während Ariel beginnt, Felix aus seinem zerstörten Anzug zu schälen.

»Der Zwerg ist in Ordnung«, sagt Rowan zu meiner Erleichterung.

»Felix auch«, sagt Ariel und nimmt mir eine weitere Last von den Schultern.

Rowan sieht als Nächstes nach Fabian, während Ariel sich Dylan nähert.

»Der Herzschlag des Werwolfs ist kräftig«, sagt

Rowan – und nur um ihre Worte zu bestätigen, verwandelt sich Fabian in seine nackte menschliche Gestalt, springt auf und fährt seine Umgebung mit einem beeindruckend wachen Blick ab.

Rowan wirft einen traurigen Blick auf Ariel.

Sie muss bereits wissen, was Ariel sagen will. Schließlich kann sie Leichen spüren.

Mein Atem stockt in meinen Lungen.

Ariel schaut entmutigt auf.

»Es tut mir leid«, sagt sie düster. »Dylan hat es nicht geschafft.«

KAPITEL ZWEIUNDVIERZIG

VALERIANS BLICK RICHTET sich auf Rowan. »Ich möchte, dass du sie auferstehen lässt.« Er zeigt auf Frank. »Mach mit ihr, was du für dein Haustier getan hast.«

Rowan weicht zurück. »Unmöglich.«

»Du hast es schon mal gemacht, also ist es eindeutig möglich«, knurrt Fabian.

Rowan wirft einen kurzen Blick auf Frank. »Das war ein Verbrechen aus Leidenschaft. Ich hätte es nicht tun sollen.«

»Aber du hast es getan, und er ist wieder da.« Fabians Gesicht verzieht sich, als er Dylans Körper ansieht. »Wie kann das ein Verbrechen sein?«

»Du verstehst nicht, was du da verlangst«, sagt Rowan. »Das ist nicht umsonst das größte Tabu für mein Volk. Dylan würde das nicht wollen.«

Fabian geht auf sie zu. »Dylan ging ein großes

Risiko ein, um uns bei dieser Mission zu helfen. Sie verdient es, zurückgebracht zu werden.«

Rowan geht noch einen Schritt weiter zurück.

Einen Anfall von Übelkeit bekämpfend, atme ich tief ein. »Bitte, Rowan. Wenn du es nicht für Dylan tun willst, dann tu es für mich und Valerian. Sie ist unsere einzige Chance, das Virus zu überleben.«

Rowan schaut Valerian an, dann mich, und zweifellos bemerkt sie unsere Hautfarbe und die Tatsache, dass wir kaum in der Lage sind, zu sitzen. »Warum bringe ich sie nicht als normalen Zombie zurück? Sie könnte dir Schritt für Schritt erklären, wie man das Heilmittel herstellt.«

Fabian starrt sie wütend an. »Wir brauchen nicht nur eine chemische Formel. Wir brauchen einen Wissenschaftler. Dylan hat mehrere Doktortitel. Sie ist Virologin. Keiner von uns kann tun, was sie kann, schon gar nicht, indem wir mit einem Zombie Simon Says spielen. Wenn du sie nicht zurückbringst, unterschreibst du Valerians und Baileys Todesurteil.«

Rowans Gesicht verkrampft sich, als sie ihr Haustier ansieht. »Frank ist nicht mehr so wie vorher, nach dem, was ich getan habe.«

»Er war kein Mensch«, sagt Ariel. »Er ist ein Opossum oder was auch immer.«

»Du weißt, was ich meine«, sagt Rowan. »Seine Persönlichkeit …«

»Ist sein Gedächtnis intakt?«, mischt sich Ariel ein.

»Ich denke schon.« Rowan verzieht ihr Gesicht. »Aber es gab andere Nebenwirkungen, die …«

Valerians Hände beginnen zu zittern. Er bemerkt, dass wir es sehen, und ballt seine Hände zu Fäusten. »Dafür haben wir keine Zeit. Du hast gesagt, dass du auf dieser Welt nicht mehr willkommen bist und auf der Erde Asyl suchst. Tu dies, und ich werde persönlich dafür sorgen, dass du es bekommst. Ich bin im Rat von New York und habe Gefälligkeiten, die ich dort einlösen kann. Du weißt, wie sehr Vampire deine Art verachten. Ich bin deine einzige Chance.«

Rowan seufzt besiegt und nähert sich behutsam Dylans Körper. »Das kann apokalyptisch schlimm werden. Das ist eine Menge für mein Gewissen.«

Valerians Augen glitzern kalt. »Wie wäre es, wenn ich dir helfe, mit deinem Gewissen umzugehen? Sag dir selbst, dass du keine Wahl hast, denn wenn du das nicht freiwillig tust, werde ich gezwungen sein, meine Macht einzusetzen, um sicherzustellen, dass du es tust.« Er muss ihr einen Vorgeschmack von dem geben, was er meint, denn sie erblasst zu einem fast durchsichtigen Farbton.

»Mach das bitte nicht noch einmal«, sagt sie unsicher. »Und versprich mir dies: Wenn Dylan danach fragt, sagst du ihr, dass ich keine Wahl hatte. Außerdem, was auch immer sie tut … es ist deine Schuld.«

»In Ordnung«, sagt Valerian, und sein Tonfall wird freundlicher.

Rowan kniet neben Dylans Körper, als sie einen blendenden Energiestrahl aus ihren Fingerspitzen schießen lässt, genau wie damals, als sie es in ihrer Traumerinnerung mit Frank tat.

Ich muss mich unbedingt hinlegen, aber Hoffnung und Neugierde halten mich aufrecht.

Dylan rührt sich. Rowan streicht beruhigend über Dylans Haar, während sie ihre Augen öffnet. Ihr Blick ist unfokussiert, aber sie ist eindeutig nicht mehr tot.

Strahlend eilt Fabian zu ihr hinüber. »Dylan. Geht es dir gut?«

Dylan schaut den nackten Werwolf verständnislos an. »Ich ... bin Dylan.«

»Erinnerst du dich an das Heilmittel?«, fragt Valerian sie. »Das Virus?«

Ein Hauch von Erinnerung leuchtet in Dylans Augen auf, und sie rattert eine chemische Formel heraus, ebenso wie das, was irdische wissenschaftliche Worte sein müssen, die mir nicht bekannt sind, wie Erlenmeyerkolben.

»Kannst du laufen?«, fragt Rowan sie.

Dylan steht langsam auf und dreht in stockenden, unbeholfenen Schritten einen Kreis um die Nekromantin.

Fabian schaut Ariel an. »Kannst du Bailey tragen? Ich kann Valerian und die Zwergin nehmen, und Dylan kann Felix ziehen.«

Felix setzt sich auf. »Ich glaube nicht, dass ich geschleift werden muss.«

»Ich auch nicht«, sagt Itzel, aber ohne sich aufzusetzen.

Ich ignoriere den Rest des logistischen Geschwätzes und erlaube mir, mich hinzulegen.

Das ist ein Fehler. Die Mutter aller Post-Adrenalin-Abstürze verbündet sich mit der Schwäche durch das Virus und macht mich benommener als ein betrunkenes Nilpferd auf Eis. Mein Bewusstsein schaltet sich ein und aus. Irgendwann öffne ich meine Augen lange genug, um zu sehen, wie Ariel mich in das Tor trägt. Das nächste Mal, als ich die Kraft habe, einen Blick auf die Außenwelt zu werfen, sind wir im Krankenhaus in der Nähe des Zentrums, das ein Labor hat, in dem Dylan das Heilmittel herstellen kann.

Vorausgesetzt, die wiederauferstandene Dylan kann es tun. Sie ist nicht gerade ihr normales Selbst.

Das nächste Mal, als ich zu mir komme, zittern meine Glieder, und egal wie sehr ich wissen möchte, wie es Valerian geht, ich habe nicht genug Kraft, um mich umzudrehen und nach ihm zu sehen.

Irgendwann später schüttelt mich jemand sanft.

Mit einer monumentalen Willensanstrengung öffne ich die Augen.

Es ist Ariel. Sie hat einen Becher in ihrer Hand.

»Trink das«, sagt sie sanft und legt ihn an meine Lippen. »Dylan hat das Heilmittel hergestellt.«

»Valerian«, versuche ich zu sagen, aber es kommt nur ein Keuchen aus meinem Mund.

Sie muss wissen, was ich meine, denn ein Lächeln berührt ihre Augenwinkel. »Felix gibt Valerian seine Dosis, während wir sprechen. Jetzt trink.«

Ich schlucke mit Schmerzen die bittere Flüssigkeit, die sie mir in den Mund schüttet.

»Da ist etwas drin, das dir helfen soll, zu schlafen«, sagt Ariel aus weiter Ferne.

Welche Substanz auch immer sie meinte war wahrscheinlich überdosiert.

Sobald ich meine Augen schließe, bin ich weg.

———

ICH UND EINE Abordnung von Zwergen, Elfen und anderen Cogniti aus Gomorrha kommen durch das Tor und nehmen die Welt Nekronia in Besitz. Wir tragen alle Gläser mit der Aufschrift *The Cure*, aber aus irgendeinem Grund auf Englisch geschrieben.

Das ist merkwürdig. Sollte das nicht auf Nekronisch geschrieben worden sein? Außerdem … sollten wir nicht Masken tragen? Außerdem, warum …

Ich schaue auf mein Handgelenk.

Pom fehlt.

Natürlich. Dies ist nur ein Traum.

Ich liege wahrscheinlich gerade in einem Krankenhausbett, und das Heilmittel löscht hoffentlich das Virus in meinem Körper aus. Das heißt, wenn Dylan nicht aus Versehen stattdessen ein Abführmittel hergestellt hat. Sie schien nach ihrer Auferstehung ziemlich durchgeknallt zu sein.

Trotzdem, in diesem Traum fühle ich mich großartig, ein positives Zeichen.

Als ich mich in den Turm der Schlafenden

teleportiere, wartet bereits ein bunter Pom in Valerians Nische.

»Ich wusste, dass du hierherkommen würdest«, sagt er mit wackelnden Ohren.

Ich hebe ihn auf und drücke ihn für eine Umarmung. »Wie fühlst du dich? Glaubst du, wir werden geheilt?«

Seine Stimme ist gedämpft an meiner Brust. »Ich hoffe es. Schwer zu sagen.«

Ich setze ihn wieder ab. »Wie du so einsichtig vorausgesagt hast, würde ich jetzt gerne mit Valerian sprechen. Willst du mitkommen?«

»Nein. Ich werde ein Spiel erfinden, das wir spielen können. Etwas, was ich immer gewinnen kann.«

»Viel Glück dabei.« Ich greife Valerians Handgelenk und tauche in seinen Traum ein.

———

ICH UND DER kleine Valerian sitzen in einem dunklen Schrank. Er hat einen schelmischen Ausdruck auf seinem Gesicht, und ich kichere.

Dies ist eine tatsächliche Erinnerung. Es muss eine der Erinnerungen sein, die zu schnell vorbeigeflogen ist, als dass ich sie wahrnehmen konnte.

Bevor ich meine Anwesenheit bekannt geben kann, fassen sich die Kinder an den Händen und rennen aus dem Schrank in einen Raum, in dem eines der Fenster schwarz ist.

»Ah«, sage ich laut. »Mehr unerforschte Geheimnisse.«

Der kleine Valerian hält inne, schaut mich aufmerksam an und verwandelt sich in eine erwachsene Version von sich selbst.

»Ich schlafe?«, fragt er, und sein Tonfall ist verträumt.

Ich zeige auf das schwarze Fenster. »Bereit für den Total Recall?«

Er nickt, und bevor er genug zur Besinnung kommt, um seine Meinung zu ändern, ergreife ich seine Hand, wie es die Kinderversion von mir getan hat, und schieße uns in das schwarze Glas.

———

ICH BIN WIEDER im schwarzen Ozean, und Valerian sitzt in einem Boot, genauso wie das letzte Mal.

Das Schwimmen ist auch genauso schwer, nur stört es mich diesmal nicht so sehr. Nach allem, was ich kürzlich durchgemacht habe, ist schwimmen – egal wie schwierig und lang – im Vergleich dazu ein Urlaub.

Nachdem ich einem gefühlten Tag geschwommen bin, berühre ich das Ufer, und die Flut der Erinnerungen beginnt.

———

VALERIAN und ich tauchen in einem großen Konferenzraum auf.

Ein Dutzend Erwachsene sitzen im Kreis, Valerians und meine Eltern sind darunter. In der Mitte des Kreises ist eine Person, die ich im Zusammenhang mit Soma nicht erwartet hatte.

Es ist Nostradamus, der Seher, mit seinem Werwolf, der ihm wie ein Hund zu Füßen liegt.

Der kleine Valerian ist auch hier, er steht an der Seite, wo ihn niemand zu beachten scheint.

»Oh, richtig«, sagt mein Valerian. »Ich erinnere mich jetzt daran. Ich schlich mich hinein und benutzte meine Kräfte, um mich für die anderen unsichtbar zu machen.«

Nostradamus beginnt zu sprechen. »Wenn Phobetor nicht aufgehalten wird, wird er alle zerstören, nicht nur eure kleine Welt.«

»Das wissen wir«, sagt mein Vater. »Erzähl uns etwas, was wir nicht wissen.«

»Es gibt eine Sache, die euch eine Chance auf den Sieg gibt«, sagt Nostradamus. »Eine winzige Chance.«

Mama schaut den Seher skeptisch an. »Was?«

»Nur zwei, die eins sind, können den Gott der Alpträume besiegen«, sagt Nostradamus. »Vergesst nicht: Nur zwei, die eins sind.«

Alle, auch ich und der erwachsene Valerian, starren ihn verwirrt an.

»Das ist viel zu vage«, sagt meine Mutter. »Wer sind die zwei? Wie ist man eins?«

Nostradamus steht auf. »Vielleicht habe ich schon

zu viel gesagt.«

Alle fangen an, Fragen zu schreien, aber der Werwolf knurrt sie an und führt den Seher aus dem Raum.

Damit endet die Erinnerung, und eine neue beginnt.

———

VALERIANS ELTERN STEHEN neben einer Glastür, die in einen gepolsterten Raum führt. Meine Mutter ist da drin, mit den typischen feurigen Augen der Verlorenen. Sie brüllt Obszönitäten und klettert buchstäblich die Wände hoch.

Werden die Erinnerungen schon schneller – oder verhält sich Mama einfach nur verrückt?

Der junge Valerian ist wieder hier und spioniert.

»Offensichtlich waren sie nicht die zwei«, sagt Valerians Mutter. »Sonst hätte Phobetor sie nicht übernehmen können, oder?«

»Ich denke, es ist klar, wer die zwei sind«, antwortet Davu. »Warum sonst versucht Phobetor so verzweifelt, dass ihre Eltern sie umbringen?«

»Die armen Zwillinge.« Valerians Mutter schüttelt den Kopf. »Haben …«

Sie bleibt stehen und verengt ihre Augen direkt dort, wo der kleine Valerian steht.

»Du hast vergessen, meinen Geruchssinn zu kontrollieren«, sagt sie streng. »Was habe ich dir zum Thema Ausspionieren gesagt …?«

Die Erinnerung endet.

———

DUTZENDE VON MENSCHEN versammeln sich in einem großen Raum. Der junge Valerian ist dieses Mal nicht das einzige Kind – ein paar von ihnen sind hier und sehen gelangweilt aus.

Da in der Erinnerung nichts Interessantes passiert, drehe ich mich um und schaue den erwachsenen Valerian an. »Ergibt irgendetwas davon einen Sinn für dich?«

»Ein wenig«, sagt er. »Ich war jung, als dies geschah. Wie du gesehen hast … das Wenige, was ich weiß, habe ich ausspioniert.«

»Die Zwillinge, die dein Vater meinte, sind ich und Asha?« Ich schaue mich um, um zu sehen, ob sie hier bei der Versammlung sind. Das sind sie nicht. »Phobetor hat meine Eltern übernommen und meine Schwester ermordet, weil er glaubt, wir könnten seinen Untergang herbeiführen?«

»Nenn ihn Collywobbles«, erinnert mich Valerian. »Und ich habe keine Ahnung, was er denkt, aber eure Eltern haben versucht, euch beide zu töten, während sie unter seiner Kontrolle standen. Deshalb wurden sie in gepolsterte Räume gesperrt.«

Ich reibe mir die Augenbrauen. »Wie konnten sie zu Verlorenen werden? Hat ihnen jemand diesen viralen Alptraum beschrieben?«

»Ich weiß es nicht.«

»Und was meinte der verdammte Nostradamus mit zwei als eins?«

»Das weiß ich auch nicht«, sagt Valerian. »Obwohl, in diesem Fall bezweifle ich, dass es irgendjemand verstanden hat.«

Bevor ich ihn mit weiteren Fragen überschütten kann, wendet sich seine Mutter an die Versammlung. »Liebe Illusionisten, wir versammeln uns hier schweren Herzens, um die Schicksale von Bailey und Asha zu besprechen.«

Alle schweigen und schenken ihr volle Aufmerksamkeit.

»Ich schlage einen einfachen Plan vor«, fährt sie fort. »Phobetor will, dass ihre Eltern sie töten, also müssen wir das tun, was wir am besten können. Wir müssen eine Illusion schaffen, die sie – und denjenigen, der sie kontrolliert – denken lässt, dass sie erfolgreich waren. Danach schicken wir sie ins Exil und ziehen die Mädchen heimlich auf.«

Ich sehe Valerian an, und meine Augen weiten sich.

Bevor ich etwas sagen kann, endet die Erinnerung.

———

DIESE NEUE ERINNERUNG läuft viel schneller ab, aber ich bin immer noch in der Lage, zu folgen.

Valerians Eltern stehen neben einer weiteren Glastür, die in einen gepolsterten Raum führt. Nur ist diesmal mein Vater in ihm, und er schlägt nicht um sich.

Er umarmt seine Knie, katatonisch.

»Ich weiß nicht, wie Lidia entkommen konnte«, sagt Davu. »Und es war pures Pech, dass sie Bailey auf dem Weg nach draußen sah.«

Valerians Mutter runzelt die Stirn. »Irgendeine Idee, wo sie hin ist?«

»Keine Ahnung«, sagt er.

»Nun, wir können nur beten, dass sie Phobetor für immer verbannt hat«, sagt sie. »Sonst wird er, wenn sie das nächste Mal schlafen geht, von unserem Betrug erfahren und sie Bailey wirklich töten lassen.«

Wieder endet die Erinnerung zu schnell, als dass ich etwas sagen könnte.

———

EINE VERTRAUTE SZENE BEGINNT, die in der schicksalhaften Lichtung auf Soma spielt. In der Version, die ich in Mamas Erinnerung gesehen habe, waren Asha und ich ungefähr sieben Jahre alt, und wir rannten und schrien vor Angst.

Aber meine Schwester und ich sind nicht hier.

Es sind nur meine Eltern, die mit Macheten dem Nichts nachjagen, ihre Augen die der Verlorenen.

Die Menge, die in Mamas Erinnerungen hinter meinen Eltern her war, ist auch hier. Vorne sehe ich meine Großmutter, Davu mit seiner Frau, den kleinen Valerian und Kojo und seine Eltern.

»Halt!«, schreit Davu meine Eltern an.

Sie antworten nicht, sie jagen einfach weiter dem nach, was sie für die Zwillinge halten müssen.

Ich muss meine Erinnerung an Mamas Erinnerungen nutzen, um die Details auszufüllen.

Die illusorische Asha stolpert über eine Wurzel.

Die Illusion meines jungen Ichs läuft für ein paar Augenblicke weiter, dann schaut es keuchend zurück. »Asha, nein!«, keucht sie und eilt zu ihr.

Zumindest ist es das, was meine Eltern sehen müssen – und auch Phobetor durch ihre Augen.

Dies ist der Moment, in dem die illusorische Asha zu weinen begann, und ich versuchte, sie hochzuheben.

Unsere Eltern kommen näher.

Unser Vater stellt sich der Menge entgegen, während Mama ihre Machete hebt.

Das ist, als das illusorische Ich in Mamas Erinnerung schrie: »Mama, nein!«

Mama fährt mit der Machete durch die Luft – obwohl sie natürlich denkt, dass sie gerade Asha geköpft hat.

Wie betäubt sehe ich zu, wie Mamas seltsame Augen auf eine andere Stelle starren. Eine, in der die Illusion von mir unkontrolliert schluchzen muss.

Wie in ihrer eigenen Erinnerung spannt sich Mamas Körper an, ihr Gesicht verzieht sich mit abwechselnden Ausdrücken von Leere und Entsetzen. Ihre Augen flackern zwischen magmaartigem Feuer und ihrem normalen braunen Farbton hin und her, und ihre linke Hand greift nach ihrer rechten, als wolle sie ihr die Machete stehlen. Schließlich bleiben ihre

Augen braun, und das Entsetzen verdunkelt alles andere auf ihrem Gesicht.

Wow. Das ist es, was Davu in der Erinnerung, die dieser vorausging, gemeint hatte.

Irgendwie hat Mama Phobetor aus ihren Gedanken verbannt und ihren Verlorenen-Status umgekehrt.

Sie schaut auf die blutige Machete in ihren Händen, dann darauf, wo die kopflose Asha liegen würde, wenn sie real wäre. Mit einem rauen, kehligen Stöhnen dreht sie sich um – gerade als mein Vater ihr seine Faust auf die Schläfe schlägt.

Nachdem er Mama k. o. geschlagen hat, sprintet mein Vater dorthin, wo die illusorische Version von mir sein würde, und schlitzt mit seiner Machete in die leere Luft.

Die Erinnerung endet.

IN DER NÄCHSTEN Erinnerung sprechen Valerians Eltern zu schnell, als dass ich ihre Worte verstehen könnte, aber ich glaube, sie erklären, dass sie ein schwarzes Fenster brauchen, um den Vorfall auf der Lichtung und die damit verbundenen Erinnerungen zu vergessen.

Ich höre sowieso nur halb zu, da ich verzweifelt versuche, dem, was ich gerade gelernt habe, einen Sinn zu geben.

Mama hat meine Schwester nicht wirklich getötet, genau wie mein Vater mich nicht getötet hat.

Sie wurden von den Soma-Illusionisten dazu gebracht, zu denken, dass sie dies getan haben.

Aber das bedeutet …

Die Welt um uns herum explodiert und rüttelt mich augenblicklich wach.

———

ZURÜCK IN DER REALEN WELT, öffne ich die Augen.

Der Raum ist zu dunkel, um etwas zu sehen.

Ich setze mich auf.

Jemand macht das Licht an.

Es ist Valerian. Seine Haut ist nicht mehr violett.

Ich schaue auf meine eigenen Hände und sehe, dass sie auch nicht mehr violett sind.

Mein Blick fliegt zu seinem Gesicht. »Meine Schwester lebt?«

Er kommt auf mich zu. »Erstens, wie fühlst du dich?«

»Genial«, sage ich schnell, und es ist die Wahrheit. Keine Anzeichen von früherer Schwäche oder Magenschmerzen. »Mein Herz schlägt schnell, aber das ist normal, wenn man bedenkt, was ich gerade erfahren habe.«

Erleichtert schaut er herüber und umklammert meine Hand in seiner großen Handfläche. »Bailey …«

Ich starre ihn an. »Antworte mir. Meine Schwester …«

Mitfühlend lächelnd, drückt er meine Hand. »Sie ist am Leben.«

»Und du hattest keine Ahnung?«

»Nicht die geringste. Sie haben keinen einzigen Hinweis hinterlassen.«

»Aber war sie nicht in deinen Erinnerungen an Soma? Deine Eltern sagten, wir würden dort aufwachsen.«

»Das war sie nicht. Ich vermute, dass nach der Flucht deiner Mutter – und bevor sie alle alles vergessen lassen haben – meine Eltern Asha in den Teil von Soma gebracht haben, der vom Rest getrennt ist. Das hätte ich an ihrer Stelle auch getan.«

Verdammter Mist. Ich starre ihn an, und mein Herz hüpft herum, als ob das Virus wieder da wäre. Mein Verstand rast wie wild und geht all die Erinnerungen durch, die ich gesehen habe.

Meine Schwester lebt.

Mama hat sie nicht getötet.

Ich habe eine lebendige Schwester, eine Zwillingsschwester.

Und es gibt anscheinend eine Prophezeiung über uns … und Phobetor.

Die Auswirkungen von alldem sind überwältigend, und als ich in Valerians Augen blicke, kommen die Worte wie von selbst aus meinem Mund. »Ich muss mit Mama darüber sprechen. Wenn meine Kräfte nicht in der Lage sind, sie aus dem Koma zu reißen, dann wird diese Neuigkeit …«

»Ich bringe dich zu ihr«, sagt Valerian leise, beugt sich vor und drückt seine Lippen auf meine.

LESEPROBEN

––––––

Vielen Dank dafür, dass Sie dieses Buch gelesen haben! Ich hoffe, Sashas Geschichte hat Ihnen gefallen! Ihre Abenteuer gehen weiter in *Dream Ender – Traumbrecher* (Bailey Spade: Buch 4).

Möchten Sie über meine Neuerscheinungen informiert werden? Melden Sie sich für meinen Newsletter auf www.dimazales.com/book-series/deutsch/ an!

Möchten Sie meine anderen Bücher lesen? Sie können wählen aus:

- *Das Mädchen, das sieht* – die spannende Geschichte von Sasha Urban, einer Bühnenillusionistin, die unerwartete geheime Kräfte entdeckt.

- *Gedankendimensionen* – die actionreichen Urban-Fantasy-Abenteuer von Darren, der die Zeit anhalten und Gedanken lesen kann.
- *Mensch++* – die spannende Science-Fiction-Geschichte von Mike Cohen, dessen neue Technologie unser Gehirn und die Welt verändern wird.
- *Die letzten Menschen* – die futuristische und dystopische Science-Fiction-Geschichte von Theo, der in einer Welt lebt, in der nichts so ist, wie es zu sein scheint …
- *Der Zaubercode* – die epischen Fantasy-Abenteuer des Zauberers Blaise und seiner Schöpfung, der schönen und mächtigen Gala.

Und jetzt blättern Sie bitte um, für eine Vorschau auf Kapitel 1 von *Dream Ender – Traumbrecher* und einen Auszug aus *Mindmachines (Mensch++: Buch 1)*.

VORSCHAU AUF DREAM ENDER – TRAUMBRECHER

Ich küsse Valerian.

Dies ist mein zweiter Kuss in der realen Welt, und er ist unglaublich. Das Krankenhauszimmer um mich herum dreht sich um sich selbst. Meine Finger sind in seinem dicken, seidigen Haar begraben, und seine Lippen sind weich und glatt, und seine Zunge geschickt ...

Jemand räuspert sich unhöflich.

Ich versteife. Vor diesem Moment hätte der Gedanke an Bakterien und Viren nicht weiter von mir entfernt sein können, aber jetzt dringen Bilder von postnasalen Tropfen in mein Bewusstsein ein und ruinieren die Stimmung.

Valerian weicht von mir zurück und starrt den Eindringling an – einen schüchtern aussehenden Felix, der ohne seinen Roboteranzug besonders dünn aussieht.

»Es tut mir leid.« Felix zieht sich aus dem Raum

zurück. »Ich – das heißt, die anderen ... Wenn ihr so weit seid, sollten wir zurückgehen.«

Zurückgehen. Nach Gomorrha. Stimmt.

So sehr ich es hasse, bei dem, was Valerian und ich gemacht haben, unterbrochen worden zu sein, ist es eine ausgezeichnete Idee, zurückzugehen. Nach der Verstärkung meiner Traumwandlerkräfte und der Enthüllung über meinen nicht ganz so toten Zwilling steht es ganz oben auf meiner Prioritätenliste, zu Mama zu gelangen.

»Wir sind auf einer post-apokalyptischen Welt, die von einem tödlichen Virus verwüstet wurde«, sagt Felix, der immer noch defensiv klingt. »Es ist nicht gerade ein Ort für Netflix und Chillen.«

Valerian muss Felix mit seinen Kräften etwas zeigen, denn er erblasst, dreht sich auf den Fersen um und sprintet davon.

»Wir sollten gehen«, sage ich widerwillig, mit meinen Augen auf Valerians sinnlichen Lippen.

»Fortsetzung folgt«, murmelt er mir ins Ohr und verlässt den Raum.

Mit einem Seufzer folge ich ihm.

Als ich von Nekronia in dieses Krankenhaus gebracht wurde, war ich kaum bei Bewusstsein. Jetzt, während ich mit intakter Bewusstheit durch die weißen Korridore gehe, wünsche ich mir, dass mich wieder jemand niederschlägt, damit ich nicht all die toten Körper herumliegen sehe.

Das Virus, das Icelus auf Nekronia entfesseln wollte, hatte sich zuerst hierher ausgebreitet, mit tödlichen Folgen.

Die Tristesse verfolgt mich den ganzen Weg nach draußen, wo unser Team in einem Kreis von Leichen wartet, die aufrecht stehen. Das haben wir Rowan zu verdanken, der Nekromantin, die Nekronia mit uns verlassen hat.

Als wir uns nähern, schiebt sie ihre typische Steampunk-Brille höher auf ihren Kopf, um gegen ein paar widerspenstige Strähnen ihres seltsam gefärbten Haares anzukämpfen – die Hälfte ihres Kopfes ist weiß gebleicht, die andere Hälfte ist tiefschwarz. Hinter ihr steht Fabian in seiner muskelbepackten Männergestalt, diesmal angezogen. Neben ihm steht Dylan, und ihr langes, braunes Haar ist untypisch zerzaust, und ihrem ausdruckslosen Blick fehlt die messerscharfe Intelligenz, die sie immer so lebendig machte. Itzel, unsere Zwergenfreundin, und Ariel, Felix' Uber-Mitbewohnerin, sind auch dabei.

Ariel sieht mich und lächelt mich mit einem strahlenden Lächeln an, das ihre Uber-perfekten Zähne zur Schau stellt.

»Endlich. Dornröschen ist erwacht«, sagt Rowan zu mir. »Ich wette, es war ein Kuss im Spiel.« Sie zwinkert Valerian zu.

Felix wird rot, und Valerian schüttelt den Kopf, während Itzel einfach in ihre Atemmaske hustet.

»Neu erschaffene Zombies?«, frage ich Rowan, während ich einen Blick auf die aufrechten Leichen werfe.

Sie nickt. »Ich habe einige *Helfer* für unsere Reise

gesammelt.« Sie betont den bevorzugten nekronischen Begriff.

Ariel schaut besorgt die Straße hinunter. »Das ist eine gute Sache. Die Verlorenen haben uns zweimal angegriffen, während ihr bewusstlos wart.«

Ich betrachte die Zombie-Horde, aber natürlich sehen die Verlorenen im Tod genauso aus wie andere Leichen. »Zweimal? Ich wusste nicht, dass es noch genug Menschen auf dieser Welt gibt, die noch am Leben sind, um zu Verlorenen zu werden.«

»Die gibt es«, sagt Felix. »Tatsächlich konnte ich, während du weg warst, einen Computer im Krankenhaus ausfindig machen und meine Kräfte nutzen, um in das Äquivalent dieser Welt zum Internet zu gelangen. Ich habe die Formel für das Heilmittel so weit verbreitet, wie ich konnte. Das sollte den Überlebenden eine Chance geben.«

Ariel klatscht Felix anerkennend auf die Schulter. »Ich frage mich, ob die Ratsmitglieder einen Teil des fertigen Heilmittels hier lassen könnten, wenn sie es nach Nekronia bringen.«

»Ich werde ihnen sagen, dass sie das tun sollen«, sagt Valerian. »Jetzt sollten wir uns auf den Weg machen, bevor weitere Verlorene angreifen. Wir haben kein Heilmittel für *dieses* Problem.«

Fabian schiebt die Zombies zur Seite und übergibt mir und Valerian unsere gomorrhischen Waffen. Sobald wir diese verstaut haben, gibt er mir auch mein Katana und Valerian seine Sai.

Dylan steht immer noch da, und ihr Blick ist unfokussiert.

»Dylan«, sage ich förmlich. »Ich wollte dir danken. Wenn du nicht mit dem Heilmittel gekommen wärst, wären Valerian und ich Teil von Rowans Zombie-Herde.«

Bei der Erwähnung ihres Namens schaut Dylan in meine allgemeine Richtung, trifft aber nicht meinen Blick. Auch zum Dank sagt sie nichts.

Seltsam.

Früher hatte sie sich nicht so verhalten.

Ist das einer der Nebeneffekte davon, dass Rowan sie von den Toten auferstehen lassen hat? Mit einem Anflug von Schuldgefühl erinnere ich mich daran, dass Rowan sagte, Dylan würde nicht mehr dieselbe sein, doch Valerian, Fabian und ich hatten sie gedrängt, die besondere Auferstehung trotzdem durchzuführen.

Dann erregt etwas anderes meine Aufmerksamkeit. Mit Ausnahme von Itzel trägt niemand mehr Masken – trotz der Tatsache, dass wir uns auf einer virusinfizierten Welt befinden.

Als ich danach frage, scheint Dylan ein wenig munterer zu werden. »Das Heilmittel ist nicht nur zum Heilen«, sagt sie mit einem Hauch ihres üblichen professoralen Tons. »Es funktioniert auch prophylaktisch.«

Ah, also haben sie alle davon getrunken. Clever.

Rowan fährt mit einer Hand durch die gebleichte Seite ihres Haares. »Gehen wir.«

Sie und Fabian überqueren die Straße, mit den Zombies und dem Rest von uns dicht dahinter.

Wir betreten wieder den Bahnhof, und dank Rowan gesellen sich die herumliegenden violetten Leichen zu unserer Herde von Zombies.

Aufgrund der schieren Anzahl braucht unsere Prozession eine Weile, um durch das Labyrinth der Korridore in das Drehkreuz zu gelangen, wo ich Rowan beobachte, wie sie etwas Seltsames tut: Sie packt den nächstgelegenen Zombie bei der Hand, dieser Zombie packt die Hand eines anderen, und so weiter. Sie ketten sich so lange aneinander, bis alle Händchen halten, wie ein Haufen makaberer Kindergartenkinder.

»Es ist der einzige Weg, wie ich sie durch das Tor bringen kann«, erklärt Rowan. »Auf diese Weise registrieren sie sich als mein Besitz.«

Ich werfe einen schuldbewussten Blick auf Dylan.

Rowan beugt sich vor und steckt Frank, ihr wiederauferstandenes Opossum-ähnliches Haustier, in einen Sack, der quer über ihrem Körper hängt. »Dylan ist immer noch Cogniti. Ich denke, sie wird ohne mich durchkommen. Hoffentlich.«

Fabian streckt seine Hand nach Dylan aus. »Wie wäre es, wenn wir kein Risiko eingehen?«

Wenn ich Dylan wäre, würde ich darauf hinweisen, dass ich nicht Fabians Besitz bin, aber sie greift einfach sanftmütig nach seiner Hand, während sie den Augen des Werwolfs ausweicht.

Verdammter Mist. Ich hoffe wirklich, dass dieses seltsame Verhalten nur vorübergehend ist.

Valerian schaut Rowan an. »Wo ist der Körper deines Verlobten?«

»Wir haben ihn befragt, während du draußen warst«, sagt sie. »Keyser wusste nicht viel. Der alte Vampir hatte ihn bezirzt, um jeden Befragungsversuch zu vereiteln, der das Wort *Icelus* enthielt. Das war auch, als er sich infiziert hatte und ihm von dem Alptraum erzählt wurde, der ihn zu einem Verlorenen machte.«

»Was ist mit all den Vampiren, die wir auf Nekronia getötet haben?«, fragt Valerian. »Könntest du sie zum Verhör zurückbringen?«

»Ich habe es versucht«, sagt Rowan. »Ich schätze, es funktioniert nicht mit toten Vampiren – was irgendwie Sinn macht, wenn man bedenkt, dass es ihr zweiter Tod ist und so.«

Valerian flucht leise. »Wir brauchen dringend Informationen über unseren Feind.«

Ich lege eine Hand auf seine Schulter. »Vielleicht hat Maxwell etwas für uns, wenn wir nach Gomorrha kommen.« Ich schaue Dylan an. »Hat er dir in deinen Träumen etwas zu diesem Thema erzählt?«

Dylan antwortet nicht.

»Dylan«, sagt Fabian beruhigend, »hast du geschlafen?«

Sie schüttelt den Kopf.

Rowan tätschelt den Sack, in dem sie ihr Haustier versteckt hat. »Frank schläft auch nicht.«

Vampire – eine andere Art von Untoten – auch nicht, aber es wäre nicht höflich, das zu erwähnen.

»Lass uns gehen«, sagt Rowan, und bevor irgendjemand Einspruch erheben kann, führt sie ihren Zombiezug in das rosa Plasmator.

Wir kommen bei einem Drehkreuz an, das auf einer üppigen Waldwiese liegt, auf der wir auf dem Weg nach Nekronia gezeltet hatten.

»Dieses Mal sollen alle anderen zuerst gehen«, sagt Valerian zu Rowan, als wir uns dem nächsten Tor nähern. »Auf diese Weise können wir im Falle eines Angriffs eure Ankunft verschleiern.«

Mit kaum wahrnehmbarem Augenrollen macht Rowan eine Geste, dass jeder wie ein Pförtner vorgehen soll.

Ariel, Fabian und Dylan übernehmen die Führung, Itzel und Felix folgen, und Valerian geht direkt vor mir.

Auf der anderen Seite trete ich zu Kampfgeräuschen aus dem Tor.

———

Besuchen Sie www.dimazales.com, um mehr zu erfahren!

AUSZUG AUS MINDMACHINES

Mit Milliarden auf meinem Konto und meiner eigenen Risikokapitalgesellschaft bin ich der lebende amerikanische Traum. Mein einziges Problem? Nach einem Autounfall leidet meine Mutter an Gedächtnisproblemen.

Brainozyten, eine neue Technologie, die unser Gehirn verändern kann, könnten die Antwort auf alle meine Probleme sein – aber ich bin nicht der Einzige, der ihr Potenzial sieht.

Als ich in eine kriminelle Unterwelt gerate, die düsterer ist als alles, was ich mir jemals vorgestellt hätte, droht meine lebensrettende Technologie, mein Tod zu werden.

Mein Name ist Mike Cohen, und das ist die Geschichte, wie ich mehr als menschlich wurde.

———

»Ein Heilmittel gegen Demenz und Alzheimer?« Onkel Abes graue Augen funkeln vor Erregung, genau so, wie Mutters es oft tun.

»Es ist nicht wirklich ein Heilmittel«, erkläre ich im gleichen Moment, in dem Ada meint: »Es ist eher eine Behandlung der Symptome.«

»Wie niedlich«, sagt Abe auf Russisch. »Dein Mädchen beendet schon deine Sätze.«

So als würde sie Russisch verstehen, erhellt sich Adas Gesicht mit einem verschmitzten Grinsen.

»Wir sind nicht zusammen«, sage ich Onkel Abe auf Russisch.

»Noch nicht?« Er zwinkert mir wissend zu.

»Es ist nicht höflich, vor Ada Russisch zu sprechen«, erwidere ich auf Englisch.

»Das stört mich nicht«, meint Ada. Jetzt ist der Schatten ihres Lächelns nur noch in ihren Augenwinkeln zu sehen, und sie sieht aus wie eine punkige Version der Mona Lisa.

»Trotzdem tut es mir leid«, sagt ihr Onkel Abe, wobei sein Akzent die Buchstaben T und R weicher klingen lässt.

Während wir den Flur im Krankenhaus entlanggehen, übernimmt Ada die Führung. Sie ist eine typische New Yorkerin, immer unruhig und mehrere Dinge auf einmal erledigend. Ich schaue sie verstohlen von oben bis unten an, und meine Augen bleiben an dem hängen, das ich an ihr am liebsten mag – diese spezielle Stelle zwischen den Sohlen ihrer Doc Martens und den Spitzen ihrer stacheligen Haare.

Ada blickt über ihre Schulter, und ihre braunen Augen treffen einen Augenblick lang auf meine. Hat sie gerade gespürt, dass ich sie angestarrt habe? Bevor mir das peinlich sein kann, bleibt sie vor einer grauen Tür stehen und sagt: »Das ist das Zimmer.«

Wir drei treten ein.

Im Gegensatz zu meinem Traum ist es kein OP. Es ist ein geräumiger Raum mit großen Fenstern und fröhlich blühenden Blumen auf den Fensterbänken. Auf den ersten Blick erinnert er mich an mein stylishes Loft in Brooklyn – wenn der feuchte Traum eines verrückten Wissenschaftlers die Inspiration für die Inneneinrichtung gewesen wäre.

Angestellte von Techno, meinem Portfolio-Unternehmen, das die Behandlung entwickelt hat, warten bereits im Hintergrund. Meine Mutter sitzt mit einem weißen Krankenhauskittel bekleidet auf einem OP-Stuhl, und eine Unmenge von Kabeln verbindet sie mit unzähligen hochmodernen Überwachungsapparaten. Ihre Aufmachung wird durch ein Headset vervollständigt, das aussieht, als käme es direkt aus dem alten Film *Die totale Erinnerung – Total Recall*. Das muss die »neueste Entwicklung in der tragbaren neuronalen Scantechnologie« sein, die J. C., der Vorsitzende von Techno, mir gegenüber erwähnt hat. Ich nehme mir vor, ihn *tragbar* definieren zu lassen.

Aus der hintersten Ecke des Raumes höre ich ein

»Hallo«. Die Person, die spricht, muss hinter der Wand aus Servern und riesigen Monitoren versteckt sein. Die anderen Angestellten von Techno arbeiten schweigend, auch wenn ich nicht weiß, ob sie nicht gehört haben, dass ich eingetreten bin, oder ob sie sich einfach gerade unsozial verhalten.

Es würde so einigen Mitarbeitern von Techno nicht schaden, an ihren sozialen Kompetenzen zu arbeiten. Ein Psychiater würde einige von ihnen vielleicht sogar als leichte Autisten abstempeln. Ich persönlich finde solche Stempel lächerlich. Psychiatrie kann manchmal genauso wissenschaftlich und hilfreich wie Astrologie sein – an die ich, nur um keine Zweifel aufkommen zu lassen, nicht glaube. Ein Psychiater in der High-School wollte mich auch zum Autisten erklären, weil ich »zu wenig Freunde« hatte. Er hätte auch genauso leicht zu dem Entschluss kommen können, dass ich Tourette hätte, nachdem ich ihm gesagt hatte, wohin er sich seine Diagnose stecken könne. Aber vielleicht bin ich auch nur deshalb schlecht auf Psychiatrie und Neuropsychologie zu sprechen, weil sie so wenig für meine Mutter getan haben. Eigentlich ist das einzig Gute, was ich über Psychiatrie sagen kann, dass die Lobotomie nicht länger als Behandlung benutzt wird.

Ich schaue mich im Raum nach J. C. um. Ich kann ihn nirgendwo finden, also muss er sich in einem ähnlichen Raum mit einem anderen Teilnehmer der Studie befinden.

Meine Mutter dreht ihren Kopf zu uns, was sie offensichtlich trotz ihrer Kopfbedeckung noch kann.

Mein Herz zieht sich vor Angst zusammen, so wie immer, wenn meine Mutter und ich uns nach mehr als einem Tag Trennung wiedersehen. Wegen des Unfalls, der das Gehirn meiner Mutter beschädigt hat, ist es möglich, dass sie mich eines Tages ansehen, aber nicht erkennen wird.

Heute erkennt sie mich definitiv, da sie mir eines ihrer Lächeln schenkt, bei denen ihre Grübchen zum Vorschein kommen – ein Lächeln, das wir gemeinsam haben. »Hallo kleiner Fisch«, sagt sie auf Russisch. Dann blickt sie ihren Bruder an. »Abrashkin, Hase, wie geht es dir?«

»Meine Mutter hat gerade nicht übersetzbare russische Tiernamen für uns benutzt«, flüstere ich Ada laut zu und winke den immer noch nicht interessierten Mitarbeitern im Hintergrund zur Begrüßung zu.

Meine Mutter schaut Ada an, ohne sie zu erkennen, und ich seufze innerlich. Sie sind sich schon zweimal begegnet.

»Wer ist dieser Junge?«, fragt mich meine Mutter auf Englisch. »Ist er ein Praktikant bei Techno?«

»Sie ist kein Junge, und ihr Name ist Ada«, antworte ich und versuche angestrengt, mich nicht so anzuhören, als würde ich mit jemandem reden, der eine Behinderung hat, da mir meine Mutter das sehr übel nehmen würde. »Sie ist keine Praktikantin, sondern eine derjenigen, die diese Nanozyten programmiert haben, die dir helfen werden.«

»Es freut mich, Sie kennenzulernen, Nina

Davydovna«, sagt Ada, so als hätte sie das nicht schon mehrmals getan.

Meine Mutter zieht ihre Augenbrauen in die Höhe, entweder wegen des kindlichen Klangs Adas glockenheller Stimme, oder weil Ada den russischen Vatersnamen richtig benutzt hat. Sie erholt sich allerdings schnell, genau wie das letzte Mal, und sagt, ebenfalls genau wie das letzte Mal: »Nennen Sie mich Nina.«

»Gerne. Danke, Nina«, erwidert Ada.

Mir wird klar, dass Ada meine Mutter absichtlich so förmlich anspricht, um ihren Stress zu lindern, und ich nicke Ada dankbar zu. Natürlich hätte Ada, wenn sie gewollt hätte, auch noch weitergehen und andere Kleidung tragen oder ihre Frisur verändern können, um die Verwirrung meiner Mutter über Adas Geschlecht zu verhindern. Aber die Verwirrung meiner Mutter könnte genauso gut auf ihren Zustand zurückzuführen sein, da Ada für mich trotz der Lederjacke und des schwarzen Kapuzenpullis die personifizierte Weiblichkeit ist.

»Ist sie seine Freundin?«, fragt meine Mutter Onkel Abe verschwörerisch auf Russisch. »Bin ich ihr schon begegnet?«

»Ich bin mir nicht sicher, Schwesterherz«, antwortet Onkel Abe. »So wie er sie ansieht, vermute ich, dass es nur eine Frage der Zeit ist, bis sie zusammen sind.«

»Ach ja?« Meine Mutter lacht. »Denkst du, dass sie Jüdin ist?«

Blut rauscht in meine Wangen, und das nicht nur wegen dieses »Jüdin oder nicht«-Dings. Das ist etwas, was für meine Mutter erst nach dem Unfall wichtig geworden ist – außer natürlich, es hat ihr schon immer etwas bedeutet, aber sie hat erst angefangen, es anzusprechen, nachdem die Gehirnschädigung ihre Hemmungen etwas abgebaut hat. Meine Großeltern haben viel über derartige Dinge gesprochen und sind sogar so weit gegangen, die Situation mit meinem Vater der Tatsache zuzuschreiben, dass er kein Jude war – etwas, was ich als umgekehrten Antisemitismus ansehe.

Das ist bedauernswert, aber ihre Einstellung wurde damals in der Sowjetunion geprägt, in der Juden als ethnische Gruppe angesehen wurden, was ihre Diskriminierung auf Regierungsebene rechtfertigte. Da die ethnische Zugehörigkeit in der berühmten fünften Spalte aller Pässe angegeben werden musste, war Diskriminierung normal und unvermeidbar. Meine Mutter wurde von den ersten Universitäten, an denen sie sich bewarb, abgelehnt, weil diese ihre »3-Juden-Quote« bereits erreicht hatten. Sie hatte es außerdem schwer, einen Job in den Ingenieurswissenschaften zu finden, bis mein Vater ihr geholfen hatte, um sie später sexuell zu belästigen und sie dann zu verlassen, so dass sie mich allein aufziehen musste. Diese negative Einstellung hatte sogar Auswirkungen auf mich, bevor wir wegzogen. Als meine Klassenkameraden in der siebten Klasse aus der Schülerzeitung von meinem

Glauben erfuhren, bemerkten sie, dass ich mit meinen blauen Augen und blonden Haaren (die im Laufe der Zeit nachgedunkelt sind, bis sie braun waren), überhaupt nicht wie ein Jude aussehe. Auch wenn sie den abwertenden russischen Begriff dafür verwendeten, war die Bemerkung als dickes Kompliment gemeint.

Was dieses Thema besonders eigenartig macht, ist, dass wir in Amerika, wo das Judentum eher als eine Religion als eine ethnische Zugehörigkeit betrachtet wird, auf einmal gar nicht mehr so jüdisch waren. Ich meine, wie könnten wir das sein, wenn ich erst im Teenageralter von Hanukkah erfahren und gestern Abend einen sehr nicht koscheren, mit Schinken umwickelten gegrillten Hummerschwanz gegessen habe.

Ja, ich habe die Bedeutung von koscher auch erst im Teenageralter erfahren.

Mir könnte Adas Judentum also nicht egaler sein – auch wenn sie, nur um es einmal erwähnt zu haben, mit dem Nachnamen Goldblum wahrscheinlich Jüdin ist. Ich weiß auch nicht, was ihr dieser Begriff bedeutet, da sie genauso weltlich ist wie ich. Ich denke, dass mein größtes Problem mit der Frage meiner Mutter ist, dass ich es einfach hasse, ganze Gruppen von Menschen in Schubladen zu stecken, besonders in solche Schubladen, die so viel Verantwortung mit sich bringen.

»Das ist schwer zu sagen«, antwortet Onkel Abe, nachdem er Adas zierliche Nase betrachtet, und dabei besonders auf ihr Piercing geachtet hat. »Mit diesem Haar ist sie definitiv keine Russin.«

Und schon wieder eine Schublade. Für meine Großeltern war der Begriff Russe ein Synonym für Goi oder Nichtjude, aber ich denke nicht, dass mein Onkel ihn gerade in diesem Sinn gebraucht. Auch wenn wir in Russland Juden waren, hier in den USA sind wir Russen – genauso wie alle, die aus der ehemaligen Sowjetunion kommen und Russisch sprechen. Ich nehme an, dass mein Onkel sagen will, dass Ada nicht so aussieht, als sei sie aus der ehemaligen Sowjetunion, da damit normalerweise eine bestimmte Art sich zu kleiden und sich zu frisieren verbunden ist, zumindest bei neueren Zuwanderern.

Ich beschließe, dieses Gesprächsthema abzubrechen, aber bevor ich die Gelegenheit bekomme, ein Wort zu äußern, sagt meine Mutter: »Als ich jung war, hießen solche Haarschnitte ›Explosion in der Nudelfabrik‹.«

Beide lachen, und auch ich kann mich nicht zurückhalten. Ich kenne den Haarschnitt, auf den sich meine Mutter bezieht, und es ist eine Frisur aus den Achtzigern, die entfernt mit dem verwandt sein könnte, was auf Adas Kopf passiert. Mit den gebleichten, spitzen Stacheln sieht sie aus wie ein Ameisenigel mit einem Irokesenschnitt – ein Eindruck, der durch ihren stacheligen Humor verstärkt wird.

Die Tür des Zimmers öffnet sich, und eine Schwester kommt herein.

Mein Blutdruck steigt an, als ich ihre OP-

Bekleidung sehe, auch wenn ich mir nicht sicher bin, ob es sich dabei um das normale Weiße-Kittel-Syndrom oder einen Flashback zu meinem Albtraum handelt. Wahrscheinlich Ersteres. Als ich aufwuchs, wurden in der sowjetischen Zahnmedizin keine Betäubungsmittel verwendet, weshalb ich eine konditionierte Reaktion auf alles habe, was einem Zahnarztkittel gleicht. Jeder in einem weißen Kittel löst in mir etwas Ähnliches aus wie die Reaktion, die eine Person mit Coulrophobie – irrationale Angst vor Clowns – haben würde, sähe sie eine Dokumentation über John Wayne Gacy oder den Film *Es*.

Die Schwester geht zu meiner Mutter und greift nach der großen Spritze, die still und heimlich neben dem Stuhl meiner Mutter liegt.

Die Angestellten von Techno im Hintergrund halten geschlossen die Luft an.

Die Schwester scheint den glücklichen Anlass nicht zu verstehen. Sie sieht aus, als wolle sie hier fertigwerden, um sich danach etwas Interessanterem zuwenden zu können, wie zum Beispiel eine Dauerrede auf C-SPAN zu verfolgen. Auf ihrem Namensschild steht »Olga«. Diese Tatsache in Kombination mit ihrem Haarschnitt aus den späten Achtzigern, dem Make-up und diesen slawischen Wangenknochen aktivieren meinen russischen Radar – in Kurzform Rudar. Das ist wie ein Homodar, nur zum Aufspüren von Menschen, die Russisch sprechen.

Ich wette, meine Mutter ist beleidigt, dass ihr das Krankenhaus diese Schwester zugeteilt hat. Es lässt den

Gedanken durchblicken, dass sie Hilfe bräuchte, um sich auf Englisch zu verständigen. Da meine Mutter mit Mitte dreißig, nachdem sie in die USA gezogen war, ihren Bachelorabschluss in Elektrotechnik gemacht hat, ist sie zu Recht stolz auf ihre Beherrschung der englischen Sprache – eine Fähigkeit, die durch den Unfall nicht beeinträchtigt wurde.

In der Stille kann ich das flache Atmen meiner Mutter hören; ihre Angst vor medizinischem Personal ist um einiges schlimmer als meine.

Olga ergreift die Spritze und hebt ihre Hand.

———

Mindmachines ist jetzt erhältlich.

ÜBER DEN AUTOR

Dima Zales ist ein *New-York-Times-* und *USA-Today-* Bestsellerautor von Science-Fiction- und Fantasyromanen. Bevor er Schriftsteller wurde, arbeitete er in der Softwareentwicklungsbranche in New York als Programmierer und Führungskraft. Von Hochfrequenz-Handelssoftware für Großbanken bis hin zu mobilen Apps für Publikumsmagazine hat Dima alles entwickelt. Im Jahr 2013 verließ er die Softwarebranche, um sich auf seine Schreibkarriere zu konzentrieren, und zog an die Palm Coast, Florida, wo er derzeit lebt.

Bitte besuchen Sie www.dimazales.com/book-series/ deutsch/, um mehr zu erfahren.